乔巴 著

那年花开

漓江出版社

图书在版编目（ＣＩＰ）数据

那年花开 / 乔巴著 . -- 桂林：漓江出版社，
2022.1

ISBN 978-7-5407-9193-3

Ⅰ . ①那… Ⅱ . ①乔… Ⅲ . ①散文集 – 中国 – 当代
Ⅳ . ① I267

中国版本图书馆 CIP 数据核字 (2021) 第 264981 号

那年花开

乔 巴 著

出 版 人　刘迪才
责任编辑　李　慧
装帧设计　徐俊霞　俸萍利〔广大迅风艺术〕
责任校对　王林秀
责任监印　杨　东

出版发行　漓江出版社有限公司
社　　址　广西桂林市南环路 22 号
邮　　编　541002
发行电话　010–65699511　0773–2583322
传　　真　010–85891290　0773–2582200
邮购热线　0773–2582200
网　　址　www.lijiangbooks.com
微信公众号　lijiangpress

印　　制　广西壮族自治区地质印刷厂
开　　本　880 mm × 1230 mm　1/32
印　　张　11.875
字　　数　240 千字
版　　次　2022 年 1 月第 1 版
印　　次　2022 年 1 月第 1 次印刷
书　　号　ISBN 978-7-5407-9193-3
定　　价　68.00 元

目　录

1

心是可以发芽的，也可以开花
如果季节合适
阳光和雨水恰到好处
就像那年春天，黄莺初啼
陌上燕燕于飞……

那年春天，陌上燕燕于飞
你发现胸腔里有枝叶伸展
因为生长而痛。然后结出蓓蕾
然后，花如释重负地开了
那一刻你恍然大悟

爱情原来是自然现象
（执迷不悟也是）
由不得你愿不愿意
你说你终于懂得
为什么幸福也能让人哭出声来

我无法描述那年开过的花
不会凋零的是什么花呢？

○

青青子衿

○

启蒙老师

古人说"人非生而知之者",自然需要老师传道授业解惑。旧时,家家户户堂屋正上方供着"天地君亲师位","师"是在香火之上的。遇到品德高洁、襟怀宽广的好老师,且不说学到多少知识,一生做人做事都会受到潜移默化的影响,受益无穷。

我相信,每个人对自己的启蒙老师印象都非常深刻。

当然,从某种意义上说,真正的启蒙老师应该是自己的父母。记得小时候,还远没到上学的年龄,父母就要求我每天背诵唐诗宋词,"床前明月光"和"明月几时有"之类的。现在看来固然有些必要,当时的感觉却不怎么好。都说童年是人生的天国,让孩子多一些时间享受童真乐趣,怎么说也是应该的。但父母们并不这样想,望子成龙心切,往往过早给孩子压力,不说残酷,至少严厉且不容分说。在孩子的眼里,很难说父母算不算好老师。

进了小学,才算真正开始读书,我家乡的说法是"发蒙",

大抵与"启蒙"一个意思。我上学早，五岁多一点就被塞到教室里去了，不是因为多么聪慧，完全是迫不得已。那时妹妹已经出生，父母都有公职，一边上班一边照顾两个孩子，确实有不少难处。母亲在小学里教书，只好把我带到学校，方便就近照看，她上课的时候我自己在操场上玩。但是，如此"半放养"毕竟不是个办法，母亲找校长说好，在一年级教室里找了个座位，让我坐在那里，这样至少不会乱跑。未曾想到，我竟然就这样一直坐了下去，直到小学毕业。

学校离我家比较近，出门沿街道往南走几十米是县医院，父亲在那里当医生，穿过医院旁边的一个巷子，再走一段小路，步行几分钟就到了。小路的左边是甘蔗地，右边有一片茂密的竹林，甘蔗地那边还有一条更近的路，但医院的太平间就在路边，孤零零一间低矮的土坯房，即使空着，看上去也有些瘆人，所以大家都不从那里走。校园很小，紧靠一座不知名的小山包，教室在两栋老旧的平房里，旁边还有一排平房是教师住宅，唯一的操场上立着两个篮球架。走过学校再往前去，田园在眼前连绵展开，远处的群山莽莽苍苍……

一个五岁多的孩子，按说记忆是不大可能很清晰的，但我确实记得母亲领着我走进教室里的情景。当时老师正在上课，她停下来，把我安排在第一排，为此还调整了好几个学生的座位，我想一定是因为我确实太小了，坐在后面会被挡住视线。后来我知道她是我们的班主任兼语文老师，姓杨，二十多岁，个子不高，留着短发。

我坐进一年级的教室成为一名小学生，是一九七一年春季，算不算正式上学其实是不大明确的。那时的课程很简单，每天早上有一门课，叫"天天读"，老师领着我们读报纸上的文章和《老三篇》，记得有"张思德同志就是我们队伍中的一个同志"，以及"白求恩同志是加拿大共产党员"，字一个一个认识了，能分清张思德的"思"字和白求恩的"恩"字的区别，意思却不甚了了。我上了五年半小学，印象最深的是"天天读"的内容，很多文字至今还可以背诵出来。

数学也认真学过，那时叫算术课，加减法不在话下，乘除法也基本能对付。到了高年级，学校又开设了常识课和地理课。常识课讲过火车头为什么会冒蒸汽，老师说和家里烧开水的水壶一个道理；地理老师说我们的祖国地大物博、人口众多，反正比美国还大，这令我们非常自豪；体育课一直都有，多是发几个皮球，大家去操场上自己玩；音乐课在课程表上叫"唱歌"课，主要内容是学唱革命歌曲，课余还排练一些节目，记得有《红灯记》李铁梅唱的"我家的表叔数不清"，《智取威虎山》杨子荣唱的"到这里为的是扫平威虎山"。每逢县里举行重大活动，我们的节目常常被抽调去礼堂表演，演出结束后，每人可以在县政府招待所食堂领一个馒头，我领过好多回，觉得特别好吃。此外还有劳动课，主要是积肥和送肥"支持农业生产"，同学们小小年纪，到哪里去找肥料呢？家长只好去茅坑里淘粪，掺上灶膛里的柴草灰，让孩子用扁担和撮箕抬上，排着队浩浩荡荡地给学校附近的生产队送去。

杨老师平时看上去很和善，课堂上却非常严肃。可能因为我母亲也在学校工作，老师对我特别"关照"，要求就更严，甚至有些苛刻，哪怕听写或默写错了一个字，我母亲也会很快知道。但是，送肥之类的"课程"，她的要求完全不一样，说量力而行就可以了。我们送肥通常是两个同学约好抬一个撮箕，农村的学生居住分散，不方便约人，他们的力气也相对大一些，多是自己一个人挑，扁担两边各挂一个撮箕，即使肥料正好送到他们生产队，也得先挑到学校集合，然后再挑回去。有一次，我学着农村同学的样子，自己挑了一担粪肥去学校，正想会不会得到表扬，杨老师见了，当众拉下脸批评我，说我这分明是"出风头"，还用《老三篇》里"一个人的能力有大小"的话教育我。那一担粪肥确实超出了我的负荷能力，队伍集合出发，没走多远，我就累得上气不接下气。杨老师停下来，把我担子里的粪肥倒进她的筐里，挑起来继续往前走，我挑着两只空撮箕一路跟着，满心愧疚。

不知道是因为时日过于久远，还是当年语文课本上的内容的确有限，实实在在地说，这位启蒙老师到底教过我们什么课文，我真的没有多少印象，只记得她的字写得很好，无论是黑板上的粉笔板书，还是在我们作业本上留下的红色钢笔字，都非常娟秀。三年级开始上作文课，第一篇命题作文是《劳动》，我写了两段，一段写打扫教室的经过，一段写自己对劳动的感受，杨老师认为写得很好，作为范文当着全班同学念了两遍。后来，学校要求写"批林批孔"和学习黄帅"反潮流"的文章，我写了一篇交给杨老师，自以为写得不错，她看了以后什么都没有说。我怀疑是不是自己写得不够好，重新写了一篇交上去，她又看了，还是什么都没有说……

一九七六年夏天，我小学毕业的时候，外公因病去世，我随父母赶到贵阳奔丧，错过了和杨老师及全班同学一起拍毕业照的机会。至今，我也没有一张与杨老师同框的照片，觉得非常遗憾。

此后，我在小学里读了两年"戴帽初中"，经常遇到杨老师。初三考进县中学读书，正逢高考恢复，一心忙着功课，很少回小学去看看。大学毕业后，我专门去拜望过杨老师，她还住在学校简陋的小平房里，一前一后两间屋子，后面带着一个厨房，门前的空地上种了一丛薄荷和几株胭脂花。杨老师教过数不清的学生，可谓桃李满天下，但对我的印象特别深，当年的很多事情都记得。

提起旧事，杨老师一开始兴致很高，之后神情黯淡下来，长长地叹气。她说那个年代的学生学不到多少东西，很多孩子被耽误了，作为老师，她觉得自己没有尽到责任，多年来一直深感愧疚。所以，但凡谁多少有一点出息，她都格外欣慰。

在那样的特殊年代，一个平凡的人能够兢兢业业地做事，已经非常不易。对职责的敬畏，以及面对现实的无奈，让她的精神上已经承受了无须讳言的负重。因为时代的局限而自责，则是从良知的高度对自己进行无私的拷问。我的启蒙老师启发我认识到，有一些责任是无条件的，不可因循推脱的。仅仅因为这一点，她永远是我的恩师。

———
1992 年

学画记

我自幼对中国画有一种非常特殊的感觉。尺牍丹青，一支毛笔干湿浓淡焦"运墨而五色具"，加上恰到好处的留白，合称"六彩"，不管是浓墨渲染，还是寥寥几笔写意，该浸润处力透纸背，该简略处枯笔飞白，无穷的意境难以言说。我一向认为，同样是画，其他类别的画是人画的，也就是说，只要是人就可以画得出来，无非有技法高下之分。而中国画则是神画的，信笔泼墨妙趣天成，蕴含着幽深而悠远的灵性。既然是神画的画，功夫就不仅仅在笔墨之间，倘若心性不静，修为不够，则可能每一点落笔都是错。

我知道这样说也许是偏执的。不过，我的确见过神一样的人，他的画也很像出自神的手笔。他是一位老先生，我十岁学画时有幸师从于他。事实上，说曾经师从于他，我显然有高攀的嫌疑。

我上小学的时候，因为课程太简单，学校里学不到东西，只好在课外找机会。一个玩伴家住印刷厂，那里可以找到废弃的纸张，大大小小尺寸不一。常常在一起玩的几个伙伴琢磨，有了纸张，是不是可以学着绘画呢？我们用省下的零花钱买了毛笔，又买了红黄蓝三种最便宜的宣传画颜料，用三原色调出各种颜色，尝试着涂抹起来。当然没有人指导我们，无非是照着杂志封面、书上的插图、报纸上的宣传画等所有能找到的图样，先用铅笔打底稿，再涂上颜料。记得当时什么都画，一只老虎、几朵牡丹和菊花，或者飞驰的火车汽车，以及从来没见过的坦克飞机，画得毫无章法。最难画的是人物，怎么都画不像，往往画到一半就只好放弃。

父母发现了我的这个爱好，也不干涉，反正功课没有压力，放学回来自己关在房间里涂抹，总比跟街上孩子去赌烟盒、打弹弓好。父亲有时候站在旁边看一会，然后一言不发走开，也许是想鼓励都找不到合适的话说。看到我的涂鸦实在不堪入目，父母商量了一下，决定为我请一位老师，说要学就好好学，不要瞎画。

父母为我请来的老师差不多六十岁，姓杜，头发花白，说话不紧不慢，总带着和善的笑容，最明显的特征是留着一尺多长的胡须，有点道骨仙风的味道。他其实是我父亲的老师，父亲上中学的时候，他就在学校里教语文课。后来，父亲大学毕业回到县里的医院工作，因为同好古典诗词，他们经常约在一起吟诗联句，成了忘年之交。我照当地习俗称他"杜公公"，就是"杜爷爷"的意思，他沉吟一下，慢条斯理地说，既是师徒，还是称"老师"比较好。

很多人都不知道，杜老师虽然一生做语文教员，但是最早的专业却是美术，抗战前他考入上海美专，是刘海粟大师的弟子。一九三七年淞沪会战国军失利，日本人占领大上海，杜老师和家人一路向西逃难，辗转来到大后方贵州，在我们小县城唯一的学校里谋到一个差事，安顿下来就一直没有离开。听说他刚来的时候年轻帅气，梳着当地人从未见过的分头，行李里面有帆布的画板，手上还提了一把黑盒子装着的"梵婀玲"（小提琴）。大家很快注意到，这个外乡来的老师与众不同，除了在学校教国文课，一有空就背着画板到处跑，找一个地方把架子支起来，专心画眼前的山岭和小溪，村庄和田园。到了晚上，老师住的那栋房子还不时传出一种琴声，小城里的人没有听过，觉得和当地唢呐的调调完全不一样……

请老师来家里吃顿饭，就算拜师了。我父母为老先生泡好茶，坐下来商量我应该怎么学，老师说其实很简单，不外乎两种办法：他画我看，我画他看。他命我铺开纸，不是宣纸，是普通的白纸（我家里没有宣纸），用一只小碗装了墨汁（我家里也没有砚台），再加上一碗清水，便很随意地画开了，一口气挥笔泼墨画了四个条幅，我记得很清楚，是梅花、菊花、鸡冠花和紫藤。见他放下笔，没有拿出画箱里的颜料来上色，我有些失望。老先生仿佛看出了我的心思，拍了拍我的头，问我是不是没有看出颜色来，接着他告诉我，墨的浓淡就代表了不同颜色，以墨写意，虽不设色却自有缤纷，所谓"墨分五色"，中国画的妙处正在这里。

条幅上的那些梅花、菊花、鸡冠花和紫藤，至今还在我内心深处开放着。我记得浓墨构成了梅花粗拙的枝干，淡墨勾写出疏疏密密的花朵，点缀花蕊的又是浓墨；菊花是龙爪菊，盛开的和半开的错落有致，左边留白的空间非常大；鸡冠花从冠头画起，再接枝干，再添大大小小的叶子，最后干墨勾筋；紫藤则以简练的笔意描述繁复，线条沉稳中带着飘逸，仿佛风一过就会动起来……以当时的认知水平，我自然不能领悟先生画作的境界，多年后在记忆里搜寻，才渐渐觉出一枝一叶间的横生妙趣。至为可惜的是，那四个条幅没能保存下来，一个亲戚结婚，新房里缺几幅画，就悉数拿去了。换到今天，无论谁来要，我也绝不会拱手相送。

我跟着杜老师前前后后学了一两年，其实也没学过几次，一般是我按照自己的意思随便画，他在旁边指点。我学得有一搭没一搭的，老先生应该早看出我不得要领，终究难以成器，但他从来不急，脸上始终带着微笑，说慢慢来，画画不过是玩嘛，不用太认真。与老先生接触，他不紧不慢、豁达自在的态度，对我有不小的影响。

后来听到关于他的一些故事，觉得有点怪，也有点好玩，他好像真把很多事情都当成玩了。

那时候，他还在中学里教语文，有时课讲到一半突然停下来，对学生们说一声"稍等"，摘下眼镜放在讲台上，径直走出教室，转眼又回来了。这样的情形不断发生，大家很好奇，有好事的学生忍不住偷偷跟去了一回，回来笑到岔气。原来，老先生出门走到教室顶端的墙边，双手扶在墙上，身子前倾，很响地放了一个屁，然后拍一拍双手，回到教室里戴上眼镜，继续讲课。有了这个发现，每每老先生说"稍等",伸手去摘眼镜,学生就笑,他抬眼看看大家,说:"人吃五谷杂粮,焉能无屁。不过,课堂乃神圣之地,岂容秽气?应该出去,应该出去。"

老先生因为逃难而来到我们的小县城,当是不争的事实,但此前的历史谁也无法为他证明,麻烦就在这里。日本人打进大上海,国难当头,他没有投笔杀敌报效国家,躲到贵州大山里来,说是临阵脱逃也未必沾不上边。那时候经常搞运动,哪里去找"斗争"对象呢?学校里二三十个教师,大家相互了解乃至知根知底,那么,唯一"形迹可疑"的也只有杜老师了,当年究竟是逃难还是逃跑,便成为一个十分重要的问题,他又如何申辩得清楚?后来,有问题的老师统统下放到干校,在被称为"革命小将"的学生监督下劳动改造。同去的老师都是"牛鬼蛇神",一个个战战兢兢,只有杜老师不以为然,该吃饭吃饭,该干活干活,晚上呼呼大睡,仿佛什么事情都没有。

杜老师参加劳动从不偷懒,但在大家眼里,他的行为举止非常古怪。有一天挑粪去苞谷地里施肥,在一边监督的"革命小将"看到杜老师,一下子愣住了,只见他挑着满满两桶大粪来到地里,身上穿的竟然是一套笔挺的西装,估计正是当年从上海穿来的那一套。略一停顿,小将们看出了问题所在,西装是资产阶级的东西,劳动改造还穿那玩意,不是公然留恋资产阶级生活方式?于是,又联系到历史不清问题,顺着这个逻辑推理,认定他是从抗日战场上逃跑的逃兵,应该错不了。批斗时不好喊"打倒逃兵杜××"的口号,逃兵的罪行与汉奸相差无几,索性就喊"打倒汉奸杜××"。杜老师以立正姿势站着接受批斗，恭恭敬敬地认罪：
"汉奸杜某某知罪！汉奸杜某某知罪！"这个"汉奸"该怎么处
置呢？"革命小将"们也不知道，除勒令他"低头认罪"之外，
还是让他继续挑粪施肥。

第二天，已经"低头认罪"的杜老师出现时，大家又愣住
了：他穿来一身破得不能再破的衣服，补丁叠着补丁，裤子巾巾
吊吊，半个屁股露在外面。也不知道他从哪里弄来了这一身，不
是比旧社会为恶霸地主打长工的穷人穿得还破吗？"革命小将"
分析这一新动向，认定他是故意抹黑新社会，非常阴险，"坏分
子"的破坏行为无疑。于是，又一轮批斗开始，口号变成了"打
倒坏分子杜××"。杜老师恭恭敬敬地认罪："坏分子杜某某
知罪！坏分子杜某某知罪！"他就是这样，无论扣过来什么"帽
子"，都立即接住，绝不申辩半句。

第三天继续为苞谷地施肥，杜老师挑着粪准时来到地里，完
全变了一个形象：上身是第一天穿的西装，依然笔挺；下面是第
二天那条巾巾吊吊的裤子，草草缝了一下，半个屁股不再露出来。
这又是什么动向？"革命小将"们你看看我，我看看你，不知道
该说什么，有个女学生忍不住"噗嗤"一笑，大家跟着哄笑开了。
杜老师不笑，立正姿势站了半天，抬手扶着眼镜四下看，确定没
有要批斗他的迹象，接着干活去了，来来回回挑粪，把一大片苞
谷地浇了个遍。

关于这些故事，我问过杜老师，他证明基本属实。他认为当
年的"革命小将"也不过是一些孩子，批斗就批斗吧，下放干校

劳动也是很有收获的，就当锻炼身体，还学会了很多农事，不然未必有机会体验一回桑麻农耕的乐趣。唯一遗憾的是，他曾经请求带上画板和"梵婀玲"，但未获同意，不然他可以抽空写写生，还可以为干校的老师和学生拉几首曲子。至于挑粪浇苞谷时的那些举动，他说自己内心真不是故意抗拒：你们说我的衣服不合适，我就顺着你们的意思换一套，换到你们无话可说为止。他还准备继续换下去，大家不说了，也就不用换了。我想象不出，如果第三天的衣着过不了关，接下来他会穿成什么样子出场。杜老师说，其实也有点逗大家开心的意思，人的心不能太苦，有时候需要自己创造一点乐趣……

多年以后，杜老师患了脾脏癌，发现时癌细胞已经扩散，医院的专家说他剩下的时间不会超过半年。我父亲是医生，很清楚老先生面临着什么。杜老师却没事一般，拒绝住院治疗，依然三天两头来家里找我父亲闲聊，切磋刚写的一首诗或新填的一阕词，看上去情绪比我父亲还好，精神状态也不错。他不止一次对我父亲说："你们医生的话，不可不信，不可全信。"

有一天中午，杜老师来找我父亲聊了一会天，下午打算去钓鱼，父亲要上班，叫我陪老师去。穿过县城的街巷来到河边，他沿着河岸健步如飞，我一路小跑才勉强跟上。在河边坐下来，他问我知不知道癌症是什么，我说不大懂。他对我说：癌症是不治之症，这玩意儿可能还是厉害的呢，你以为我不知道啊？但是，既然医生说无药可治，那还住什么医院？不如打起精神好好活，想吃什么吃什么，想做什么做什么。你癌症凶，但是我不怕你，起码在精神上我可以打败你。打败癌症算我偷得余生，打不赢就算了，反正也不吃亏……我看着老先生，对他豁达无畏的境界佩服得五体投地。从跟着杜老师学画开始，他有意无意间传授给我的东西，我一辈子也未必领悟得透。

半年时间很快过去了，杜老师仍在自己的屋子里吟诗作画，有时也去河边钓鱼，兴致上来了还拉一拉他的"梵婀玲"，神情恬淡而泰然。看来，医生的话真不可全信。

老先生最后还是走了，不过那是十多年以后的事情，他已年近九十，安详地驾鹤西去……

1993 年

隔壁班的"花蕾"

一

一般情况下，如果隔壁班的某一个女生引起了你的关注，那么毋庸置疑，她一定有与众不同的地方。不过，时至今日，我也说不清楚她和别的女孩子到底有什么不一样。

那是七十年代末的事情，我正上初中，大约十三四岁。我们的县城很小，深藏在崇山峻岭之中，两条狭长的街道连着一些弯弯曲曲的巷子，偏远而寂寞。城里唯一的中学也很小，由于师资和教室有限，常常不能按时把读完小学的学生接收进去。我留在原来的小学上了两年"戴帽初中"，才通过考试进入中学，在初三（二）班读书。她从另一所小学来，在初三（一）班。两个班的教室紧挨在一起，我必须先从她窗口和门前经过，才能去到我的教室。

女孩子到了豆蔻梢头的年龄，花蕾一般欲开还闭，青春的气息渐渐透出来，是想藏也藏不住的。开学没多久，我注意到隔壁班那朵与众不同的"花蕾"，第一眼看见她，就被牢牢地吸引住了。

那天午后从隔壁班门前经过，里面传出一阵阵欢笑声，我停住脚步看了看，教室里热火朝天，几乎所有人都在嘻嘻哈哈、打打闹闹。少男少女们精力充沛，这种场面并不鲜见。正要转身走开，突然看到左边靠墙位置的一个女孩，整个教室里只有她一人静静地坐着，低头盯着一本书或者课本，不时抬手拂一拂头发，神情专注，与周围的气氛形成巨大反差。我心生好奇，已经从门口走过了，又返回去，那间教室里欢声笑语依旧，她也一直那样心无旁骛地坐着。在这样的环境里怎么静得下来呢？整整一个下午，人是坐在教室里的，老师讲了什么却根本没有听进去，我脑海里全是她的影子。放学的时候正好又看到她走在我前面不远处，步子轻盈，乌黑的发丝随风飘散。别的女生手挽手成群结队，叽叽喳喳如一群喜鹊；她独自匆匆往前走，身影被夕阳的余晖拉得很长，好像有些寂寥，又透出一种孤傲，宛如一只带着淡淡哀愁的白鹭……

那么，她是谁呢？我对她的情况一无所知，不知道她叫什么名字，也不敢去打听。但是，从那天开始，仿佛一个精灵——普希金写过的"纯洁之美的精灵"无可挽回地闯入我的心湖，搅起阵阵涟漪。那个精灵分明长着一双白鹭的羽翅，在我心里飞来飞去，令我的思绪跌跌宕宕、起起伏伏，以至于彻夜难眠。偶然在一本五十年代的旧杂志上读到《致凯恩》："我记得那美妙的一瞬，

19

在我的眼前出现了你……"总觉得这些诗句与她有关。

事实上，仅仅从外表看，她不是那种引人注目的女孩子，说不上多么靓丽，身材不高，还微微有一点胖，衣着也很朴素。在我们初三的两个班里，比她漂亮的女生不在少数，但是，她身上有一种与众不同的质感，青涩而又温润。我无法准确描述那是一种什么样的质感，隐约觉得很像二月里清晨拂去轻寒的阳光，引人禁不住去想象往后明媚的春天、爽朗的夏天和天高云淡的秋天。梦境里曾经浮现出一个恍恍惚惚的画面：她从遥远的地方赶过来，在某一个车站登上我搭乘的这一趟车，与我一路同行。我悟不透这个梦境的寓意，只是清楚地感觉到，因为有了她，我今生的旅程从此变得无比光明。那么，如果要说她对我恩重如山，还必须得找出值得比拟的山，即便不是喜马拉雅，至少也是莽莽昆仑或者巍巍太行、五岭逶迤或者乌蒙磅礴……

一朵特别的花蕾散发出特别的气息，唤醒了一个少年亘古沉睡的心灵。自那以后，我知道自己有了一份秘不可宣的心事，从早到晚莫名地兴奋，有时候又莫名地沮丧，甚至莫名地焦虑。每次从她教室外面经过，目光透过窗户直接投向她的座位，如果她不在，我会四处张望，折回去走一个来回，再走一个来回，直到看见她从某个地方冒出来，或者背着书包远远走过来。课间几分钟也总想去她教室的周围转一转，却无法给自己找一个坦坦荡荡走过去的理由，好不容易下决心迈开步子，下一节课的时间又到了。隔开两个班的那道墙壁，把她隔在另一个空间，这是我最烦恼的事情。

而最值得庆幸的是，放学以后我们往同一个方向回家，至少有十来分钟的路程可以和她隔着不远不近的距离"同行"。

二

正午和黄昏时分，放学的钟声按时响起，同学们涌出教室四散开去，那时候，即使离得比较远，我也能在人群中一眼找出她来。为了"碰巧"在走廊上相遇，我尽量猜测她离开教室的时间，但因为没有规律而很难把握，有时稍一犹豫，她已经走远了。如果她落在后面，我会假装弯下腰去系一系鞋带或捡一片树叶，走走停停等她超过去，然后保持二三十步的距离，眼睛的余光一直跟随着她的身影。那个美丽的身影绕过枝繁叶茂的沙棠树，走过石桥，左转上一段缓坡，紧接着右转，消失在一条巷子的岔口。我从巷口经过，还需要穿过半条街才能到家，剩下的一段路程变得格外落寞。

她家所在的那条小巷大约二三十米长，和县城里别的巷子一样局促，依次排开的木房子歪歪斜斜，房顶盖的是青灰色的瓦片，檐下挂着一些蛛网，板壁呈深褐色，满是岁月沧桑的痕迹。但是，因为她住在那里，那条小巷又是完全不同的。每天上学和放学路过巷口，我尽量放慢脚步，向她家的位置着迷一般凝望。第一次对女孩子的闺房浮想联翩，也正是从那里走过的时候：巷子里的哪一间屋子是她的闺房呢？房间是什么样的格局？门和窗户朝向什么方位？窗帘、被褥和蚊帐是什么颜色？……想到这些，我暗暗心惊，怀疑自己是不是变成了一个坏孩子。

每天很早急着去上学，我自知并不是多么好学和上进，唯一的原因是在学校里可以离她近一些。但是，上课的钟声响过之后，那一道厚厚的墙壁隔开了两间教室，又让人懊丧不已。在课堂上，眼睛盯着那道墙，心里想着墙的那一边她恬静的样子，我常常心神不定。也许正因为隔着一道生硬的墙壁，她才显得更为神秘，与她有关的一切才更具魅力。比如，同样的教室，她所在的那一间好像敞亮得多；校园里的操场和石阶，小路和树林，旁边的水井和石桥，因为她刚刚经过而变得无比生动；照在她身上的阳光也更为柔和，更为温暖……当时不明白，我其实是在心里为自己塑造一个"女神"。

"女神"是至高无上的，也一定是完美的，我不敢想象她会有任何不够完美的地方。那天从她教室门前经过，听到老师在教大家唱一首歌："后皇嘉树，橘徕服兮。受命不迁，生南国兮……"这是电影《屈原》的主题歌《橘颂》，很好听。但是，那一句"橘徕服兮"的节拍完全不对，老师教错了，她也跟着唱错了。其他人错了就错了吧，"女神"怎么可以错呢？我心里特别难受，之后的几天千方百计找到谱子，一笔一画抄下来，把老师教错的地方标注清楚，想找个机会给她。但是，我和她没说过一句话，贸然把歌谱递到她手上去，无论如何是唐突的。

如果有那么一天，你心里悄悄供奉着的"女神"走下神坛，光芒闪耀在咫尺之间，你敢确定眼前的一切不是幻觉？她面带微笑站在我面前的时候，我的确有一种如梦如幻般的感觉。

　　那是一个周末，电影《生活的颤音》在县城上映，我去电影院排队买票，刚刚站定，听到身后有人叫我，回头一看，一个女生排在我后面，是我们班的班长，旁边还有一个人，是她！那一刻，我尽最大努力定下神来，才看清楚是她，或者说才相信真的是她：浓密的睫毛下双眸清澈透亮，目光纯净一尘不染，白日清风一般撩人心魄；脸庞冰肌玉洁，皮肤透出红晕，神情岑静，笑容真挚，带着欲说还休的赧然；身上浅咖啡色碎花衬衣朴素而大方，青春的轮廓欲掩难掩……她离我如此之近，匀称的呼吸声恰似一首婉转低回的歌谣，气息芬芳如兰，令人沉醉。不止一次想象过与她面对面的情形，谁曾料到，真的面对面了，自己会紧张得不知所措，若不是旁边有另一个人，我多半会落荒而逃。

　　班长是我小学同班同学，一向健谈，我们有一句无一句地闲聊了起来。她站在旁边听，一直没有吱声，谈到电影的内容才开口，说前几天已经看过了，很好看。我注意到她那几句话好像是对我说的，试探着问她，既然看过了，为什么还来买票呢？她说这部电影的配乐特别好，所以想再看一次。那么可以肯定，她的确在和我说话。人激动的时候心跳会加快，但怦怦的声音连自己都听得到，我哪里还能把话题接下去？这时正好排到了售票窗口，我赶紧买好票转身离开，头也没敢回。

　　一前一后买的票，座位却不在一起，我在前排左边，她和班长在后一排的中间。如她所言，电影的音乐非常好，如泣如诉的小提琴曲在我心头久久地颤动……

三

初中毕业，我们一起通过考试升入高中。我满心期待能和她分在同一个班，这样的话，隔开我们的那道墙壁将不复存在了。可事情总不如人意，学校公布分班名单，我在一班，她在三班，那么就是说，她仍然是隔壁班的"花蕾"，而且这一次不仅隔一道墙壁，中间还隔了一个班。不用说，这个结果多么令人失望。

万万没想到，一个转机悄然而现了。我父亲听说三班班主任是中学里最严厉的老师，外号"老虎"，不是说严师出高徒吗？于是我父亲去学校找到他，表示敬意和拜托，希望我能有机会在"严师"的调教下完成高中学业。"老虎"爽朗一笑答应了，找学校领导把我要到他那个班，后来也真的非常关照，比如不让我"当官"，也就是不再继续当学生干部，一门心思应对高考。

转到三班，我欣喜若狂。能不能成为"严师"门下的"高徒"另当别论，我真正在意的是什么，自己心里最清楚。过去坐在课堂上盯着墙壁发呆，如今她在前面不远的地方，仅仅隔了两排课桌，抬起头来就可以看到她柔柔的长发。我感觉整个教室像一个梦境，而且是最美好的那种梦境，有最绚丽的色彩，最柔和的光线，最温情的背景音乐，最适宜的温度和湿度……大多数时候，我只能看到她的背影，扎着随随便便的马尾辫，头略一晃动发辫也跟着摇曳，大气而大方，惹得人"心摇摇然如悬旌而无所终薄"。有一天晚自习，我用圆珠笔在课桌上画了一个头像剪影，完全是下意识的。同桌的兄弟问我画的谁，我猛然回过神来，说随便画画而已，他居然没有看出来，那么漂亮的马尾辫不是她还能是谁呢？也很担心有人看出端倪来，想把头像涂掉，却实在舍不得，几次拿起笔又几次放下……

高中第一年，即便在同一个教室里，我也几乎没和她说过话。后来，不知从什么时候开始，我们慢慢走近，其间还有过一些单独相处的机会，话题通常在功课上。偶尔也聊一聊别的，比如卡西莫多真的很丑，冬妮娅真的很漂亮，普希金与丹特士决斗的背后多半有阴谋，康河的柔波里究竟是哪一种水草……不过，曾经被隔壁班那朵与众不同的"花蕾"惹起的心事，我一直没有告诉她。

事情就是这么蹊跷，她从隔壁班的"花蕾"变身为同班同学和朋友，彼此靠得更近了，却又不过是靠得近一些而已。我曾自问："你们之间除了友情，或者说，因为你的心事而拥有比一般友情更为微妙的情感之外，是否还有另外的情感呢？你一次次在心里追问，对她曾经走过的那个巷口着迷一般地凝望，第一次面对面时紧张得能听到自己的心跳，这一切究竟是出于什么？你对她究竟是一种什么样的情感？"事实上，我到头来也没有弄清楚……

闯过高考，我去了北方，她留在南方，隔开我们的不再是当年那一道墙壁，而是数千公里的距离。挥手从兹去，汽笛一声半天残月，便天各一方了。记不清当时告别的情形，甚至记不清有没有很正式的告别，"热泪欲零还住"的场面不曾出现，则可以肯定。

和她分开以后，想起刚刚过去的中学时代，觉得隔开两间教室的那道墙壁也没有那么讨厌，她毕竟在墙的那一边。接下来，通过薄薄的信笺延续一份牵系，我们坦诚而又热忱地聊各种话题：碰巧读到的一本好书，新近上映的一部电影，今天的天气是雨是晴，食堂的菜价是高是低，或者一件小小的事情带来的小小的喜悦和小小的烦恼……有些信因为超重而不得不多贴一张邮票。但是，有一个话题，男孩和女孩成长为男人和女人之后，他们之间最为重要的那个话题，从来不曾涉及。

既然从不涉及那个话题，其他话题还能不能一直聊下去，便不难想见了。当音讯终于似有若无，我意识到，在如期而至的青春面前，多么重要的共同语言也可能是索然的。花蕾终究会绽放，而花蕾必须开在应该开放的季节，无论多么与众不同的花蕾，属于她的花季也只是一个。那么，此去经年，千里烟波，朔风年年岁岁卷起瑞雪，南国夏始春余草长莺飞，你有什么理由指望她惦念你？哪怕是断断续续的惦念，星星点点的惦念。我只能目送她的身影渐行渐远，就像当年看着她转进巷口，不见踪影。我知道她一直在那里，也仅仅是知道她一直在那里，不能朝巷子的深处走过去……

此后的十多年间，我们在不同的地方走过同样的秋冬春夏，步履蹒跚地走到了今天，一路上甘苦在心，冷暖自知。那种被人们称为宿命的东西，正牵引我们去向岁月更远的远端，谁也无法回头。这之中，偶尔有同学聚会之类的场合，如果正好都在场，无论气氛多么热烈，酒喝得多么酣畅，我和她之间也不过相逢一笑，距离总是比别人更远一些。曾经隔开两间教室的那道墙壁，好像又隔在我们中间了，而且将永永远远隔在那里。我注意到，她还保留着当年隔壁班那朵"花蕾"的质感，笑容依旧温润，甚至依旧青涩，看上去还是扎马尾辫那个年龄的模样，这尤其令人欣慰。

写于 1995 年
改于 2021 年

沙棠树

一

我上中学的时候，一进学校就注意到教室周边的树。那些树很特别，枝干高大挺拔，细叶浓密呈茸绿色，秋天结出豌豆大小的果子，浅红色，可以吃，味道有点像"火棘"的果实，只是更甜一些。我此前从未见过这种树，打听下来才知道是沙棠，又称干类棠梨。听说几十年前县中学建校时，那些沙棠树就已经枝繁叶茂，但究竟有多少年历史，谁也说不清楚。初中三年级和高中两年，我在沙棠树下的教室里读书，枝叶荫翳着窗外的空地，夏日里一片阴凉。不知道为什么，我总觉得那些树带着隐约的神秘色彩，令人敬畏……

二十世纪七十年代，家乡小县城里只有一所中学，设初中部和高中部。学校在县城东侧，紧靠着一年四季清流不断的龙泉，我们那个县曾经叫龙泉县，就因此而得名。校园很大，从龙泉旁边一直向凤凰山上延展开去，最下面是足球场，登上几十级石阶之后是篮球场，再上十多级石阶，右边一排平房是初中部，左边是高中部，也是平房。教室后面有一座旧庙，已改做教师办公室和图书室，顺着斜坡往上走一段，小路尽头是一栋青砖的楼房，上下两层，里面比较杂，有教室和办公室，也有单身老师的宿舍。在小城里，中学是最高学府，我们学校也确实透出最高学府的气势，古朴的校舍依山势高低错落，绿荫之中若隐若现，显得庄严沕穆。

不过，我们的最高学府也有过很尴尬的时期，无法保证每年按计划接收学生，我一九七六年小学毕业，就未能如期进中学读书。那一年，全县的小学毕业生都留在原来的学校读"戴帽初中"。有人打探到内情，说中学腾不出教室来，也安排不出老师。两年以后，一部分学生通过考试去了中学，另外一部分还留在小学里继续"戴帽"，带着失落的心情将就念完初三。我的成绩一直名列前茅，毫无悬念地考进了中学。

从初中三年级开始，我每天清晨从城里去中学上学，穿过半条街道和一截巷子，走到龙泉附近正好听到上课的预备钟悠悠地响起。钟声是从一段废钢轨上传出来的，钢轨挂在一株老柚子树上，因为周围都是沙棠，柚子树孤零零的，特别显眼。敲钟的老校工每天站在柚子树下，左手拎一只闹钟，右手握一把钉锤，在预备、上课、下课和放学时分把钢轨敲响，准确到分秒不差。

二

进入中学的第一堂课，一个身材高高大大的老师走进教室，开口说话，学生都有点蒙，他的口音与当地人不同，听起来很费劲。他是我们的班主任兼数学老师，姓王，自我介绍说自己是河南人，多年来也想改一改河南口音，但一直改不了。他表示尽量说得慢一点，如果大家在课堂上听不懂，可以随时提问，不用事先举手。王老师上课与其他老师最大的区别是，每一堂课都在黑板上不停地写，不停地擦，然后再写再擦。想来，他一定是以此来弥补自己的乡音给学生带来的不便。他的粉笔板书写得非常漂亮。

我们慢慢了解到，王老师大学毕业后分配到我们县城中学教书，说是为了响应支援山区教育事业的号召，从此就真的扎根了。但是，他在中学里任教的时间并不长，很快被下放到更偏远的地方，当了十多年的乡村教师。不久前，王老师的"问题"得以改正，按规定落实政策，终于回来了。这期间，其他一些老师也从不同的乡村陆陆续续回来，久别重逢，相逢一笑，学校里洋溢着温暖而热烈的氛围。难怪前些年中学里师资严重短缺，以至于无法接收学生。

我上初三的时候，高考刚刚恢复。七七级冬季考试录取的学生已经入学，我们那个县好像挂零；七八级考试成绩也发榜了，终于有几个学生榜上有名，他们的名字和所考上的学校被写在一张大红纸上，张贴于十字街口，那是全城最繁华的地方。靠考试也能上大学，最兴奋的当然是学生，觉得看到了灿烂前程，一个个恨不得"头悬梁，锥刺股"，说要把被耽误的时间夺回来。读书终于有用，老师的地位也跟着如日中天，特别是中学里的老师，又特别是教高中课程的老师，好像他们手上握着孩子们的未来。而仅仅在几年前，这些"臭老九"是没人瞧得上眼的。

临近高考，高中部的同学踌躇满志。每天清早，沙棠树下到处是拿着课本的学生；到了晚上，教室里灯火通明，却寂静得可以听到钢笔划过纸面"刷刷"的声音。既然在同一个校园里，不用说，这种氛围一定会传递到初中部，仿佛高考也近在我们眼前。事实上，老师们正是这样想的，也是这样说的。比如我们的王老师，他是班主任，除了上好数学课，还要带着大家把耽误的时间夺回来。我记得他没有一天不提到高考的事，讲课前总要念叨几分钟，说不要以为现在才初三，时间还多，满打满算也就一千天（当时高中只上两年），你们以前学过什么？会些什么？即便一天当成三天用，也不过勉强补上初一和初二欠下的课程，要想上大学，不脱几层皮你考得上？老师还感叹，说以前想考都不给你考，现在人人都可以考了，凭真本事追求人生理想，怎么能不努力呢？照他的意思，实现人生理想似乎只有上大学一条路。且不说他的想法是不是对的，恨不得自己的学生都有美好的未来，却无疑是发自内心的。

我印象中，王老师成天板着脸，好像看谁都不顺眼。就算你的成绩很好，他也说远远不够，要高考过得了关才算。老师要求严，学生中又总有不以为然的，矛盾便难以避免。

那时刚刚改革开放，曾经被禁的许多电影恢复公映，加上新引进的外国影片，十字街新片上映的海报三天两头换，电影院里银幕令人眼花缭乱，常常弄得县城万人空巷。这诱惑对学生一样是强大的，但是，等到学校晚自习下课钟声敲过，夜场电影也差不多散场了。有的影片在县城只上映两三天，如果其间不逢周末，多半就会错过。那么可以想象，因为看电影，班主任老师和学生之间必然对立，竟至于挖空心思斗智斗勇。第一个办法是软磨硬泡，或教室里集体发声，或三五成群去老师办公室甚至家里求情，希望某一天晚自习提前下课，让大家赶得上夜场。请求通常是徒劳的，记得只成功过一次，《刘三姐》上映的最后一场，王老师说这是一部很好的音乐风光片，值得看。经过批准，大家提前半小时下晚自习，兴高采烈涌进电影院，发现老师已经坐在里面了。也有学生擅自缺席晚自习去看电影，老师每次都非常生气，一副恨铁不成钢的神情，骂得你抬不起头来。王老师经常说一个道理：你现在努力学习，考上大学，将来什么电影看不到？你现在去看电影，以后就没机会看更多更好的电影，永和那地方连电影院都没有呢。他说的"永和"是一个乡镇，他正是在那里当了十多年乡村教师……

我算听话的学生，也有一次经不住诱惑，去看过一场《瓦尔特保卫萨拉热窝》。这部南斯拉夫影片引起不小轰动，偷偷跑去看过的同学绘声绘色地议论，说从来没看过这么精彩的电影。有一天，晚自习上了一半，王老师查岗离开后，我跟着就偷偷溜了，心里想着当天晚上他未必会再来，不想他恰恰又返回来，准确地发现我早退，还准确地判断出我干什么去了。同样是偷跑去看电影，事情发生在我身上，好像性质就特别严重。第二天，他当着全班大发雷霆，把我训了足足半个小时。从那以后，我再不敢越雷池半步。

三

老师之所以严，是因为他们心里坚守着"教不严，师之惰"的信条，这是学生的幸运。不同的老师性格不同，有的也相对宽容，只要掌握在合适的程度，其实也很好。上高中以后，班主任兼语文老师对我就特别宽容。

老师姓曾，四十开外，在学校是出了名的严厉，他教过的学生没有不怕他的，私下称他"曾老虎"。传说讲到"苛政猛于虎"那一课，他突然停下来，眼睛环视教室，目露凶光，厉声说："我晓得你们都觉得我是老虎，我想问问你们，现在眼目下，到底是高考卷子上的那些题目'猛于虎'，还是我曾某人'猛于虎'？恐怕还是高考'猛于虎'吧，不是吗？你以为你是武松？就算你是武松，不练成一身武艺，你也想过景阳冈？老虎不吃了你才怪！"

早就听说过这位"曾老虎"的威名，我有思想准备，见到他之后却没觉得多么厉害。那天中午，他从旧庙那里朝教室走过来，我恭恭敬敬地叫了声"曾老师"，他看了我一眼，停下脚步点上一支烟，冷冷地问："还当不当官了？"我半天才反应过来，他是问我还当不当学生干部，比如班长和学生会主席之类。不待我回答，他又接着说："我看，官就不要当了吧。听说你小学初中都当官，现在高中了，功课才是实在的。你觉得如何呀？"我赶紧表示不"当官"了。自那以后，无论中学和大学，我都没有担任过"一官半职"。

如果说"无官一身轻"是一种解脱，老师允许我不去学校上晚自习，才算真正"解放"。我家在县城南面，学校在东面，走过去大概需要二十分钟，一来一去的时间，加上在学校免不了与同学闲聊，每天至少耽误一个小时。我回家以后还要接着复习，父母为了让我不熬夜，多次劝说无用，竟摘掉了我房间的电灯泡，并且不允许我自备蜡烛之类的照明用品。

事情的缘由也正是因为晚自习。有一天晚上到了学校，教室里照例吵吵嚷嚷，一位同学不知从哪里弄来一张翻印的国画，画面上是一只威风凛凛的华南虎，我们略一商量，把画贴到讲台后面的墙上，似乎有点暗讽"曾老虎"的意思，引起全班哄堂大笑。画刚刚贴好，只听窗户"咔嚓"一声巨响，回头一看，是"曾老虎"砸的，他在窗外把一切看得清清楚楚，点出"作案"人员的名字，虎啸一般责令我们立即滚出来。我们乖乖地"立即滚出来"了，"曾老虎"怒目满面，随手递过来一串钥匙，让我们去他宿舍等着，说："今天不拿出老虎的威风来还镇不住你们呢！"然后冲进教室摆开架势训话，声音同样如虎啸一般："离高考还有多少天，多少个小时，多少分钟，你们不清楚吗？"

"曾老虎"发威是常态，并不奇怪，但第一次毕竟直接挑战了他的权威，我们觉得一定闯大祸了，忐忑不安地去他的宿舍，打开门，在简陋的沙发上坐下来，等着他回来发落。

老师的妻子当时还在乡下，他一个人住在学校的单身宿舍，屋子很乱，烟灰缸里的烟头差不多堆满了。我们两个人惴惴不安地坐着，眼睛东张西望，突然闻到一股浓浓的香味，循着找过去，发现书桌边有一个口袋，味道正是从里面透出来的，忍不住打开一看，是麻饼，用酥麻籽、炒米和麦芽糖制作的一种点心。我和那位同学对视了一下，几乎没有犹豫，伸手抓起就吃开了。这时候，我们竟哈哈大笑起来，心里升起一种快意，相互安慰说，要杀要剐随便他，吃饱了不当饿死鬼，何况那么一大口袋，吃掉一点也未必看得出来。

没想到，手上的麻饼才吃一半，老师就回来了。我们猛一下站起来，嘴里的东西来不及咽，手上的也没处藏，只好嘿嘿傻笑。老师看到我们尴尬的样子，也笑了，说："你们师母家里做的，刚托人带过来，味道不错吧？"

"味道？……哦，好吃！好吃！"

老师也拿起一块麻饼咬在嘴上，伸手从床边的柜子里摸出大半瓶酒，摇一摇，酒花一下子绽开，香气跟着弥漫出来。"你们师母家烤的苞谷烧，整两口不？要是有点老腊肉蒸起，再切一盘猪耳朵，那才安逸呢。"他似乎觉得自己的想法过于奢侈，"炸几颗花生米来下酒也好啊，可惜我这里没得，只有麻饼，将就咯……"

接下来，老师说起晚自习的事情，语气和善，好像我们压根没有贴过那张影射他的画。他说晚上集中起来自习也不一定合理，对自觉性比较差的学生或许有限制作用，但对另外一种学生，来来去去反而耽误时间。他告诉我们，刚才向全班宣布，从今天起取消我们两个人的晚自习资格，好好反省，什么时候检讨过关了，什么时候才来。他说，如果我们觉得在家里自习效果更好，晚上可以不来学校；要是感觉不对头，还是想来，他再宣布我们检讨过关了。

听老师这样说，我简直有点不敢相信，试探着问："那么，我干脆就不检讨了，可以吗？"与我"同案"的那位同学表示，他的检讨多半也深刻不了。

"我晓得你们的想法。"老师说，晚上就不要来学校了，但一定要认真复习，高考凭自己的真本事，谁也替不了你。他还说，上一年他的一个学生考上了外省重点大学，希望我们考个全国重点名校，为他争光，到时候他请我们喝酒，好好整几个下酒菜。

一九八一年高考，全国本科、专科和中专加起来录取率为百分之十左右，本科不足百分之五，贵州还低于全国水平。这种情况下，我的成绩能在全省名列前茅，自己固然努力，老师格外的关照也非常重要，比如不让我"当官"，以及因为"老虎事件"取消我到校自习的资格。"同案"那位同学也考上了省内的大学。后来，老师颇有些得意地说，因材施教的精髓是敢于突破框框套套，不管怎么说，符合学生实际的办法才是最好的……

四

按照当年的规则，考生要在考试前填报志愿。我反复查阅招生信息，自己一心想上的专业，全省只有一个招生指标，而且还是北京海淀路三十九号那所鼎鼎有名的学校。竞争全国名校热门专业，而且是全省唯一的一个指标，对于一个小县城里的学生来说，无疑是不能想象的，但是，我心里又存有一丝奢望，志愿表拿在手上，究竟该怎么填报，迟迟下不了决心。有人提醒我，想抢全省唯一的招生名额，除非有把握考全省第一，而我敢肯定的，只是自己绝不会考全省倒数第一。事实上，能不能考上普通的学校，我心里也没数。

万般纠结之际，我的数学老师给我出了一道题。

老师姓陈，四十多岁，头发浓密略卷，戴一副宽边眼镜，气质儒雅，平时说话不多，看上去总是若有所思的样子。也许因为我的数学成绩还算好，他对我比较注意。有一天，他突然叫人通知我去他办公室，我匆匆忙忙赶过去，猜测是不是前一天模拟考试没考好，心里有点不安。老师坐在桌前批阅我们的卷子，头也不抬，抽出我的试卷看了看，说这回考得还可以。"我给你加试一道考题吧，考你一道加法题。你今年多大？"

我答："十六岁。"

老师又问："明年加一岁，是多少岁？"

我答："十七岁。"

他接着问我："再过一年，十七岁加一岁，是多少岁？"

我盯着他，不敢回答了。十七岁加一岁当然是十八岁，这是高中数学老师出的考题吗？就在一瞬间，我恍然大悟："老师是在说我填志愿的事情？"

"啊？什么志愿？我不是在考你数学题吗？"老师依然埋头盯着面前的卷子。

"谢谢老师！我知道该怎么填报了。"

"就是嘛！一道简简单单的加法题，我就不信你算不过来。"这时候，老师才抬起头来，脸上带着会意的笑容。他告诉我，听说我正为填报志愿的事情纠结，觉得有必要和我聊一聊。他说："有什么可犹豫的呢？你怎么断定自己一定不行？既然心心念念想上那个专业，放弃了心甘吗？你才十六岁，哪怕连续考三年，也不过十八岁，就算最后还是没考上，自己尽力了，不留遗憾。不然，你心里可能出现一个死结，一辈子都未必解得开……"

我没有用上老师教给我的"加法"，第一年就考上了。那道简单的算术题让我懂得，当一些目标看上去似乎不可企及，最容易的一种选择是放弃，而放弃了，就意味着永远无法抵达。从那以后，不管做什么事情，我都习惯于朝最好的方向努力，争取最好的结果。我一直在提醒自己，可以接受失败，但绝不能轻易放弃。

五

海淀路三十九号那所学校的录取通知书终于来了。出发之前，我去了一趟学校，在沙棠树下坐了很久。那个季节正是树木最茂盛的时候，浓荫挡住炎炎夏日，我看到小小的沙棠果挂上枝头，还没有透出成熟的浅红来。

后来我才知道，沙棠确乎是一种非同寻常的树，木材坚硬适于造船，而船可以渡人。两晋之交以洞悉阴阳五行著称的郭璞诗云："安得沙棠，制为龙舟，泛彼沧海，眇然遐游。"李白也写过"木兰之枻沙棠舟"的句子。上溯得更为久远一些，《山海经》里所列的十大神树，其中就有沙棠："昆仑之丘有木焉，其状如棠而黄华赤实，其味如李而无核，名曰沙棠，御水人食之使不溺。"按照《山海经》里的说法，人吃了沙棠果，即使不会游泳也不至于溺水，听上去实在神奇。这部远古奇书本身就是无比神奇的，其中记载的事情，连司马迁也承认"余不敢言也"，我当然就更不敢言了。

我不止一次吃过学校沙棠树结的果子。沙棠树下的那三年，我也正像有幸搭乘着一艘无形的大船，渡过了人生的第一段急流险滩，一直来到今天……

1993 年

文科生

一九七九年夏天，我初中毕业，通过考试进入县中读书。第二年正式分科，那一届我们中学有三个高中毕业班，接近二百名学生，只有五个人报考文科。

刚刚恢复高考的时候，社会上流行"学好数理化，走遍天下都不怕"的说法，崇尚自然科学成为潮流。其实，经历过当年高考的人都清楚，更重要的还是现实因素，理工农医类院校招生名额多，比文史哲类院校多出至少一倍，概率大不一样。政治、语文、数学和外语是必考科目，此外，理工科考物理和化学，文科则考历史和地理，人们认为后者不需要灵气，只要认识字就可以死记硬背。所以，选择文科的，通常是数理化成绩不好的学生。

我的情况不大一样，考虑报考文科完全出于自己的志趣，至于选择什么专业，心里没有数。有个表姐夫在大学教书，假期到贵阳走亲戚，正好向他讨教。表姐夫是教哲学的，但并不支持我报考文科，说可选择的专业范围太窄，无非哲学、中文、历史、法律之类，读完书出来多半当老师，不如理工科天地广阔。表姐夫说：新闻专业倒是不错，毕业以后当记者，"无冕之王"还是很风光的，但你肯定考不上，就不用惦记了。我问为什么肯定考不上，他告诉我，当时全国仅三所大学开设新闻专业，其中暨南大学限招归国华侨子弟，另外两所学校的新闻专业基本不在贵州招生，恢复高考以来，每所学校只招过一名学生。表姐夫还说：就算你运气好，明年正好有招生名额，你确定自己能考全省文科第一吗？

那时候，我对记者这个职业并没有概念，"无冕之王"的说法也是第一次听到，觉得很新鲜、很有诱惑力。我当然不能确保考全省第一，但反过来想，选择文科才有考上这个专业的机会。所以，高中二年级分科时，我毫不犹豫地报了文科。

分科报名的情况给学校出了个大难题，原本计划分别开设文科班和理科班，而报文科的学生只有五名，无论如何也开不了一个单独的班。学校领导反复考虑之后，让班主任老师找我们谈话，说学理科有机会成为科学家，最不济也能当工程师，为我们描绘未来的美好职业前景，思想工作做得耐心细致，但五个学生态度坚决，无一动摇。老师提醒说："开不了文科班，历史和地理课程只能靠你们自学呢！"自学就自学吧，不是说无非一些死记硬背的东西吗？学校不能强迫学生报考哪一科，最后做出让步：文科生可以不上物理和化学课。

从那以后，到物理和化学课时间，我们就在教室里看历史和地理课本。无论如何还是不方便，后来干脆跑到校园里随便找个地方，沙棠树下或者龙泉旁边，坐下来自己啃书本，进入半"放羊"状态。学校希望为我们提供一些帮助，各科指定一名老师给予辅导，一位语文老师负责辅导历史。我们去讨教有关抗日战争的题目，他拿起课本翻了翻，摆开架势讲述如何理解"兵民是胜利之本"，说，"民兵"厉害呀，打游击战比正规军厉害，你们看《地道战》《地雷战》，都是民兵的发明创造嘛。于是我们知道，他连"兵民"和"民兵"都没有看清楚，完全凭自己的想象信口开河，此后再不敢去找他了。倒是另一位老师，新中国成立前毕业于南京一所大学的历史系，虽然学校没有安排他辅导文科生，但只要我们找上门去，一定给予悉心指导。老先生和善而儒雅的笑容给我留下了深刻印象……

按照当年的学制，高中只上两年，意味着我们要在短短一年时间里自学两门课程并应对高考。可以想象，那段经历是无比艰辛的，但也多少带着一些温馨浪漫的色彩。文科五个人都在高二（三）班，三男两女，我们就像上了同一条船，而船正颠簸于惊涛骇浪之上。那个年代，男生和女生本是互不来往的，因为境遇过于特别，我们不得不相互鼓励着往前闯，惺惺相惜，成了很好的朋友，要说是一种相依为命的状态，也差不了多少。

我平生最早的异性朋友，就是那两个学文科的女孩子。其中一个家在烟酒糖公司有一间宿舍，屋子不大，位于巷子的尽头，为了方便一起学习，女孩两人都住在那里。彼此熟悉以后，我们把那间屋子当成自学历史和地理的课堂，聚在一起自己给自己上课，大家轮流当老师。当老师是需要备课的，必须提前把要讲的内容准备好，这种方式使我们更容易记住那些似是而非的年代与年号、山川与河流、气候与物产……墙上挂了一块很小的黑板，是我和另外两个男生半夜摸到小学的教室里偷来的，我们的确也找不到地方去买。我清楚记得，夜深人静的时候，我和另外两个兄弟离开那间屋子，穿过巷子走出来，有时抬头能看见月亮和星星，有时细雨滴答滴答下个不停，让人想到不可知的未来，既踌躇满志，又惶惑不安……

功课之余，我们也聊过一些其他话题，比如为什么打定主意报考文科，两个姑娘都说实在不喜欢物理和化学，怎么努力也学不好。我的数理化成绩全年级数一数二，报考理科大概率会考得更好。化学老师对我的选择表示不解，物理老师直接骂我胡闹，说学校连文科的基本课程都不安排，几个孩子能折腾出什么结果，断言一个也考不上。不管别人怎么说，我从未动摇过，且不说自己的兴趣和志向，仅仅因为有机会与两个姑娘同进退，我也绝不可能掉头逃走。

高考一天天临近，学校不时举办各种考试竞赛，大张旗鼓地表彰优胜者，以此激励学生。考试竞赛不包括历史和地理。也许是因为心理不平衡，我参加了一次化学考试竞赛，获得全校第二名，令报考理科的同学们有些尴尬。我还想在物理考试竞赛中闹一把，自信进入前三名的可能性不算太小，老师死活不让我报名参加，只好作罢。

按照当时的规定，填报志愿必须在考试之前完成。那年北京的那所学校新闻系还真有一个招生名额，我莫名兴奋了一阵，接着想起表姐夫说的话，除非"确定自己能考全省文科第一"，心里实在没底。但是，自己报考文科很大程度上是冲这个专业去的，如果放弃，又怎么甘心呢？关键时刻得到一个老师的指点，我斗胆按自己的心愿填报了志愿，一生的轨迹从此改变。关于这件事情，我在《沙棠树》里详细说过，对恩师永远充满感激之情。

七月七日开始，连续三天的高考如期进行。我带着一支自己最喜欢的钢笔，端着一个很大的茶缸进考场。那时已经无所谓紧张不紧张，人是麻木的，三天时间六场考试仿佛一眨眼就过去了。当天晚上，我们五个文科生相约一起把课本全部撕掉，买来一些啤酒畅畅快快地喝了一顿。第二天冷静下来，我感觉自己考得很不好，不要说全省文科第一，是不是倒数第一也很难说。心烦意乱的也许不只是我一个人，原以为考试结束后，五个患难与共的兄弟姐妹可以约着到处玩一玩，却都不再露面。我每天大清早去河边钓鱼，晚上一个人在郊外的环城路上闲逛，听路边稻田里如潮的蛙声，看流萤远远近近飞过，夏夜的晴空繁星满天……

等待考试成绩的那一个月，我觉得是自己经历过的最漫长的一段时日，直到八月初发榜。

那一年，全国高考平均录取率应该不足百分之十，贵州还要低很多，文科更低。面对如此激烈的竞争，我们五个文科生中的四个人从"死胡同"里硬生生闯出一条路，结果出乎所有人意料，在学校乃至整个县城引起震动。从第二年起，县中学每年五个高中毕业班，文科班严重超编，报考理科的学生勉勉强强才能凑齐一个班。后来，我们中间落榜的那位同学考上一所很好的学校，为兄弟姐妹们的特别经历画上了完美的句号。"学好数理化"很可能真的"走遍天下都不怕"，但最重要的是过得了高考这一关，走出第一步。如果学好历史和地理更容易走出这一步，数理化也不是不能先放一放的。这不是功利，这是现实。

不得不承认，当年高考的压力实在太大了，以至于我居然没注意到，身边的两位姑娘竟如此美丽。如今她们已经为人妻和为人母了，也还是那么美丽⋯⋯

1995 年

"校工"老陈

在《沙棠树》一文里，我提到过一个人，站在老柚子树下敲钟的校工。其实他并不是校工，是我们县中学一位颇有些资历的教师，大家都叫他老陈。安排他去敲钟，据说是因为他"不适合继续站在讲台上教书育人"，至于为什么不适合，我一直没听人提起过。

老陈是学校里知名度最高的一个人，老师不必说，学生也都认识他。每天清早，他站在柚子树下，准时敲响预备钟，之后敲上课钟和下课钟，晚上还要敲自习钟，夜里九点半的那一次钟声响过了，校园才归于宁静。我初中三年级进县中读书，到高中毕业离开，印象中，无论春夏秋冬，阴晴雨雪，老陈好像从未缺席。

老陈敲响的，是挂在柚子树上的半截废钢轨。我不清楚钢轨的来历，也不知道它挂在那里多久了，看上去锈迹斑斑，唯有老陈用一只钉锤敲击的那个地方铮铮发亮，略略凹陷进去。在这样半截废钢轨上，老陈能敲出不同的韵律来：预备钟"当……当……当……当"，节奏舒缓，敲击的间隔比较长；上课钟是"当、当当……当、当当"，催促你赶紧进教室去；下课钟是"当当……当当当当……当当"，两声之间略有间隙，让人放松下来。偶尔会有"当当当当当当"的钟声响起，那是通知紧急集合，全校师生必须放下手中的事情，立即赶到操场上列队，等待着一些特别重大的事情宣布……

在我们的学校，全校老师和学生都听令于老陈的钟声，可以说他是无时不在的。但是，他又像根本不存在一样，几乎没有人真正注意过他。上课的钟声如约响起来，老师抬腕看一看手表，拿起课本去上课，四散在校园里的学生也急急朝自己的教室奔去；到了下课钟敲响，老师还是习惯地看一看手表，宣布下课，转身回办公室去，学生嘻嘻哈哈冲出教室，借课间十分钟嬉戏打闹。谁都听得到钟声，但谁也不会想起敲钟的老陈。

我注意到老陈，是因为他手上随时都拎着的一只闹钟，那么很显然，他没有手表，靠闹钟来确定时间。他低头走过来，在柚子树下站定，右手握着小小的钉锤，左手把闹钟拿到眼前，神情庄重地盯住指针，准备敲钟。上课和下课是非常严肃的事情，必须准时，于是我看到，老陈手上的钉锤早早举了起来，停在半空，在时间到了的那一刻朝钢轨敲下去，清脆的声音立即传开，分秒不差。

仅仅从面相上看，老陈究竟有多大年龄，是完全看不出来的，可能四十多岁，也可能五十岁，甚至更老一些。他戴着一副很普通的眼镜，其中一条眼镜腿缠了胶布，一年四季穿的好像是同一件旧中山装，已经洗得发白，无法分辨原来的颜色，裤子膝盖处补了两块很大的补丁，脚上是一双解放鞋，同样洗得发白了。你听到钟声响起，朝柚子树下看过去，全然不知道他是什么时候站到那里去的，或者他一直就站在那里，只是你看不到他。

每天清早和下午的预备钟，老陈要足足敲满三分钟时间。之后，上课钟"当、当当……当、当当"算一组，敲十六组；下课钟"当当……当当……当当……当当"算一组，也敲十六组，绝不多敲一组，也不少敲一组。用钉锤去敲击钢轨，这个非常简单的动作，老陈做起来却无比肃穆，仿佛一桩不可有半点疏忽的大事，每一次敲击的力度恰到好处，手腕摆动的幅度几乎一模一样，敲出来的声音不爆也不涩。如果静下心去听，你能感觉到悠远的钟声正是一种诉说——那是一种执着的诉说，在天地间久久回荡……待到最后一下敲击结束，老陈如释重负般长吁一口气，转过身子，沿一条沙棠树荫翳着的小路上坡，然后转弯，消失在一栋青砖楼房的背后。

在中学里读书的那几年，我没有看到老陈跟谁说过一句话，疑心他根本就不会说话。他的额头、眼角和嘴角刻着深深浅浅的皱纹，皮肤粗糙黝黑，头发稀稀拉拉，胡须花白，五官僵住了一般看不出任何表情，既不愁苦，也不快乐，或者说，没有表情就是一种表情。无论老陈在哪个时候出现在哪个位置，无论你从哪个角度看，他都更像一个影子，双目躲在眼镜片后面，低头看着地面，从不抬眼平视，好像地上有什么特别的东西需要一直盯着；

你仔细观察，发现他的目光又是散漫的，其实什么都没有看。他的步履无声无息，倒未见得蹒跚，也不是匆匆的。你明明看到他一步步往前走，前面还有很长一段路，但只要你的眼睛略略移开，再回过去看，他已经不见踪影了。我总觉得他承受着一份无形的负荷，因为过于凝重，便是费劲地支撑，一颗心也还是摇摇欲坠的。

那栋老旧的二层青砖楼房在学校最后面，靠着一片竹林。老陈住在一层最边上的一间，屋子不算小，里面堆了很多杂物，包括废弃的桌椅和前些年游行用的锣鼓之类。要说这地方是一个家，实在勉强，但他确实只有这一个地方可以栖身，而且回到屋子里以后就不出门，这里俨然又是他的家。很难说有没有人光顾过他的居室，除了按时去敲钟，老陈差不多都缩在这个角落里，谁也不知道他在做些什么。更无法想象的是，整天把自己关在屋子里，他会想一些什么呢？他一定是要想一些什么的，一个人怎么可能没有心思和念头，怎么可能没有喜怒哀乐。但是，老陈分明是没有喜怒哀乐的，至少看上去没有。有时候我想，他是不是一个大隐的智者，已经修炼到不喜不怒不乐不悲的境界，人们看到的这个老陈并不是他自己；在他眼里，芸芸众生执迷不悟，身陷苦海而全然不知，才是可怜又可笑的。果真如此的话，我情愿自己是可怜又可笑的。

《庄子》说"哀莫大于心死"，影子一般似有若无的老陈，他的心因为莫大的哀愁而死去了吗？或者说，心已经死去了，才是他最大的哀愁，其余的便犯不着也不值得哀愁了？倘若是这样，我们看到的这个老陈，他究竟还有没有灵魂意义上的心呢？心如死灰的余烬，人又能怎样活着？《庄子》说"而人死亦次之"，就是说，心比躯体更要紧，心死去了，人跟着就死去了；或者说心死去了，人即便还活着，跟死了其实也没有什么两样。而老陈还活着，至少敲钟的时候还活着，不过，好像也只有敲钟的时候，他才是活着的。

老陈当然是活着的，毕竟还在敲钟，还有一份工作，能按月领取生活费。曾经，他连敲钟的资格也被取消了，这就难了，因为人活着必须吃饭。好在他有点手艺，小时候在乡下跟家里人做活路，学会了编簸箕和筲箕之类的竹编，于是拿着柴刀去学校的后山，砍几根已经倒下或即将倒下的竹子扛回来，划成粗粗细细的篾条，摸摸索索编出一些小家什，赶场天拿到集市上去卖。老陈和别人不一样，并不是街边随便找一个地方，把东西一一摆开让人选购。他不摆摊，更不吆喝，一根扁担挑着几样竹编在街上来来回回走，从集市的这一头走过去，再从另外一头走过来，有人看中他的东西，叫住他，买卖站着就完成了。老陈的竹编没有标价，也无须讨价还价，买主看着给钱，筲箕、筛子大概五六角钱，刷把、蒸隔和竹饭勺等一两角钱，箩筐和簸箕是大件，费工费料，通常得一两块钱。不管别人给多少，老陈都不说话，伸手把钱接过来，放进中山装胸口位置的兜里，接着朝集市的另一头走过去。

有一天，学校突然恢复了老陈敲钟的资格，钉锤和闹钟又送了回来。他接过去握在手上，朝柚子树那里走过去，依然影子一般无声无息。从那天起，集市上再也见不到老陈的身影，已经编好的一些物件堆在墙角，似乎与他毫无关系……

　　我上中学的时候正是拨乱反正的年代，历史问题开始逐一厘清，涉及的人不少，事情却大同小异。这样，一些当年被下放到乡村去的老师陆陆续续回来了，他们多是老牌的大学毕业生，学科功底深厚，教学经验也丰富。这些老师不再年轻，但他们重新站到讲台上的那一刻，已经逝去的青春又焕发出来，决心带着孩子们"把耽误的时间夺回来"。当然，因为高考已经恢复，教师的地位翻动扶摇、直上九霄，尊师重教很快成为新的社会时尚。

　　此时，人们想起了老陈。他还站在柚子树下，手上的钉锤早早举起来停在半空，眼睛一眨不眨地盯着闹钟嗒嗒跳动的指针，在应该敲下去的那一刻，手腕划出一道弧线，朝那半截废钢轨果断地敲下去，清脆的钟声依然分秒不差。

　　不知道是否因为他不曾被下放到乡村去，还是因为他没有像其他老师一样不断提出申诉，总之，近在身边的老陈反倒被忽略了。弄清楚他的问题并不困难，无非就是一些可想而知的事情。翻开档案一查，老陈原来毕业于未名湖畔那所名校的物理系，早年在中学里教物理课，讲课的水平有口皆碑。当时，全校有这样学历和资历的老师凤毛麟角，老陈落实政策，让学校多了一个人才，新来的领导喜出望外。于是，钟肯定是不用再敲了，高中毕业班的课表上，物理课一栏赫然写着老陈的名字。这样一位老师被"挖掘"出来，面临高考的学生们最兴奋，未名湖畔那所名校是一个充满诱惑的梦想，有一位老师是从那里来的，自己离那所学校似乎也更近一些。

　　关于落实政策，老陈一直没有主动提出过申诉，这让学校领导有点意外。也许，这样一个隐忍的人，想必也一定更清高，正所谓傲骨铮铮，还我清白是应该的，为什么需要我自己申诉呢？好在该来的总会来，也终于来了，学校领导找老陈谈话也正是这样说的，嘘寒问暖之后，更多的是寄予厚望。领导说，面对学业已经被耽误了多年的孩子们，面对未来，自己的这点委屈算得了什么呢？一个老资格的人民教师，心胸一定要豁达，襟怀一定要宽广，一定要拥有正确看待个人苦难的境界……老陈是怎么想的呢？他站在那里，脸上毫无表情，几次请他坐下来谈，他就像没有听到一样，依然站着，始终一句话也不说。不说话就不说话吧，那么，对于学校的安排有没有意见呢？老陈还是不说话，送去的课本倒是接下了。既然课本接下了，事情就这样决定了。

但是，从第一堂课开始，大家就发觉老陈有点不对劲。他按时去了教室，咧着嘴朝大家笑，接下来并不照课程的安排讲课，学生举手提问，他像听不见一样。细心的学生发现，大家寄予厚望的这位老师不是不愿意认真讲课，而是他的确讲不了，至于为什么讲不了，谁也不敢断言。这样几节课下来，事情就传开了。一开始，学校领导认为老陈也许还在纠结自己的遭遇，不过是闹闹情绪而已，紧跟着去做思想工作，劝他向前看，过去的事情已经过去，如今恢复名誉了，工资也补发了，房子也分到了，终归是等到了好时候，还有什么放不下的呢？不说别的，就算是为了孩子们的未来，也应该好好教书……不管如何动之以情晓之以理，老陈依旧面无表情，一言不发，第二天到了课堂上还是老样子。

经过认真观察，大家终于明白了，老陈并不是在闹情绪，其实他根本就没有情绪；也不是忘不了过去的事情，而是他对自己的"历史问题"不持异议。落实政策以后，他还和前些年一样定期写检讨材料交到学校去，继续"深刻反省"。学校领导一再对他说当时是弄错了，现在已经改正，不用写检讨材料了，老陈不说话，过一段时间照样恭恭敬敬把检讨材料交上去。可以肯定，如今的老陈"不适合继续站在讲台上教书育人"，是千真万确的了。

学校很快为老陈办理了退休手续，算提前病退。

知情人说，老陈当年不止一次对朋友提起过，在未名湖畔读书的时候，他非常喜欢图书馆系的一个江南姑娘，悄悄为她写了很多首带着雨巷一样清愁的小诗，但不敢送给她，直到毕业也不过空怀一份单相思，在远处默默仰望心中的女神。老陈从不以自己的那些诗示人，常常高声诵读"我的所爱在山腰，想去寻她山太高"，仿佛平生抱憾无以为寄，也只能"低头无法泪沾袍"了。大学毕业分配来县中学工作，不久就出了"问题"，老陈再没机会谈情说爱，当然也没有结婚。如果说当年的暗恋不算恋爱，那么，他这一辈子很可能没有谈过恋爱……

1993 年

53

海淀路三十九号

一

海淀路三十九号是我母校的门牌号。学校成立于五十年代初，名义上是综合性重点大学，实则以社会科学为主。据说按照最初的规划，校园一直延展到魏公村以南，与中央民族学院紧挨在一起。规划最终没有完成，想来一定有很多因素。

高考之前，我对这所学校并不了解。填报志愿时，我发现自己几乎没有选择余地，当时全国仅三所学校开设了我想学的专业，而且复旦大学当年不在贵州招这个专业的学生，暨南大学不招内地学生，唯一的指标来自海淀路三十九号的那所学校。

通过有限的资料，我了解到，学校前身是延安时期的陕北公学，以及四十年代的华北联大和华北大学，号称"从抗战烽火里走来的大学"。这样一所学校，知名的校友自然不少，其中一位俄语系毕业的女学生，被"史无前例"的时代推到风口浪尖，那段时间报纸上正连篇累牍报道她的遭遇。她非常漂亮，会拉小提琴，喜欢罗马尼亚作曲家奇普里安·波隆贝斯库的《叙事曲》。我碰巧听过这个曲子，哀怨缠绵的旋律带着深深的忧虑和渴望。在学校的四个年头，我总觉得校园里有那位师姐的影子，像盛开的白玉兰一般凄美，也依稀听得到《叙事曲》婉转低回的诉说，音符泫泫勾人心弦……

上大学的时候，我刚满十六岁，一九八一年八月下旬的一天，独自挤上严重超员的列车，硬座车厢里颠簸两天两夜到了北京。车站广场上有学校的新生接待站，等了好一阵，校车终于来了。之前我走得最远的地方是省城贵阳，初到北京，车窗外一派北方都市的街景，感觉不仅仅是陌生，甚至梦境一样迷蒙。车不紧不慢地行驶在街道上，也不知过了多久，目光越过马路中间白杨树成排的隔离带，我突然注意到左边一个地方，似乎有些熟悉，我们的学校是不是就在那里呢？而校车径直朝前开过去了，那么不是，但我隐约觉得应该是那里，不自觉回过头去看。这时候，校车在前面一个路口掉头，从隔离带的另一边回到了那个地方，昏暗的灯光下，两根方形水泥柱子矗立着，其中一边挂着校牌，正是我们学校的大门。我从未看到过学校校门的任何一张照片，也不知道校车已经行驶在海淀路上，但是，那个地方出现在车窗外，我竟能一眼认出来，坚信学校就在那里。为什么有如此奇怪的感觉，我至今也说不清楚，想不明白。

我完全没有想到，鼎鼎有名的一所大学，校门竟如此简陋。

二

车进校门，大家不声不响下车，被早早守候在那里的师兄师姐们指引着，各自去找先期托运到学校的行李。一个中年人走过来，拉着嗓子问有没有某某系某某班的新生。我上前去自我介绍，他拍了拍我的肩膀，说自己是班主任老师，问同一趟车来的还有没有同班的其他新生，我说不知道，不认识。老师让我等一等，转身走了，过一会带来两个人，说是我们宿舍的同学，来帮我搬行李。那么，班主任就是我进校见到的第一个老师，看上去四十来岁，待人亲和，像一个老大哥。后来的事情证明我的感觉没有错，他与我们相处得非常好，可谓亦师亦友。两年后换了一个班主任，与他完全不是一类人，究竟怎么样，全班同学心里有数。

第二天大清早去办理入学的相关手续，校园里走了走，发现这所学校与我想象中的样子差距甚大。校门简陋不说，东倒西歪的水泥柱拉着乱七八糟的铁丝，就算是校园的院墙了。进门大约二三十米处立着一块红色影壁，上面写着"实事求是"，影壁后面的运动场明显比我们县中学的还小，后来知道一圈跑道只有三百米，围在中间的足球场面积自然也不够标准。运动场的另一头是一栋三层灰色楼房，正对着校门，那是主楼，旁边的几栋二层红砖楼房和一些青砖平房依次排开；后面有一栋四层的教学楼，以及对应着的同样大小的图书馆，中间是球场，有篮球板，也可以拉上网打排球。听说球场以西本来也是校园的一部分，面积比这一边还大，被一个单位占用了，迟迟无法收回来。没用多少时间，我就把校园走了个遍，感觉格局很像北方的农庄，最多不过是条件好一点的农庄。

我们宿舍紧靠海淀路，编号学一楼，是竣工不久的新房子，一共六层，下面四层住男生，上面两层住女生，中间没有任何隔离设施。这样的安排在大学里是绝无仅有的，就不担心少男少女们上上下下到处乱串吗？既然学校信任，大家也努力做个乖孩子，每天晚上十点半熄灯以后，男生绝对不去五楼以上。旁边的学二楼和学三楼正紧锣密鼓地施工，搅拌混凝土轰隆隆的声音大半夜也听得到，学生一开始有意见，学校说必须赶工期，不然下一年入学的新生就没地方住，也只好理解了。因为特殊时代的冲击，我们的学校一度停办，才恢复三年多时间，眼下的情形还比较混乱，乐观地说是百废待举。我们看到形形色色的人骑着自行车从东校门进来，朝西门飞驰而去，校园中间的通道俨然市民穿行的大马路，这种状况持续了很长时间。好在问题最终得到解决，我毕业前夕，被占去的一半校园物归原主，终于有点像一所大学了。

坦率地说，入学之初我有些失落，觉得学校的环境还不如我们县城的中学好。若不是死心眼要学这个专业，凭自己的高考成绩，我完全可以再往北一点，去未名湖畔的那所学校上学。既然已经来了，想到四年大学生活不过人生的一个驿站，也只好静下心来，每天老老实实上课，晚上去图书馆随便找一个位置坐下来，至少看上去像在认真读书。要说有什么不守规矩的地方，那就是拒绝出早操。班上的体育委员每天大清早来敲门，挨个掀被子催促大家起床，很令人心烦，你越咋呼我就越不起来，有时一觉睡到中午，连课也懒得去上了。那段时间，我觉得唯一有趣的事情是去食堂做义务劳动，炒菜和做饭都不会，就站在窗口里面给同学们打饭盛菜，按照定价收取饭菜票。我尽量为同学们多盛一些菜，遇到漂亮的小师妹，手上的勺子尤其不听使唤，分量把握不精当，惹得旁边的同学哄笑，小师妹也红着脸表示感谢，一个劲说"够了够了"。

三

从中学生变成大学生，一开始最不习惯的是松散的教学方式，没人管你是不是按时去教室上课，完全靠自觉。这样一来，人就容易懒惰。

学校的许多公共课是很有质量的，记得有一个老教授的中共党史课，还有一个老教授的古代汉语课，偌大的教室常常座无虚席，去晚了没有座位，不少人站着听。系里的专业课却比较勉强，不是老师讲得好不好，而是的确不大容易讲好。一个实践性很强的专业，让一天实际工作没做过的老师去讲，空洞乏味不难想象。如果哪一门课的老师太较真，就难免惹人讨厌，师生关系变得紧张。老师有决定这一科成绩的权力，但学生也有不在乎这一科成绩的权力，一些课本来就很难把握标准，比如一篇文章，只要立场观点没有大问题，老师想给一个不及格的分数，也不是那么容易的。

入学没多久，我意识到自己的这个专业不需要学得太认真，从文字的要求方面看，能保证不写错别字和病句就可以了，高中语文水平足矣。对于专业选择，我发现自己可能出现了偏差，多半上错了车，而车已经摇摇晃晃往前开了。是不是应该跳下去呢？我也这样想过，但不确定还有没有机会搭上另一趟车，即便侥幸挤上去了，也未必一定是对的。从根本上说，还是胆怯和因循占了上风，发现偏差而不及时纠正偏差，是要付出代价的。时至今日，我不大愿意提及自己毕业于某一所学校，特别不愿意说起所学的专业，因为明白人都知道，在大学里学这个专业，相当于什么也没有学。

当然，说四年时间什么都没有学，可能极端了，我多少还是学了一些，包括过去闻所未闻的东西。比如滑冰，在南方是学不了的，第一个学期的冬天，体育课设了滑冰科目，对于我来说非常新奇，学得兴致勃勃。为了开这门课，学校也算煞费苦心了，没有冰场，便在一个篮球场上浇水，一层一层浇，一层一层冻起来，花了整整一个星期时间，硬生生把篮球场浇成了冰场。而与我们临近的那两所名校，校园里有湖，冬天就是天然冰场，学生穿着冰鞋在一派北国风光里滑过镜子一般的冰面，让人羡慕得不行。

四

一年后，学二楼和学三楼竣工，我们宿舍搬到学三楼，房子好像更宽一些。去教学楼上课，走过老旧的红一楼和红二楼之间的小路，转弯处要经过一个商亭。那是校园里唯一的商业设施，出售的东西以食物为主，面包饼干方便面酸奶汽水可口可乐什么都有。这样一个场所恰恰设在必经之路上，让囊中羞涩的学生每天面对诱惑，无异于一种折磨。

商亭里的东西非常丰富，走进去，眼前全是花花绿绿的包装。印象中，汽水一角五分钱一瓶，可口可乐和酸奶二角五分，此类东西吃不饱，我是不会去买的；面包和饼干虽然可口，但性价比不够好，也不大惦记；最诱人的是方便面，开水一冲随时可以吃，价格也相对公道，普通的每包一角四分，高档的二角五分。年轻人饿得快，晚上八九点钟肚子开始咕咕叫，不自觉想起商亭里的方便面，口袋里却没有钱。借钱固然是最不好意思开口的事情，直接借方便面兴许要好一些吧？我曾经找隔壁宿舍的一位同学借过，说再过两天家里寄的生活费就到了，保证第一时间还给他。那位同学抬头看了我一眼，说没有，我指着他床头架子上的两包方便面问："这不是你的吗？"他说是他的，但当天晚上自己要吃。我厚着脸皮问，两包都要吃吗？他说是的，两包都要吃。后来，我看到那两包方便面在他架子上放了好几天，他是担心我不还给他，还是怕我还不起，或者说反正就是不愿意借，我不得而知……

我慢慢注意到，在我们的校园里，商亭是一个能检验出贫富差距的标志性建筑，径直往里面去的都是"有钱人"，远远绕开的，则是精打细算也难免捉襟见肘的"穷人"。班上一个膀大腰圆的女同学酷爱酸奶，从商亭经过时一定要进去抱两瓶出来，还津津乐道地介绍自己的体会，说那东西很怪，喝第一瓶只觉得酸，第二瓶才能喝出味道来。好在我没有喝出味道来，一瓶酸奶二角五分钱,如果我一天喝掉两瓶,一日三餐便没有着落了。月底饭票短缺,心里盘算的不是酸奶,而是需要啃几天咸菜下馒头,才勉强撑得过去。

其实,我的情况也不能说多么拮据,家里每月按时寄来三十元生活费,在当时不算少了。问题出在自己不会计划,缺乏自控能力。月初财大气粗,顿顿吃鱼香肉丝、木须肉之类的硬菜,三角钱一份,不曾像优裕的同学那样再加三角钱的腊肠,觉得已经很克制了;月中仓廪渐虚,改吃两角钱一份的土豆炒肉或其他蔬菜炒肉,里面未必有几片肉,总还带一点荤腥;再往后心里就不大踏实了,吃一角钱一份的辣萝卜丝,下饭也还将就;月底那几天,饭票通常还有,菜票早已告罄,五分钱一份的熬白菜也未必有保障。我们宿舍八个人,家境不大一样,但对付吃饭难题始终共同进退。大家约定,自每月中旬起,即使你手上再宽裕、菜票再多,也不能吃超过两角钱的菜,因为你如此"大吃大喝",哪里还能剩下菜票借给别人呢?家在北京的两个同学条件相对好一些,本人也节俭,菜票贷出方多是他们。这个"规定"毫无道理可言,但大家都严格遵守,毕竟同窗四载,还住在一个屋檐下,多少世修行才有的缘分,让谁饿肚子都不好。

五

我上大学的时候,每天填饱肚子已经不是问题,但饭菜里的油水不多,嘴还是馋。因为嘴馋,我做过一件非常丢人的事情。

　　宿舍的空间不大，每间屋子摆着上下铺的架子床，八个人挤在里面的确不够自在，因此，晚饭后大家习惯去图书馆或者教室看书。有一天我感冒，在图书馆坐了几分钟，头昏沉沉的，收起书包回宿舍，一进走廊就闻到很浓的一股香气，分明来自对面房间。什么东西这样香呢？我试着敲门，没有声音，知道里面多半有人，故意恶作剧一般敲个不停。门终于开了一条缝，是我们班的一位同学，瞪大眼睛警觉地看着我，香气的确是从那间屋子里散发出来的。我哈哈一笑，说他一定用了电炉，这是学校绝不允许的。他略略一愣，把我让进屋去，关上门并反锁起来，笑呵呵地掀开桌子上的报纸，铝饭盒里有几块暗红色的瘦肉，还冒着热气。我说："你在煮腊肉吃？会过日子呢！"他的神情有几分尴尬："呵呵，不是腊肉，是火腿，假期从家里带回来的，你尝尝，看看味道怎么样。"他用筷子挑了挑，夹出最小的一片火腿递给我。那么可以想到，他的意思很明白，吃了人家的东西自然嘴软，在宿舍里私用电炉的事情是不是算了呢？在此之前，我从来没有吃过火腿，那香气实在诱人，竟伸手接了过来。

　　这时候我想起来了，这位同学来自"火腿的故乡"。每个假期过后，刚从家里回来那段时间，他晚上经常不去图书馆或者教室，原来是躲在宿舍里用电炉煮火腿，一个人悄悄享用。大概十天半月以后，估计带来的火腿已经吃完，才和大家一起去读书自习。这一次被我碰巧撞上了，他不得不忍痛割爱分出一小片。显然，即使没有吃他的火腿，我也绝不会去举报他私用电炉，但事情出现这样的局面，似乎我是真的被他挑出来的那一小片最小的火腿

"买通"的，至少他心里一定是这样想的。为此，我深感羞愧和悔恨，很长时间心里不舒服。

相对于嘴馋，我对衣着则几乎没有概念，大学四年一共只有两件外套。一件呢子中山装本是父亲的，那也是他最好的衣服，想到我毕竟是到首都上大学，需要有点面子，给我了。另外一件是灰色混纺夹克，春天和秋天一直穿在身上，脏到必须洗的时候，就只好暂时不出门。此外，夏天有一白一蓝两件衬衫和一件蓝色T恤衫，冬天有一件旧军大衣，两条裤子换着穿，足够了。自以为最帅的一张照片拍摄于天安门广场，身上那件黑色猎装是借来的。一个女孩子约我去故宫拍照，我正好有点喜欢她，不想在她面前太邋遢，于是小心翼翼找同宿舍的一位兄弟开口，借衣服用了半天，回来认真洗干净才千恩万谢地还回去。我终于发现，衣服穿得合适，人也会显得更精神。

班上的同学也有比我更困难的，而且是真的困难。我们宿舍就有两个兄弟完全靠学校的助学金过日子，每月二十一元，家里一分钱也给不了。对面宿舍的一位同学假期很少回家，大学四年好像只回去过一次，问他为什么，说北京的名胜古迹多，想借假期好好转一转，其实他哪里也没去，一直待在学校，天天泡图书馆。后来看过他写的一篇随笔，才知道从北京到他家的那个村子，火车的学生票也需要十多元，然后转两次汽车，加起来大概还要五六块钱，他不是不想回去，是根本没法回去。我还注意到，他的饭碗里几乎每一餐的菜都是熬白菜，五分钱一份，照样吃得津津有味……

六

到了高年级，我的经济条件终于有所改善。家里每月寄来的生活费没有增加，自己涂鸦一些文字投到报纸杂志，有时还真的能发表出来，稿费的汇款单也跟着就寄来了。这个时候，我觉得自己很像从城里回到未庄的那位仁兄，不是"我们先前——比你阔气多啦"，而是眼下"满把是银的和铜的"，完全有能力把钱往柜台上一扔，说："现钱！打酒来！"既然阔气了，免不了邀同宿舍的兄弟或者学校里的同乡，出校门跨过海淀路，去对面的小泥弯酒馆喝上几杯。一盘花生米，几道小菜，散装二锅头每斤一块三角钱，三斤两斤足可以让所有人找不着北，相互搀扶着醉醺醺回学校，一路上又吼又唱。记得当时很喜欢张行的歌：

你到我身边，带着微笑，
带来了我的烦恼；
我的心中，早已有个她
哦，她比你先到……

盘桓在海淀路三十九号的四个年头，其实并不漫长。记忆中，上过些什么课，读了些什么书，都已经很模糊了，倒是小泥弯酒馆里对酒当歌的那些时刻，回想起来特别亲切。仿佛转眼之间，离开学校已经八年，我一次也没有回去过，即使从门前路过，也不曾想到要进去看一看。但是，如果哪一天正好有空，我会不会到小泥弯酒馆里打半壶酒，点几盘小菜，一个人小酌几杯，却是说不定的……

———

1993 年

俄语课

　　新中国成立之初，很多方面学习苏联"老大哥"，据说海淀路三十九号那所学校就是比照莫斯科大学模式创办的，许多苏联专家帮助做过发展规划和学科设计。因为这个背景，学校的俄语师资很强，曾经还开设了俄语系，有一位名满天下的师姐当年就是俄语系的学生。师姐非常美丽，当然，人们记住的绝不仅仅是她的美丽。我在这所学校念了四年书，上的公共外语课正是俄语。

　　上中学的时候，我们学校没有英语师资，倒是有几位老师曾经为苏联专家做过翻译，依靠他们，勉强把俄语当成外语课开设起来，学生高考也就只能考俄语。到了大学，我可以从头开始学英语，也可以继续学俄语，为了少花些工夫，我选择了后者。学俄语的人很少，我们班只有十多名学生，来自不同的院系和专业。老师是俄语教研室的一个老教授，姓赵，女性，看上去明显有斯拉夫人血统。跟着这样的老师学外语，就像在和外国人打交道，感觉是很特别的。

但是，难题紧接着就出现了。从第一堂课开始，我坐在教室里如腾云驾雾，因为老师授课时汉语和俄语混用，而且俄语居多，我几乎听不懂她叽里咕噜说什么。老师喜欢提问，十来个学生很快轮一遍，每次被点到名字（这大概是我唯一听得懂的），我战战兢兢地站起来，不知道她问的是什么，当然也不知道如何回答，一副呆若木鸡的样子。同学们善意地笑，老师无可奈何，越来越绝望。我的压力也很大，但又能怎么办呢？心想先沉住气，看看再说。

没想到，老师先于我沉不住气了。有一天下课后，她把我叫到俄语教研室，认真地和我谈话，这一次她用的是汉语。先是寒暄，问我从哪里来，知道我来自贵州偏远的山区小县城，立即表示出惊讶和关切，也可能是同情，说能够从那个地方考上这所学校很不容易云云。接着话题一转，谈起了我在课堂上的表现，这在意料之中。老师问我高考的俄语成绩是多少分，我说成绩实在不好，28分，很惭愧。"28分？你确定是28分吗？"她夸张地摊开双手，一副很吃惊的样子，盯着我的眼睛，诡谲地笑了笑，问我是不是记错了。我很诧异，自己考多少分当然能确定，难道有什么问题？

"你确定自己没有记错？"老师又问一遍，再次得到我肯定的答复后，轻轻摇一摇头，还"唉"的一声叹了口气，从抽屉里拿出一张表给我看。那是我们俄语班学生的高考成绩登记表，我的名字后面写着82分。我顺便看了一眼，我们那个班的同学高考俄语成绩都比我好很多，我排在最后一位。

老师问我："可以解释一下吗？"

解释什么呢？我说自己确实考了 28 分，至于为什么在这里变成了 82 分，我不知道，也无法解释。老师耸了耸肩，说这样回答是不行的。她告诉我，学校一定会认真核查，如果我的高考成绩不实，后果将非常严重。她用一种警告的语气强调："如果你主动把真相告诉我们……当然，即使你主动告诉我们，后果也非常严重。"

老师这几句话让我觉得非常屈辱。看得出，她尽量表现出名牌大学资深教师应有的风度，尽管如此，眼神还是透出轻蔑，甚至有嘲讽的意味。我站起来，学着她的样子耸了耸肩："核查是你们的事情，如果你们认为有必要的话。不管后果多么严重，我能告诉您的真相只有一个，那就是我这里没有其他真相，换句话说，我这里没有您想象的那个所谓真相。我可以走了吗？"

"当然，这非常必要，会弄清楚的！"老师的态度非常生硬。

谈话到此为止。之后，在课堂上，老师不再对我提问，轮到我的时候直接跳过去，好像我根本不存在。事实上，我也觉得她没有必要问我，即使问了，我还是回答不了，因为我听不懂，不知道她问的是什么。只是，课上成这个样子终归不是个事，我也有点沉不住气了。每个星期一和星期四上午有两节俄语课，我前一天晚上就开始紧张，甚至失眠，觉得自己心里是不是产生了"俄语课恐惧症"，一想起来就心烦意乱。

差不多过了一个星期，老师又把我叫到俄语教研室，我猜测应该是核查结果出来了。结果只能有一个，那就是事实。至于 28

分为什么变成了82分，我也很好奇，满心要看一看到底是怎么回事。老师的态度与上次大不一样，客气地对我说"请坐"，自己却没有坐下来，搓着双手来来回回踱步。

"王，是这样的，可能有个误会。真对不起，我想说我应该请求你谅解。"老师这几句话是用俄语说的，我大概听懂了。接着，她又用汉语重复了一遍。

那天我才知道，我们学校一共有三个俄语班，按高考俄语成绩分成高级、中级和初级班，又叫快班、中班和慢班。我上的这个班是高级班，学生成绩全部在80分以上，课程进度比较快。60分到80分的学生在中级班，进度一般；低于60分的全部分到初级班，从字母和发音学起。老师告诉我，28分的成绩，即使在低级班也是排在最末的。几节课过后，她发现我的俄语基础不像是82分的水平，心里有了疑问。那天找我谈话以后，他们进行了认真核查，发现我的确只考了28分，负责登记的老师出现疏忽，写成82分，把我分到了高级班。老师说这完全是他们的责任，并一再表示歉意。

对于学校核查考分，我压根没当回事。但是，课堂上跟不上，却是很令人烦恼的。终于知道自己原来是低级班的水平，而且说不定还是最差的，怎么可能跟上高级班的节奏。弄清楚问题所在，就有解决问题的办法，我心里一下子放松了，之前老师的质疑甚至轻蔑带给我的不快也刹那间烟消云散。我对老师说不用道歉，我完全理解，毕竟自己成绩太差，给老师添了麻烦，应该请求谅解的是我。我立即向老师打听低级班在哪一间教室上课，转班是否需要办理相关手续，如何办理。

"亲爱的王，我这里有一个建议，你先听听我的建议，我们再决定，好不好？"

老师用俄罗斯人的习惯称呼我，神情非常和善。她的意思是，也许转到低级班去是明智的，那里更符合我的实际情况。不过，既然我已经到了她这个班，为什么不试着坚持下去呢？当然，留下来一定辛苦，但努力总是有回报的，为什么不呢？她说学习语言其实没有想象的那么困难，唯一的诀窍是多花一些时间。她给我讲了一个故事：俄罗斯历史上一个伟人曾经说过，法语是一种温柔婉转的语言，适合于对爱人说；德语的节奏铿锵有力，更适合对敌人说；而俄语是最特别的，既温柔婉转又铿锵有力，适合于对任何一种人表达任何一种意思。老师说了很久，希望我接受她的建议，还说自己一直带高级班，遇到过学起来很困难的学生，也考虑过转班，但留下来了，大家一起努力，最后的结果非常好。

老师的劝导很耐心，可谓循循善诱，但我一点也不动心，打定主意转班。我坦率地告诉老师，自己在中学时就没有好好学，28 分也是连蒙带猜考出来的，基础实在太差，短时间内不大可能赶得上来。事实上，我内心并不重视外语，觉得反正不打算出国，学不学都一样，去低级班混个考试过关算了。我说："真的非常感谢。但是，我想我如果留下来，多半会令您失望，所以……"

老师沉吟片刻，提出一个大大出乎我意料的建议：如果我留下来，她愿意每周单独为我补两次课，每次大约两个小时，时间安排在俄语课的前一天，即星期天和星期三，晚上七点到九点，地点就在俄语教研室。"王，请认真考虑我的建议，我是诚恳的。至少这个学期我们试一试，你说好吗？"

听到老师这句话，我的心颤了一下，一种酸酸楚楚的感觉涌了上来。我想我无论如何也不能拒绝了。

那一个学期，按约定的时间，老师每周给我补两次课，从来没耽误过。她首先纠正我的发音，逐步讲到单词"性数格"的变化、及物动词的用法等等，差不多从最基础的东西教起。第二天课程的内容，也提前用汉语给我讲一遍，到了课堂上她用俄语讲，我渐渐就听得懂了。一个学期下来，不仅之前的"俄语课恐惧症"已经完全消失，而且还产生了一些兴趣，我觉得俄语的确是非常优美的一种语言。

不过，到了期末考试，我心里还是没底，老师安慰我说不用太紧张。考试那天，发完卷子以后，她专门走到我面前说："看清楚了再做，题目不算难，你一定行的。"坦率地说，在我看来，那些题目可不是"不算难"，而是非常难。考完试，我马上翻开课本对照，最终也不敢确定自己能否过关。放假前去找老师打听成绩，她微微一笑，说考得还可以，让我放心回家过春节。

新学期开学，约定的补课继续进行。我照例晚上6点50分到俄语教研室，老师也如往常一样提前到了，说今天不讲其他内容，先回顾上学期期末考试的题目，随即拿出我的卷子。我看到卷面上得分一栏是空着的。接下来，老师带着我一个一个题目看下去，很像判卷，哪些题目错了，错在哪里，为什么错，得多少分，最后计算得分：59分。老师看着我，说要不要再对一遍，于是又每个题目逐一核查，还是59分。这不是意味着不及格？我非常绝望，不及格是要补考的，而我以为自己及格了，整个假期都在开开心心玩，没做任何准备，可以确定补考也不可能及格。

这时，老师从抽屉里拿出一张表递到我面前，是期末考试成绩登记表，我看到自己的名字后面是60分。

"是的，你没有看错，你及格了，恭喜你！"老师拿起笔，在我试卷的得分一栏填上"60"。她告诉我，这个分数上学期就已经报到教研室了。看到我紧张而又疑惑的样子，老师笑了笑，好像很轻松，也好像是一种发自内心的欣慰。她说，从教几十年来，把59分登记为60分，这是第一次。但是，她并不认为自己在弄虚作假，恰恰相反，她觉得这个成绩对于我来说还不够公平，如果我转到低级班去，以现在的水平，用那个班的试卷考试，一定可以考90分以上，可以记一科优秀。她说："很抱歉，毕竟你在这个班，这一次考试，我只能给你这个成绩。"

"王，你是不是很吃惊？其实不用吃惊。你也不用感谢我，你要感谢自己。你选择挑战自己，这非常可贵。"老师告诉我，更重要的是，她希望我通过这次考试增强对自己的信心，只要真正努力了，改变并不那么困难，但是也要看到差距还不算小。离开的时候，老师用一句"молодец"和我告别，我想，她是要让我懂得，我必须是"好样的"。

大学四年，这是我唯一的一次考试不及格，却没有被认定为不及格，也没有补考。后来，老师又为我补了一个学期课，直到我在课堂上完全能跟上。我试着去图书馆借俄文版《斯大林传》、列宁的《国家与革命》等著作，也慢慢读得懂了。

巧合的是，两年半以后俄语结业考试，我正好考了 82 分，全班第三名，老师非常满意。只可惜，我一直没机会用俄语，辜负了老师的心血。二十多年后去俄罗斯出访，有了语言环境，单词一个个从脑子里蹦出来，也可以与当地人进行简单的交流。告别晚宴上，我用俄语唱了《三套车》，还即兴讲了一段祝酒词。随行翻译告诉我，有两个名词必须用复数，我用成单数了，但俄罗斯人应该听得懂。

当然，为我补课完全是老师自己为自己找的麻烦事，学校不会给予任何额外的报酬。我知道当时大学教师的月薪大概七十多元，她的也许要高一些，但不会高到哪里去。她的丈夫也是俄语教师，女儿正在上大学。毕业前夕，我去老师家里告别，她一家三口与另外一个老师家住在一套房子里，厨房和卫生间两家人共用，他们其实只有两间很小的房间，家具简朴陈旧。

此后几十年间，每每想起我的俄语老师，当初那种酸酸楚楚的感觉便浮上心头。老师崇高的职业操守，仅仅说令人敬仰是远远不够的；她善良的心地，仅仅说感人至深也是远远不够的；她的清贫和淡泊，也远远不止是一种无欲无求的境界。她孜孜不倦地赐予我的究竟是一些什么，无论用汉语还是俄语，我都无法准确表达。我只能说，那是一份至为宝贵的财富，已经深深浸入我灵魂的最深处，成为我精神世界的组成部分，永远不会褪色……

老师特别喜欢俄罗斯民歌《山楂树》，有时还会在课堂上唱几句。她提到过外文出版社编印的《俄罗斯歌曲》，我去书店买了一本。通过歌曲学俄语是一个不错的办法。

　　哦，那茂密的山楂树

　　白花开满枝头

　　哦，你可爱的山楂树

　　为何要发愁……

———

2010 年

慧姑娘的"镜子"

大学二年级的时候，我认识了一个来自南方的小师妹。她个子娇小，性格文静，名字带着乡土气息：慧。

慧姑娘告诉我，她的家在一个山寨里，四面是林木葱茏的崇山峻岭，不知名的小河和溪涧蜿蜒流淌，寨子旁边有一口水井，一年四季清泉汩汩，惠泽乡邻。有一天，慧姑娘给我讲了故乡水井的故事，令人感动而感慨。我把故事写了下来，题目《镜子》，被一家文学月刊选中发表出来，获二十元稿费。当时，对于一个学生来说，这笔钱虽然算不上"巨款"，但也绝不是太小的数目。

稿子原文如下：

十七八岁的姑娘，如果没有一面属于自己的镜子，绝对是不可思议的事情。从南方来到北京上学，走进宿舍的第一天，我最先注意到的就是室友们的镜子，大的小的圆的方的，摆在窗台上、桌子上和书架上，可谓形形色色。但是，我没有带镜子来学校，我的镜子留在故乡山寨的晨曦里了……

我还很小的时候，妈妈不幸离世，爸爸一个人拉扯姐姐和我，靠种庄稼过日子。妈妈留下的那面缺了一个角的镜子，被我不小心打碎了，爸爸没有责怪我，说要给我们重新买一面镜子，但一时拿不出钱来。家里养的母鸡如果不按时下蛋，往往连买盐都困难，在这种境况下，爸爸还坚持让我和姐姐上学，已经很不容易了。每天早上去学校前，姐姐先为我梳头，接下来我就是姐姐的"镜子"，她梳头的时候不断地问我："这样可以了吗？头发还乱吗？……"

后来，姐姐长大了，起床以后先要去寨子旁边的井里挑水，把家里的水缸装满了，才为我梳头。然后，我去村里的小学上课，她要去镇上的中学，路程更远。不知道从什么时候开始，我发现姐姐不再需要我这个活"镜子"，她挑水回来，头发已经梳理得整整齐齐。我不明白是怎么回事，姐姐是不是买了一面镜子？为什么不肯给我照一照呢？趁她下地帮爸爸干农活时，我翻箱倒柜地找，枕头脚，床单下，甚至垫床的铺草里，到处都找遍了，没有找到，觉得很奇怪。

有一天早上，我终于忍不住问她："姐，以后我自己梳头，把你的镜子给我用一下，行不？"

听我这样说，姐姐先是有些惊讶，接着就笑了，把我拉到面前，帮我梳头，说："姐哪里有镜子呀？"

"你肯定有！"

"真的没有，姐什么时候骗过你？"

"我都看出来了，你早上挑水回来，头发梳得好好的，你没有镜子怎么梳啊？"我央求姐姐，"姐，你就把镜子拿给我照照嘛，每天只照一回，我保证不会打碎了。"

"唉……"姐姐轻轻叹了一口气，答应了，说第二天就给我照镜子，但提出了一个条件，要我早些起床，和她一起去挑水。

第二天，我醒得很早。淡淡的天光从窗口泄进来，屋子里朦朦胧胧的，我看到姐姐已经起床，正在穿衣服，身影非常漂亮。我跟着兴冲冲地爬了起来，赶紧穿好衣服。我们打开房间的木门，姐姐把那柄断了好几个齿的木梳子装进衣兜，去厨房挑起水桶，说："走，姐带你去照镜子。"

此前，我很少在大清早出门，不知道山寨苏醒的时候竟然如此美丽。晨曦之中，一声声鸡鸣夹杂着零零星星的狗吠，从四面远远近近地传过来，瓦房顶上袅袅的炊烟自在地上升，飘逸；早起的庄稼人有的去挑水，有的去圈里把牛牵出来，有的已经打回了一担沉甸甸的柴火；一大群鸭子踏着露水，正被赶到河里去，一路上呱呱直叫。抬眼朝远处看，起伏延绵的山峦笼罩在薄纱般的晨雾里，一层比一层淡，显得虚无缥缈；霞光渐渐透过云层，斑斓的色彩布满天空，清清的风在身边打转，轻拂着浑身上下的每一寸肌肤和每一个毛孔，令人感受到无法言传的舒爽……

走过青石铺成的小路，又走了一段土路，我们到了井台边。姐姐放下水桶，指着水井对我说："这就是姐的镜子。"

这就是镜子？我将信将疑，凑过去朝井里看，水静静的，没有一丝波纹，我和姐姐的面容被清晰地照映出来：那个小姑娘是我？旁边确实是姐姐。我对着井里扮了个鬼脸，开心地笑起来，姐姐也笑了。姐姐掏出木梳子，坐在井台上，不时探身对着井口照一照，转过身来梳理头发，没一会就梳好了。

"你看到了吧，就是这样的，"姐姐有些得意地说，"姐的镜子其实就是这口水井，照得可清楚了。"

"哦……我晓得了。"我说。

姐姐四下看看，见没有人，凑到我耳边轻声问："小妹，你说，姐好看不？"

"姐好看，好多人都说你长得像仙女呢！"

"真的？"

"真的，姐真的长得好看，很好看！"

这时，我看到姐姐的脸上泛起淡淡的红晕。她转过眼去看从寨子延伸到山外的那条路，又轻轻叹了一口气，若有所思的样子。我的记忆中，姐姐总是这样叹气。

"来，姐给你梳头。"

"我自己梳。"我拿过木梳子，对着水井正要梳头，姐姐马上拉住我的手。

"你对着井照，照好了，把头偏过来再梳。"姐姐一边说，一边给我做示范，"你不偏过来，头上的脏东西会掉到井里，水就不干净了。你不晓得有头皮屑吗？"

"哦……"我学着姐姐的样子，把头发梳理得整整齐齐。

从那以后，每天清早我都和姐姐一起去井台边，对着"镜子"

梳妆打扮。姐姐特别爱美,也越来越漂亮,如果她不是我的亲姐姐,说不定我会心生妒意的。

姐姐高中毕业后回到寨子里,和爸爸一起干农活,那时我也能够担着水桶去挑水了。家里后来买了镜子,但我每天清晨还是像以前一样,到井台上对着天然的"镜子"梳妆打扮。我上大学的前一年,姐姐出嫁了,照当地的习俗,姑娘出门那天要哭嫁,我觉得姐姐的哭声与其他新娘子不一样,带着隐约的幽怨。

姐姐第一次回娘家,给我带的礼物是一面镜子,椭圆形,桃木镜框,非常漂亮。逢年过节,姐姐回家来,我们会去井台上坐着,说一说小时候的事情……

慧姑娘告诉我,同宿舍的姐妹们很快发现她缺一件东西,一件对于女孩子来说不可或缺的东西。她赶紧去买了一面镜子,的确,她不能没有镜子。但是,照映过她童年和少女时代的"镜子",属于同样爱美的农家姑娘,用钱是买不到的。

写于 1983 年
改于 2020 年

雨霖铃

一

我曾经为淅淅沥沥的雨声而心生彷徨，雨下起来的时候，常常下意识打开房门看一看，总觉得会不会有谁浑身湿淋淋站在门外。这种错觉纠缠了我很长一段时间。如果是小雨，潇潇的和蒙蒙的那一种，期期艾艾的声音好像带着忧伤；大雨滂沱，而且一直急切地飘洒，就令人不安乃至焦躁，以至于彻夜难眠。

风雨无阻是一个意味深长的词。试想，如果有一个约定，因为一场突如其来的雨，你没有去，会带来什么样的后果呢？你本来是应该去的，哪怕淋透全身也应该去，由于种种原因而没有去，无论怎么说也是你的责任。但是，就事情的结果而言，你去和不去，一开始也许不一样，最后很可能还是一样的。

与她有关的事情牵连着两场雨。

第一次是蒙蒙细雨，约好了，我没有去，欠下一笔心债；第二次电闪雷鸣暴雨如注，我去了，欠下一笔情债。心债和情债完全不同，一定要说有什么相似的地方，那就是一样难以偿还，只能长长久久地欠着……

二

在学校礼堂里，一场演出即将开始的时候，我认识了她，一个比我低两级的外系小师妹。

我们学校的校刊编辑部办了一张报纸，每周出版一期。从大学三年级开始，我课余去那里当编辑，负责一个版面。学校有文艺演出之类的活动，照例要给校刊送两张票，位置相对固定。那天学校文工团组织一台歌舞晚会，我踩着点去了，刚刚坐下，一个女孩子走过来坐在我旁边的位置上。

我们的第一次交流，是从她对我身份的质疑开始的。她主动和我打招呼，接着提醒我是不是坐错了座位，说这两个位置是给校刊预留的，老师一会就来，建议我最好去找别的座位。我看她说得很认真，笑了笑，说："你凭什么确定校刊的老师要一会才来呢？"她有些诧异，显然不大相信我是老师，但不敢肯定我不是老师，调皮地吐了一下舌头，不再说话。演出开始了一阵，见我还端坐在那里，老师并没有出现，又试探着问："你……真是校刊的老师？"我说："怎么了？不像吗？"她说："不，不！不是不像，不过……"大约觉得自己有些唐突，她又吐了一下舌头，嘿嘿地笑，解释说她的票是校刊一位老师给的。

我承认，虽然这个女孩子不断质疑我的身份，一副要把我赶走的架势，但并没有引起我任何程度上的不愉快。恰恰相反，一个女孩子主动和我说话，语气友好甚至恭谦，我从未遇到过这样的事情，怎么说也有几分惊喜。而且，她还是一个很漂亮的姑娘，眉毛略浓，嘴唇略厚，肤色透出青春的红晕，一双水汪汪的大眼睛清澈明亮，齐肩的短发更显干练，无须粉黛也光彩照人。我觉得她身上散发着一种特别的气质，自信，纯粹，落落大方。

演出结束后，我们一起往礼堂外面走，她突然问我："你是新闻系的吧？"我说："是啊！你怎么知道我是新闻系的？"她笑了起来，带着几分无遮无掩的傻气："我就看你不像老师嘛，哪有这么小的老师！你居然蒙我……"

那天以后，我们开始有了一些往来。她生于北京，在五棵松附近的一个部队大院里长大，性格质朴而开朗，总带着灿烂的笑容，说话还有那么一点大大咧咧的劲头。一段时间接触下来，我发现她的内心其实非常细腻。比如，我们刚刚聊起过苏芮的《请跟我来》，第二天晚上她就赶在宿舍熄灯前把一个信封送到我手上，里面装着这首歌的歌谱，歌词和简谱是她一笔一画手抄的，选用了一张印着蝴蝶的紫色信笺，一看就知道用过心思。我还没来得及说什么，她歪着脑袋粲然一笑，摆一摆手，蝴蝶一般开开心心地飞走了。她还把家里的影集背到学校来，一页一页翻给我看，说让我先在照片上认识她的爸爸妈妈和妹妹。至于为什么要我认识他们，她没有解释。女孩子的心思都很特别，只要她愿意，做出来的事情也会很特别。

我的同学和朋友们很快注意到她，都说她很漂亮。大家都说一个女孩子漂亮，那她可能是真的漂亮。我们那所学校美女如云，校园里走错路都可以遇到。有一种女孩是完全不同的，乍一看很漂亮，细看更漂亮，如果有机会走近她，你感受到的就不仅仅是漂亮了。她的目光能够穿透到你内心的最深处，紧紧地抓住你，深深地震撼你，令你不知不觉心跳加速呼吸急促。在她面前，你会不由自主紧张，担心自己说出的哪一句话词不达意，哪一个举动局促猥琐，哪一缕眼神惶惑木讷。那种生命和青春的光辉如此明媚，你用任何语言去描述她都注定是苍白的，"漂亮"倒很像一个贬义词，至少俗不可耐。

在学校里，看到我们慢慢走近，不少人觉得不可思议。据说她身边的追求者一大堆，一个比一个帅气，其中不乏条件优越和背景深厚的，而我只是从大山里走出来的野孩子，除了浑身上下时时刻刻散发着土气，再找不到特别之处。她对这个话题也不避讳，说最讨厌男生像苍蝇一样围着女孩子嗡嗡乱飞，这比喻好不吓人，以至于我总想着"飞"得离她远一点。

我的确一直刻意"飞"得离她远一点，不希望被她看成一大群嗡嗡乱飞的苍蝇中的一只，从来不主动找她。通常是她来找我，像紫色信笺上的蝴蝶一样，扑打着美丽的翅膀飞过来。如果那只蝴蝶好几天没有飞过来，我会隐约觉得不安……

三

恋爱中的女孩，或者以为自己正在恋爱的女孩，她们的内心是不是容易萌生出一种母爱呢？是不是觉得面前的男人更像一个孩子，需要悉心呵护？

"宿舍熄灯以后就应该睡觉了，还点着蜡烛看书，真要那么用功吗？"她来我宿舍，看到我在两张架子床之间隔出一个角落，拉上帘子当成小小的书斋，桌子上有燃了一半的蜡烛，便追问我是不是夜深人静也不睡觉。其实我不过是在读一读闲书，有时候还试着涂抹一些自以为是的文字，希望挣点稿费，与功课完全无关。

"抽烟有百害而无一利，怎么学会了这个不良嗜好？也不是让你完全戒掉，少抽点啊，一天三支够了吧？要不就五支？最多八支，不能再多了！"话虽然这样说，但她周末回家经常把父亲的烟"偷"出来给我，都是市面上几乎买不到当然我也买不起的好烟，记得有"大中华"和"红双喜"等等，包括那时候国外才有的一次性打火机，也一并"偷"来了。

"你要多运动呢！游泳最好，跑跑步也不错……"关于运动的话题，她说得最多，我的确对所有运动项目毫无兴趣。

正是因为这个话题，我们的关系出现了微妙的变化。有一天她突发奇想，说要当我的短跑教练，约我第二天下午课后去运动场，以她校女子田径队运动员的自信，声称我多半要输给她。没想到那天中午下起了小雨，我抱本书在宿舍里一躺，下午的课也懒得上，把去运动场的事忘得干干净净。黄昏时分，雨还没有停，我正犹豫该不该冒雨去食堂，房门被轻柔地敲响，打开门，她拎着两双跑鞋，浑身湿漉漉地出现在我眼前……

之后的情形就可想而知了。她冒着雨在前面跑，我冒着雨在后面追，追了半个校园，她在一片松树林里停住脚步，树林前面是她的宿舍。女孩子心里在意你，即使赌气也是会把握分寸的，通常不会把事情做到不可收拾的地步。她知道，如果固执地冲回女生宿舍，我就不能进去了。

听她说起那天下午的事情，我非常愧疚。她上完最后一节课，立即赶到田径队借了一大一小两双跑鞋，按约定的时间去运动场等我，等了一个多小时也没见我出现。眼看天快黑了，心里一直在想：这个人为什么失约呢？也许有什么特别的事情吧？他能有什么特别的事情呢？是不是生病了？对，如果不是生病了，他不会失约，于是才急急忙忙来我宿舍。她没有料到，我失约的唯一原因仅仅是忘记了。让一个女孩子长时间傻傻地等待，特别对于有几分傲气的女孩子，这显然是一种不可忍受的煎熬。我反反复复道歉，深刻检讨，表示今后再不会发生这样的事情，一定好好跟着她学习短跑，学习游泳或者别的任何运动项目都行，绝不偷懒。不管我怎么说，她不吱声，也不抬头看我，站在雨中发呆。可想而知，她在等我，而我忘记了，这个事实是如何搓揉着一个女孩子敏感的心……

从那以后，她不再提起与运动有关的事情，说的话似乎也善解人意："既然你真不喜欢，就不勉强了。"但我知道她并不是这样想的。那段时间她显得闷闷不乐，有时候突然冒出几句话："我觉得你不是忘记了，是完全没有放在心上，完全不在乎……"这样的话题就不大可能好好说下去了。如果你在乎一个人，时刻惦念着，你可能忘记你们的约定吗？失约是事实，忘记了也是事实，在乎就不该忘记，忘记了就是不在乎，怎么解释都摆脱不了一个循环的怪圈。

后来，美丽的蝴蝶依旧飞来飞去，看上去一切还是原来的样子，但一切又不尽然是原来的样子了。

那么，我是不是把她放在心上了？或者说，我是不是应该把她放在心上？在此之前，我的确没有认真想过。那场雨带来的原本只是一个误会，顺着她的逻辑演绎开来，好像又不能算作误会，一些事情便回避不开了。她是个很好的姑娘，眼下的一切当然也很好，我想象不出还有什么是更好的。但是，正因为一切都过于美好，反倒叫人禁不住忐忑，疑心自己看到的不过是一种幻象。说得更直白一些，且不去追问眼前的一切是不是你想要的，你根本不能确定是不是她想要的。面对理不清的思绪，我看到自己的心罩在一张密密实实的大网之中，一会浮起来，一会又沉下去，在起起伏伏间挣扎……

这样一来，看着美丽的蝴蝶飞来飞去，尽管与她离得很近，我却感觉看不清她的面容，听不清她说话的声音。她好像存在于另外一个维度的时空里，似乎在我眼前，又根本不在我眼前。于是，对于她兴致勃勃的提议，我开始推辞和避让。比如她建议我毕业后接着上研究生，这样正好与她本科同一年毕业，我完全不去考虑；她连续好几个周末不回家，约我骑自行车去郊外野炊，我一周推一周，直到离开学校也没有成行⋯⋯

四

那年夏天，我完成了全部课程，等待毕业分配。她的期末考试也结束了，但没有回家，一直留在学校里。七月中旬拿到了毕业派遣通知书，我开始打理行李。关于毕业的去向，在此之前我没有对她细说过，也不认为这件事情跟她有多大关系。知道我要回贵州工作，她非常吃惊。

"你为什么要去那么远的地方？"

"不为什么，学校就这样分配的。"

"你愿意去吗？"

"当然，那是我的家乡，回到故乡工作挺好的。"

她紧咬着下嘴唇，歪着脑袋，眼睛斜斜地看向侧上方，不知道在想些什么。沉默了好一阵，她好像一下子明白了什么，带着顽皮劲头的笑容又浮现出来，说回家乡工作也很好，既然决定了，走就走吧，去哪里都行，反正以后的路还长。她说："我妈妈出差去过贵州，说贵州很漂亮，我正愁没机会去呢，这下好了。"

此后，蝴蝶依然每天飞过来，依然笑容满面，帮我收拾和托运行李，晚上陪我坐在校园里聊到深夜。我发现她的神情和以往不同，眼睛里面多了一些东西，一种郁郁的东西⋯⋯

毕业生离校前夕，学校照例举办告别晚宴。她可能不知道这个安排，那天正好约我，说要和我好好喝一次酒，算是为我饯行，我想都没想就答应了。听说毕业晚宴的酒比较好，我提前溜进餐厅，一看是泸州老窖，果然不错，拿起一瓶大摇大摆地走了。傍晚时分，我们骑自行车出西校门，穿过苏州街，沿田畴间的小路一直往西，到了京密引水渠岸边。那条河直通颐和园昆明湖，两岸种了很多柳树，我们靠着一株很大的柳树坐下来。

她带了两瓶红酒，见我从袋子里取出泸州老窖，拿过去饶有兴趣地看，说自己没喝过白酒。我说喝什么酒由她决定，她笑一笑，用力拧开瓶盖，试着喝了一口，辣得噘起嘴唇一个劲哈气。我说还是喝红酒吧，她断然摇头，说从来没有喝过不等于不喝，什么事情不是都有第一次吗？接着又喝了一大口，然后把瓶子递给我。我们就这样你一口我一口地喝，瓶子递来递去。

那天晚上，我们的话一开始并不多。告别的日子就在眼前，谁知道此一去意味着什么？我想，在夏夜满天繁星的殷殷照映下，即便没有"执手相看泪眼"的缠绵，至少可以温情脉脉地面对聚散依依的时刻，不管今宵酒醒何处，都是良辰好景，绝不虚设。看得出，她好像也在刻意回避关于离别的话题，装出轻松的样子。

这时，一场暴雨突如其来，彻底改变了整个场景。

夏天的雨通常毫无征兆。星空刚才还灿烂无垠，一道闪电划过，跟着传来低沉的雷声，之后电闪雷鸣一阵紧过一阵，转眼之间，大雨倾盆而下，令人猝不及防。那一刻，我们匆匆对视了一下，突然笑了起来，坐在原地一动不动。既然这场雨如此爽朗，自信并没有打扰我们，那就接受它吧，为什么要避开呢？她显得异常兴奋，一次次从我手中把酒瓶抢过去，仰起脖子喝个不停。接下来，我们在雨中开怀畅饮，也开怀大笑，笑声与雷鸣交错相融，青春的血液在全身上下疯狂地涌动，掀起狂飙！时间仿佛戛然而止，整个世界都不复存在，只有雷霆和闪电在头顶上一次次撕裂夜空……

我突然想起郭沫若《雷电颂》里的句子，但不敢说出来，在心里一遍一遍默默朗诵：

但是我，我没有眼泪。

宇宙，宇宙也没有眼泪呀！

眼泪有什么用呵？

我们只有雷霆，只有闪电，只有风暴……

只有雷霆，只有闪电，只有风暴……面对眼前的雷霆、闪电和风暴，我把自己的注意力放在控制酒瓶上面，紧紧拽着不再递给她，抬手咕嘟咕嘟猛喝，让酒精在胸腔里形成雷霆、闪电和风暴，在身躯里形成雷霆、闪电和风暴，在灵魂深处形成雷霆、闪电和风暴，浴火一般的感觉无比畅快。此时此刻，我不可能没有眼泪，宇宙也不可能没有眼泪，这雨水不正是宇宙的眼泪吗？好在我夺眶而出的泪水和雨水混在一起，她一定看不出来，我也分辨不出她脸上是泪水还是雨水。因为一场暴雨，这个饯行的"酒局"竟如此不同凡响，注定是我一辈子不能忘怀的……

不知道在雨中淋了多久，那瓶泸州老窖所剩无几的时候，我们停顿下来，心也慢慢静了下来，发现雨水已经淋湿了衣衫的每一根棉纱。借着闪电的光亮，看到不远处有一些圆形的大孔径水泥管，她站起身，伸手拉着我跑过去，钻进去。

记忆中，那些水泥管子很像童话里的城堡。四下漆黑一片，我只能在闪电划过的一刹那才看得见她。烈酒使她的脸庞泛起红潮，长长的睫毛上挂着雨珠，目光里透出羞怯而又顽皮的神情，湿漉漉的身躯温润圆腻，每一个轮廓都昭示着女性的魅力和青春的张力，令人心潮起伏……我转过头来，紧紧握住酒瓶，又喝了一大口酒。渐渐地，她的呼吸变得急促，似乎在刻意抑制，又分明无所顾忌。是的，是她的呼吸声，与淅淅沥沥的雨声交织在一起，伴着雷霆的鼓点翻动扶摇，旋律高昂，和声完美。我觉得自己的心如醉汉一般晃荡，随时可能从胸腔里跳出来，撞向她的呼吸声和雨声构成的华丽乐章，撞向雷霆、闪电和风暴，在夜空中爆裂成血色的礼花，万劫不复地绽放开去，与天地融为一体……

"你是真的要走了。"沉默了很长时间，她终于说话了。

"是的，再过几天。"

"其实，我今天约你，只是想说一句话。"

"什么话？"

"不，不对，不是想说一句话，是想问一句话。我是想知道，你究竟有没有在乎过我。你在乎过我吗？"

那一会，雨还在下，但没有闪电，我无法看到她的表情。是不是一种天意呢？夜色牢牢地挡住了一切，因为不能对视，我们只能用心的触角去彼此感应，而不是目光。这样，一些难以启齿的话，也许就有勇气说出来了。

我的确从来没有说过是否在乎她，甚至没有对她提起过任何关乎情感的话题。既然月上柳梢、草长莺飞的时刻都没有说过，如今这月黑风高的夜晚，此后是风雨兼程的前路，还能说什么呢？以公认的物理定理，宇宙中两条平行线永远不可能交汇，我相信我们的轨迹正像这样两条线。这个理性支配着我，把怦然心动当成一个温馨的梦魇，我必须挣扎着醒过来，清醒地面对属于自己的时空，不管是阳光明媚的清晨，还是黎明前深沉的黑暗。我知道，如果真的在乎她，放手是唯一的方式。我是这样想的，也这样坦率地对她说了。

说完这一席话，我感到浑身轻松，沙沙的雨声也显得宁静和舒缓了。过了好一阵，她的声音出现在我耳边，很近，也很轻，喃喃地耳语一般："我想过，今天很重要，对我特别特别重要，你知道吗？你懂不懂我的意思？"见我没有回答，她又说："如果你真的爱我，就应该明白我的意思……"

我不大明白她的意思，也不能妄自揣摩，想了想，说："其实每一天都很重要，今生的每一天都是唯一的，不可能重复……"

听到我这样说，她深叹一口气，突然拉住我的手："你真不懂我的意思吗？我是说，如果你爱我……我是完整的、干干净净的……不管今后是什么结果……"

我觉得自己没有勇气听她继续说下去了，从水泥管子里出来，站在雨中，想点燃一支香烟，可香烟已经被雨水淋透，怎么也点不燃。她的这几句话，把人的心撕裂成最碎的碎片。我第一次感受到心痛也可以是生理上的，胸口一阵阵悸动，好像被无数根软软的针反反复复地刺。我能想到，这样抽身走开，对她无疑是一个不小的伤害。但我同时又坚信，眼下的伤害才是对她的珍爱。这样，今天过去了，她依然是完整的、干干净净的，直到遇到那个幸运的男人……

<h2 style="text-align:center">五</h2>

离开学校那天，我谢绝了她送我去火车站的好意，她争辩几句就不再坚持了，像一个听话的大孩子。我走以后，她一直盯着时间计算每一个环节：7点半离开学校，8点一定上了332路公交车，50分钟后转103路无轨电车，9点40左右可以到火车站，10点19分，149次列车准点开动——就在那一瞬间，她仿佛从梦中惊醒，为自己没有任性地跟到车站去而懊悔万分。这一去和以往可是完全不一样的，不是过了暑假就回来的呀！……她站在窗口朝外看，觉得整个学校都空了，一分钟也不想停留，背起书包下楼骑自行车回家。妈妈看到女儿的样子，问是不是生病了，她说了声"没事"，径直进自己的房间，铺开信笺给我写第一封信。这一切都是她在那封信上告诉我的。

北方与南方，当然不仅仅是完全不同的地理概念，心的距离本来就非常遥远，如今又岂止遥远。既然书信成了唯一的联系方式，谁敢相信薄薄的信笺能让两条平行线交织到一起？

所以，自收到她的第一封信开始，我就有意拖延回复的时间，等到再不回一封信说不过去了，才草草写几句，无非表达礼节性的问候和祝福。她的来信曾经比较频繁，一开始写满惦念，浸着浓得化不开的温情，后来渐渐透出怨气；有时候回到柔情似水的诉说，反省自己的任性并请求原谅，接着又可能是近乎绝望的发泄，仿佛你的罪过不可宽恕……反反复复之间，信封越来越薄，间隔的时间越来越长，最后连怨气和发泄也没有了。"最近好吗？多多保重！""我一切如常，勿念。"当这些文字构成信笺上最有温度的句子，那么，你收到的每一封信都可能是最后一封……

通信中断大约三年以后，听说她在塞纳河西岸那个浪漫的都市结婚并定居了。消息是几经转述而来的，不知是否准确，当然也无须去验证，就算不是在塞纳河畔，而是莱茵河畔、泰晤士河畔、伏尔加河畔、密西西比河畔或哈德逊河畔，以及别的什么河畔，对我来说有什么区别呢？又过了一些年，记忆深处的痕迹变得似曾相识，我甚至疑心一切不过是一个梦境，一段幻象。

人的一生，免不了在一些岔路口踯躅，而实际上，总有不可知的力量左右着你。比如此刻，雨潇潇地飘洒着，你选择留在屋子里，或者撑一把伞走出去，其实就在一念之间。你决定留在屋子里，闭门煮茶也好，小憩一会也罢，自然温暖而舒适。如果你走出去，走过雨网笼罩着的都市和村庄的街巷、山岭、森林、草原和田野，横跨江河与溪流的大桥和小桥，眼前将有多少风景？说不定还会逢着一位丁香般结着愁怨的姑娘，就像当年她向你走过来；当然也可能擦肩而过，像当年她走过去一样。看起来，一个念头似乎决定了两种完全不同的结局。但是，走过长长的一生，回头去看，又有什么不一样呢……

1996 年

○

寂寞江湖

○

邻家女孩

多年前读过泰戈尔散文《美丽的女邻居》，说的是一个孀居女子的爱情故事。对于男人而言，有女邻居而且美丽，不可言说的心思便禁不住飞起来。天下男人，大概少有不喜欢漂亮女子的，如果真不喜欢，就有问题。喜欢未必是好色。即便好色，胆小的也居多，偷偷想一想而已。有人不满足于在心里想象，把一些浪漫的故事写出来，有的还成为传世名著。在我看来，中国明清大量笔记小说，以及洋人写的《查泰莱夫人的情人》和《洛丽塔》之类，均在此列。

文学作品可以天马行空，想怎么写就怎么写，人的想象同样也随心所欲不受约束。比如，你正好有一位漂亮的女邻居，"像一朵挂满秋露的素馨花一样……独自一个人立在窗前……俊秀的脸上泛着温柔安详之光……眼睛里蕴含着无限的愁思……"（泰戈尔《美丽的女邻居》）你禁不住向那个窗口张望，说不定就想入非非了。她的存在与你毫无关系，如泰戈尔描述的"为了装点某个新房的花床"，却多半不是你的新房，你心里会不会泛起一种深深浅浅的烦恼……

现实生活里，多数人未必有这种机会，我在好几个地方居住过，时至今日也不曾遇到一位美丽的女邻居。当然，女邻居是有的，我不敢说她们不美丽，或者不那么美丽，我只能说自己从来没有关注过她们。梳理记忆的痕迹，相邻而居的女性当中，印象比较深刻的，是儿时的邻家女孩。那时候我正上小学，大概七八岁，她的年龄和我差不多，也可能大一两岁。

我出生在贵州北部山区的一座小县城，家里住的是一栋黔北民居风格的木房子，祖传的，带着上下两个院子。从街上去，要先经过下面一个小院，奶奶在那里种了很多向日葵，再上十多级石阶梯，上面是一个更大的庭院。受地势限制，老房子坐西朝东，正好面对每天的第一缕阳光。堂屋空间很高，两边房间装有一尺多高的木地楼。我住在北侧最外面一间，透过木窗棂，近处可以看见父亲种植的玫瑰花、菊花和夜来香，再远一点是向日葵，更远的地方是连绵的群山，常常披着清晨的雾岚和黄昏的晚霞。

那个女孩的家紧靠着我家前院，房子临街，我每天出门和回家都要从她家近旁经过，经常遇到她。记忆中，她肤色偏黑，身材瘦小，一年四季穿着同一件蓝布衣服和同一双解放鞋，裤腿肥大，走起路来晃晃荡荡，那一身装束怎么看也不像是她自己的，小女孩应该有的那种花枝招展的感觉，在她那里完全看不到。她家有一大家子人，父亲沉默寡言，在家门口摆了个小摊子，用一个近乎旋转炉子的东西为人们打爆米花，收取很少的一点钱；母亲整天像没睡醒一般，没精打采地操持家务，从早到晚耷拉着脸，愁容满面的样子。她原本只有一个哥哥，后来有了一个弟弟，再后来又有了一个弟弟。我路过时偶尔会朝她家的门里看一眼，两小间屋子昏暗而狭窄，很难想象他们一家人怎么住得下。

我们两家只是邻居，连拐弯抹角的亲戚关系也沾不上半点，照说平时很难有什么交道，但每天又都有一种默默无声的往来，原因是他们家没有厕所，一直借用我家院子里的厕所。我不止一次听奶奶念叨过："隔壁住着，用就用吧，你爷爷在世的时候他们就用起的，几十年了……"

我家厕所在上面庭院右侧，与木房子呈九十度直角布局，旁边长着几株枝叶茂盛的花椒树。他们一家老小来上厕所，要穿过前面的院子，走上石阶，再从上面的庭院里经过，往花椒树那里去。这之中，如果看见我奶奶，他们会笑一笑，算是打招呼，也不怎么说话；遇到我的父母和我，以及我妹妹，则低头匆匆走过，仿佛不认识。那一家子大人孩子都这样，也不知道是为什么。

当时的那个厕所非常简陋，实际上就是一个搭了棚子的茅坑，架着几块长长的木板，一扇木板门形同虚设。自己家用的厕所自然不分男女，但是，因为他们一家人每天要来好多次，难免碰到一起，事情就变得比较复杂了。于是，人到了近前，先要假装咳嗽几声，发出信号，里面有假装的咳嗽声回应，表明位子不空，得等一等。如果等不及，也可以到街对面的印刷厂后院，那里有一个公共厕所，只是路途不算近，急的时候未必挨得过去。不用说，蹲在这样一个厕所里，始终是令人提心吊胆的。

终于有一天，尴尬的事情发生了。

那天下午放学回来，我肚子不舒服，刚进厕所蹲下没几分钟，一阵急促的脚步声由远而近。按照约定俗成的规矩，我赶紧假装咳嗽发出信号，来人在门口停住步子，但并没有像往常一样退回去，我又大声"咳嗽"了好几下，仔细听着回应，还是听不见离开的脚步声，外面的人似乎很犹豫。正打算再次"咳嗽"，有人叫我的名字，问："是不是你在里面？"我本能地"嗯"了一声，这时，"咣当"一下，厕所门被猛然拉开，一个人冲了进来，竟然是那个邻家女孩。我呆呆地看着她，完全不知所措，她却好像根本没看见我，扒下裤子，在我身边的木板上急急地蹲了下来。如释重负喘出一口粗气之后，仿佛自言自语一般说："再晚一点就拉到裤子里了，实在是……"接着，她侧过身子朝木板的另一端挪了挪，离我远一些，转过头来朝我笑了笑，脸红红的，然后低头不再说话。我印象中，那是第一次看到她的笑容，也是唯一的一次笑容，带着窘迫和无奈。

略一停顿，我想到必须尽快离开，手忙脚乱地摸手纸。当着一个女孩子的面擦屁股，这是多么难堪的事情呢？也只好不顾了。从厕所里逃出来，我发现自己的心怦怦乱跳，那一刻，好像把我们推到如此尴尬境地的不是她，是我……

多年以后，在欧洲一座城市，我遇到过类似的情形。那一天女厕所门外排着长队，男厕所并不拥挤，我看到一个妙龄女郎冲了进来，向站在小便池前的一大排男人略表歉意之后，钻进一格蹲位，里面传出来的也是如释重负的一声粗气。一名警察紧跟着进来，问清楚女子在哪一格，就一直守在那里。我以为警察要找她的麻烦，不想过了一会，他们有说有笑出来了，这才明白，警察守在那里，是为了让她在过于特殊的地方不至于受到侵犯。原来，即使做出如此唐突的事情，女性也是可以得到保护的。男人闯到女厕所里去，不管什么原因，后果就完全不同了，不信你试试看。当然，如果当时是邻家女孩发出了"咳嗽"的声音，我无论如何也不会闯进去。

一件尴尬的事情，使我开始注意邻家女孩，此前我真没怎么注意过她。她长得实在不算好看，嘴唇很厚，眉毛很浓，头发总是乱蓬蓬的，神情有些木讷，衣着邋遢。她照例每天往花椒树那里去，假装咳嗽发出信号，碰巧迎面走过，抬头看我一眼，依旧不说话，脸上毫无表情。也许，在她心里，那件事情本身就不值得大惊小怪，她的神情倒使我疑心是不是自己过于狭隘了。

我慢慢留意到，尽管我们在同一所小学里上学，都是不满十岁的孩子，生活的节奏却完全不同。每天放学后，我必须做的事情不过是完成作业，而她要背上很大的背篓，拿着一把镰刀，去对面山上挖猪草，我坐在自己的房间里，透过书桌前的木窗户，正好可以看到那座山。她家里并没有养猪，猪草卖到食品公司的生猪养殖场里，挣回一些钱来补贴家用。如果哪一天挖回来的猪草不够多，她母亲就厉声责骂，声音穿过我家门前的两个院子，我在自己的房间里都能听到。我还经常看见她用背篓背着很多脏衣服，默无声息地去井旁的沟渠里清洗，看得出，脏衣服有她哥哥的，还有两个弟弟的，好像也有她父母的。我无法想象，她小小年纪，每天都要为家里做一些什么事情。但是，在她那里，一切又都显得理所当然……

初三那年，我考入县中学读书，她不在我的同学里面，那么应该是没有考上，还留在原来的小学里读"戴帽初中"。到了高中，学校里还是没有她，很可能她已经不上学了。中学功课紧，为了应付日益临近的高考，我早出晚归，不大遇到她。偶尔看见她远远走过来，从我奶奶种的向日葵旁边经过，一步步登上石阶，绕过我父亲种的玫瑰、菊花和夜来香，朝花椒树那里去，脸上好像没有表情，又仿佛若有所思。我发现她的衣衫开始变得整洁，头发认真梳过，身材渐渐丰润起来，肤色也没那么黑了。都说女大十八变，我想，这个丑小鸭一般的女孩哪一天会变成白天鹅，也说不定。

我十六岁离开县城去北方上大学，寒假回家过春节，整个假期都没见那个邻家女孩出现过，向奶奶问起，才知道她已经嫁人，而且嫁到外地去了。奶奶还说，姑娘嫁出去以后好像再也没有回来过。印象中她和我差不多大，即便比我略大一些，也不过十七八岁，最多十八九岁，应该还不到法定的结婚年龄，怎么就嫁人了呢？

2019 年

姑父与酒

一

　　姑父一生爱酒，最后死于酒，离世的时候不满五十周岁。医生说酒精严重损伤了他的肝细胞，肝硬化导致门静脉高压，胃底血管曲张破裂，流血无法控制，人慢慢就不行了。那是一九七九年的事，我十四岁。姑父和姑姑没有孩子，我算孝子，据说他们曾有过一个儿子，不幸夭折了。姑父已经卧床很长一段时间，结果早在预料之中，但事情真的来了，还是手忙脚乱。当年县城里没有殡仪馆，人摆在家里，两条长凳子搭一块门板，盖上他一直用的旧床单，脚的那一端点着一盏菜油灯，小小的火苗孤独而凄清。

　　料理姑父的后事，发现一些事情令人尴尬：首先是没有棺木，马上去买并不现实，家里一时也拿不出那么多钱；姑父身份特殊，刑满释放人员，在派出所里挂了号的，虽说人死为大，但也不大适合像普通人一样摆开架势办丧事。那么就火化吧，程序相对简单，骨灰盒也比棺木便宜很多。姑父生前说过，火化最好，一把火烧得干干净净，找个装酒的坛子把骨灰装进去，挖个坑埋了，就算了事。这话其实是半开玩笑，但考虑现实情况，也只好把他的话当真了，只是没有用酒坛子装骨灰，买了一个价格在承受范围内的骨灰盒。墓地不需要选，他亲口交代过要葬在他哥哥的旁边，说兄弟两人在一起可以相互照应。下葬的那天，我把姑父的骨灰盒抱在怀里，沿着小路送上山去，小心翼翼地放进墓穴，旁边摆了满满一坛烧酒。装酒的坛子是白瓷的，带着青花，不大，更像大一些的酒壶，他生前常用来筛酒，就让他带到另外一个世界去吧。一切安顿停当，开始填土……

姑父就这样走了。当时我并不确定自己是否伤心，倒觉得对于他来说，走了算解脱。此前的好几个月，姑父白天晚上吐血，早已不堪折磨。更让人不胜唏嘘的，是姑父承受着的另一个折磨。临终那一段时间，他始终处在深深的焦虑之中，可以说走得并不安详。这应该与酒有关。医生说，酒精中毒导致人的神经系统损伤，病人往往产生各种幻想，"迫害妄想"是较为常见的一种症状。姑父就是这个症状，而且非常严重，深陷于被"迫害"的幻觉，极度沮丧和绝望。他觉得有人要整他，正在编织罪名和收罗证据，总有一天要把他抓起来，重新投到监狱里去。在半昏迷状态中，他不断为自己申辩，重复着那么几句话："没有这回事！""根本不是这样的！"无论怎么安慰他，给他保证"绝对没有人来抓你"，他都不信，翻来覆去地说："他们肯定是要来的，肯定要来的。"

那么，姑父显然有心事，这心事让他恐惧，同时又非常委屈，无望和无助地挣扎，直到吐字渐渐含混不清，呼吸越来越弱。是酒精中毒勾起了他大脑深处的某些印记，还是酒精中毒本身产生的反应，医生也说不清楚。

二

姑父四年前才从监狱里出来，之前一直在一个矿上劳动改造，服满了十年有期徒刑，一天不少。

从记事起，我就知道有这么一个姑父，但从来没有见过，我出生那年他正好去服刑。我隐约感觉到，对我的这个"劳改犯"姑父，家人的心情很复杂，好像有一点被牵连的埋怨，似乎又不尽然。偶然忍不住问起，他们说姑父的事情太复杂，让我不要多问。

那么，对于我来说，姑父是一个"谜"一样的存在，这个存在也或多或少影响了我。男孩子在学校难免与同学发生纠葛，我性格比较偏，打起架来从不服输。有一次双方势均力敌难分胜负，对手突然加上口头攻击，提到我的"劳改犯"姑父，我一下子就蒙了。家里有人是"劳改犯"，就无论如何也理直气壮不起来，我一声不吭转身走开了。几天后又和那个同学打了一架，是我挑起的，我们两个人个头差不多，但那天我觉得憋着一股气，发挥超常，从讲台旁边追着把对手打到教室后面的角落里。第二天家长带孩子来我家告状，他左脸上还有一大片紫斑，算是证据。父亲把我狠狠揍了一顿。

十岁那年，我终于见到了姑父。记得是暑假期间，母亲带我去贵阳外婆家，汽车转火车一路颠簸，两天后的傍晚时分才到。我们刚进门，一个陌生男人走过来，盯着我看了一眼，立即把我拉进了里面的一间屋子。他穿着一件很旧的中山装，好像是蓝色的，也好像是灰色的，长长的脸，浓浓的眉毛，皮肤粗糙黝黑，看上去很苍老。我确信自己并不认识眼前的这个人，正疑惑着，他叹了一口气，说："唉！都十岁了……姑父对不起你呀！"

姑父？是那个"劳改犯"姑父吗？我马上去看他的右手，那时他的右手正拉着我的胳膊，一下就看清楚了：没有食指！那么，就是他了。我叫了一声"姑父"，抬头看他，发现他的眼眶红红的……

我听说过姑父的右手没有食指。虽然家里人对姑父的事情讳莫如深，但姑姑有时也会念叨几句。比如，姑父出生于中医世家，他不愿意跟父亲学望闻问切，对手术刀却很感兴趣，缝合兔唇的外科手术做得漂亮，远近闻名。姑父性格刚烈，右手的食指是自己砍掉的，据说年轻时被人诱去赌牌，用铜板换掉家里钱袋子里的大洋，偷偷拿去当赌资，等到人发现时，已经输了个精光。为这事，姑父痛悔不已，跑到灶台前抓起柴刀，当着全家人的面剁掉了自己的一根手指，发誓从此再不沾赌。姑姑说，大家都没有反应过来，咔嚓一声，手指头就掉在地上了。姑姑说，姑父的事情"坏就坏在一股子牛脾气上面",很有点敢做敢当的气魄,却常常分不清轻重,活该背时。

后来我知道,姑父刑满释放离开锑矿,回家途经贵阳时住在我外婆家,听说我们要去贵阳,怕在路上错过,就留下来等了两天,说想早些看到我。

三

经过十年改造,姑父从"劳改犯"变成了"劳改释放犯",回到小县城,被安排在镇里的卫生所,还干他的老本行。也许是自己没有子嗣的缘故,姑父特别宠我,做了什么好吃的东西立即来叫我,还让我陪他喝酒。对姑父,我其实是心存芥蒂的,大家都说"劳改犯"是坏人,如今这个坏人回来了,似乎还把我当成他孩子,他究竟是一个什么样的人呢?

与姑父接触下来,撇开亲情不说,我怎么看他也不像坏人。他每天按时去卫生所上班,认认真真做事,下班就回家,休息日去对面的山上走一走,有时还叫上我。那座山的最高处有一个"营盘",就是石头砌起来的军事工事,已经残破不堪,但整体还算完整。坐在颜色发青的石墙上,姑父给我讲过去发生在这个地方的战事,比如哪一路土匪如何打过来,城里人如何坚守,双方死了多少人,听起来惊心动魄。他还教我辨认可以入药的植物,记得有车前草、忍冬、板蓝根等等。姑父好像还懂一点天文,晚上带我去郊外看星空,哪一个是大星座,哪一个是仙后座,一一指给我看，迄今为止，我有限的天文知识都是他那时教的。

姑父与街坊邻居相处得也很好，哪家有红白喜事了，总是站出来帮着张罗。他身上有一种吸引孩子的气质，回来没多久，周围的小男孩就围着他转，大大小小十多个。黎明时分，晨曦蒙蒙透出来，姑父带着孩子们去环城路上跑步，还在城外的一片空地上练蹲马步、打倒立之类的动作。一些孩子相信他是有功夫的，他也不直接回答有还是没有，只说男子汉一定要强身健体，长大了做事情才有底气。他对孩子们说，如果中国人都强壮，当年日本人哪敢欺负我们，以后"美帝""苏修"也不敢来欺负我们。

我猜想，姑父可能是有点功夫的。听说旧社会中医世家出生的人都懂一点阴阳五行、奇门遁术，有的还练过些拳脚。姑父好像看出了我的心思。有一天，他把我叫到庭院里，认真地磨一把菜刀，磨了半个多小时，扯几根头发下来在刀刃上试，确定非常锋利了。接着，他脱去上衣开始运气，待到脸涨得通红，把刀放在左胸口上，让我拿一根碗口粗的青杠棒子去敲，说"有多大劲使多大劲"。我看着他，怎么也不敢下手，他只好自己左手架住刀，右手用木棒使劲敲打，嘴里"嘿嘿"地喊，刀拿开后，胸膛上有很深的刀印，但真没有划破皮肉。姑父得意地说，功夫到家了，刀是切不进去的。我看到刀印周围竖着好多条伤疤，长长短短，深深浅浅，少说也有十几道，问姑父是怎么回事，他低头看了看，还抬手摸了摸，说刚开始练的时候，木棒一敲，刀就切进去了，血流一地，伤好了继续练，一敲又切进去了，就这样练了好几年，才大功告成。说起这些，姑父好像有点尴尬，赶紧穿上衣服，说：

"好了，喝酒喝酒。"

从那以后，我开始有点佩服姑父了，且不说他的功夫怎么样，但看来是实实在在练过的。我在想，一而再、再而三地把自己弄得满身是血，还能坚持练下去，没有超乎常人的胆量和倔劲是很难做到的。至少可以说，姑父这个人确有与众不同之处。

四

姑父最与众不同的，还是与酒有关的事情。他爱酒爱到骨子里去了，每天都缺不得，对下酒菜却从不挑剔，有一盘花生米或者半个咸鸭蛋，就心满意足。

我印象中，姑父身上是一分钱也掏不出来的，卫生所上班的报酬交给姑姑管着。因为家里没有存酒，每天晚饭摆上桌子，才找姑姑要钱去打酒。那一刻，他伸出断了食指的手，不说话，看上去有点哀求的样子，又格外坚定。姑姑板起脸从衣兜里掏钱，一角二分，可以买二两酒。如果我在那里吃饭，他就多要六分钱，买三两酒。姑姑嘴上说"娃娃家喝什么酒嘛"，但还是会给钱。拿到钱，姑父端着杯子去打酒，雄赳赳地走出门去，不一会又雄赳赳地回来，两眼放光，仿佛一天的辛劳有了最好的回报，哪怕日子风雨如晦，也心满意足。

倘若有朋友来家里喝酒，情形就不一样了。由于身份特殊，又整整十年不在家，姑父其实没什么朋友，那么，在他眼里，只要来家里喝酒的都算朋友。县城每周一个赶集天，乡里的人从四面八方汇聚到集市上来，卖一些柴火、鸡蛋和山货，买回盐巴和煤油。这里面不免有远房亲戚，其中又不免有人来家里歇歇脚，到了饭点，如果客人还没有告辞的意思，姑父的嗓门就高了，大声吩咐姑姑做饭备酒，二两三两当然是不够的，得拿坛子去装。几乎每个赶集天姑父都这样折腾一回，看得出姑姑很不情愿，脸拉得老长，但还是老老实实去买菜做饭，老老实实掏钱打酒。

我理解姑姑的难处。姑姑原本是小商贩，自家门口摆个摊子卖些针头线脑，维持生计并不容易，勤俭持家不仅成为习惯，更是深入骨髓的观念。五十年代公私合营，街上商贩的摊子被集中起来，办集体所有制商店，姑姑加入一个出售日常用品的小铺面，最大的变化是不再挣多得多，每月固定工资十六元。姑父在卫生所得到的报酬也非常有限。如此家境，一日三餐尚需精打细算，姑父又爱喝酒，每天一角二分或者一角八分钱，算下来不是个小数目，何况呼朋唤友来家里胡吃海喝，饭菜再简单也难以承受。姑父不操心这些事情，朋友来了，怎么能不喝酒呢？

更有意思的是，请到家里来喝酒的，还说不好是一些什么样的朋友。有一天，姑父在卫生所做了一台兔唇缝合手术，心里一高兴，下班后请几个朋友在家里喝开了。酒过三巡，姑父兴致很高，对自己的医术沾沾自喜地吹了几句，席间一个老兄听了，不以为然，说补"缺嘴"（兔唇）这个事情，最厉害当数谁谁谁，人家补的"缺嘴"根本看不出来。他说的那个名字正是姑父的大号。姑父一听更兴奋了，瞪圆眼睛说，你看看我是哪个！那老兄酒意正酣，说我不管你是哪个，反正你肯定不如他。姑父说，你讲的那个人就是我！那老兄盯着姑父看半天，撇了撇嘴，一个劲摇头，说你吹壳子（吹牛）！旁边的人都笑，纷纷证明姑父就是那个谁谁谁，那老兄还是不信。当时没有身份证，要证明自己就是自己，还真不是很容易，两个人醉醺醺地吵了好一阵，最后差点打起来。

这一幕发生的时候，我就坐在旁边。当时我想，姑父请来的是些什么人啊，家里坐着开怀畅饮，都喝醉了，居然还不知道自己在谁家喝酒，主人是谁。而姑父也一定没弄清楚那个老兄是谁，好像从街上随便拉来的一样，来的都是朋友，坐下来就喝，开心就好。不过，由此可以看出，姑父缝合兔唇的医术确实早有名气。

那天来找姑父做兔唇缝合手术的是一个农村姑娘，大概十六七岁，模样很秀气，笑起来羞羞怯怯。几个月后，姑娘的父亲带着她来感谢姑父，送来一只大公鸡。我正好在姑父家，悄悄对姑父说，我觉得还是看得出痕迹呢。姑父看了看那个姑娘，说不可能一点痕迹都没有，再长一长，疤痕就不明显了。此后，我再没有见过那个姑娘，不知道是不是像姑父说的那样。

五

我学会喝酒，遇到小酌几杯的机会一般不放弃，与姑父的影响有很大关系。如今，打开一瓶好酒，我会想起姑父，想起当年六角钱一斤的白酒，那酒的味道其实也不错。

每每端起杯子，姑父总要先沉默一下，若有所思地看着前方，经常自言自语般说："我这辈子不图啥，就喜欢喝杯酒，喝杯酒也不容易啊！"享受着烈酒带来的炽热和凛冽，姑父不止一次提到自己喝酒的"酒史"，说刚刚出生不久，父亲就用筷子蘸酒给他尝。那时候家里开着诊所和药铺，日子殷实，买的酒很好，倒进杯子里满花，圆圆的泡珠久久不散，隔几间屋子都闻得到酒香。可是，到了他这里怎么就不一样了呢？姑父很郁闷，说后来只有苞谷酒，但毕竟是粮食烤出来的，味道纯正；再后来喝红薯酒，有一股焦煳味，还算得上醇和；再往后的青杠籽酒就很勉强了，入口苦涩暴烈，喝了口干舌燥，打脑壳（头晕），也总比没有好；一九五九年以后，青杠籽酒也买不到了。不过，那时的注意力在填饱肚子，对酒的渴望不是很强烈。

没有酒，不喝就不喝了。但是，在那些特别的日子里，在特别的地方，在最脆弱的时候，姑父说他真的很想喝酒，很想一醉方休。姑父告诉我，他被宣判有罪并被送到矿上劳改，那段时间总想去找一点酒来喝，时时刻刻都在想。当然，这完全是奢望。

如果姑父只是一个普通的"劳改犯"，他多半会一直在矿井里劳作。他是医生，后来被安排到监狱的医务室，协助矿医给犯人治疗小伤小病。按说这是求之不得的大好事，但对于姑父，结果却又未必是幸事，因为医务室有酒精，弥漫出来的气息与酒相差无几，那种熟悉的又被渴望着的味道令他恍恍惚惚。医用酒精是不能饮用的，姑父当然懂，一开始只是拿起来闻一闻，之后用舌头去舔一舔，这时候常常产生一种幻觉，好像手上端着的就是一杯美酒。姑父承认，他终于没有忍住，偷偷在酒精里兑上水，试着当成酒来喝。既然人生都已经这样了，有什么可顾及的，最严重的后果还能是什么呢？姑父说，他最担心的不是酒精对身体有多大损伤，而是这种行为算不算盗窃公物？他运气不错，如此胆大妄为的事情始终没有被人发现。

姑父说，那是最苦恼的时候干的事情，也不算经常，实在忍不住就喝一点。他的肝脏被严重损坏，不好说与这段经历有关，也无法证明毫无关系。事实上，确诊肝硬化以后，姑父照样喝酒，对医生的忠告完全不以为然。他说他不能不喝酒，只有酒能让他放松下来，三杯两盏之后心里轻快，可以不去想那些事情……

六

我问过姑父，有没有比他更爱酒的人，姑父说有，那个人是他的哥哥，嗜酒为命，而且酒量超人。

只要一提起哥哥，姑父就兴奋起来，口若悬河滔滔不绝。他叙述的故事听得我目瞪口呆。比如说，他哥哥喝了两斤白酒之后，还可以骑着狂奔的马射击并命中目标，握手枪在八仙桌上翻一个跟斗，腾空之间连发三枪，指哪里打哪里。这是什么本事啊？我觉得一定有夸张和演绎的成分，不过，姑父崇拜哥哥却是无疑的。所以，他知道自己来日不多了，特别交代要葬在哥哥的坟墓旁边。

在中医世家里出生和成长，姑父未得老父亲真传，但毕竟还在业内。他的哥哥则完全叛逆，根本不曾学医，热衷于乱世江湖的刀光剑影，打打杀杀之间，还真的拉起过一支队伍。不幸的是，队伍很快被打垮了，他的哥哥死于非命时才二十多岁。

姑父告诉我，本质上说，哥哥的队伍算土匪武装，"十几个人来七八条枪"，干着打家劫舍的营生。但是，他们不祸害普通百姓，因为打劫穷人捞不到油水，再说穷人也可怜。富人不一样，开米行的在秤砣上做文章，开饭店的在酒里掺水，更有强夺人家田产，霸占人家姑娘的，不找他们拿钱找谁？不过，即使对这些人，也只谋钱财不伤性命，有点"义匪"的意思。

姑父说，哥哥真正的死对头是国民党的县政府，一直铁了心跟他们干仗，也不是多么仇恨反动政权，只是看不惯那个姓史的县长。看不惯的原因，是姓史的想要哪家的田就要哪家的田，明面上说买，开价之低和强抢没什么两样。从县城北门一直到十里外的石盆桥，那地方是县长的老家，良田好土几乎被史家全部占据，谁也奈何不得。有一回"买"地"买"到姑父家一个远房亲戚头上，哥哥就不干了，发誓要杀姓史的县长。杀了他，自己就能当县长，也说不定。

要杀县长，必须有枪才行。姑父绘声绘色地描述哥哥孤身夺枪的经过。那一天，他假装去卖蚊香，马刀藏在装蚊香的匣子里，到城门口一边叫卖一边找机会，看准了，拔刀砍掉一个卫兵，抢过枪来又刺了一个，从容地解下装子弹的武装带，扛着两条"汉阳造"一溜烟出城去了。旧社会黔北山区土匪不少，但光天化日之下公然在城门口夺枪的，仅此一例，哥哥成了全县清剿的对象。说起哥哥的胆识和本领，姑父眼里放光，两条枪十粒子弹起家，短短一年间就有了二十多个兄弟，神出鬼没到处跑，保安团清剿几次都没成功，还被缴去不少枪支，长的短的都有。姑父记得，哥哥三天两头半夜摸进城来，背着一支马枪（短步枪）回到家里，全家人吓得不行，他心里有数，照样喝酒，喝完酒背着马枪一阵风似的走了。

姑父最惋惜的，是哥哥战败的原因，自己最信任的一个兄弟出卖他，把队伍那天的落脚地点透给了保安团，部队半夜三更冷不丁围上来，有些兄弟枪栓都没来得及拉开就被打死了。姑父说，其实也是酒害了他哥哥，当时喝得有些醉，借着酒劲打仗，二十多人与保安团一两百人硬扛，寡不敌众吃了败仗。哥哥的大腿被子弹贯穿，保安团把他绑在竹滑竿上，抬着进县城领赏，县长用铁丝穿过他的锁骨，拉着游街示众，然后在下城门外的一片空地上枪毙，行刑用的是火药枪，枪管里不装铁砂，装谷子，枪一响，射出来的谷子在全身上下钻出一个个小孔，并不致命，人是活活痛死的。

姑父相信，要不是酒喝多了豪气冲天不服输，凭哥哥的本事，他完全可以脱身。姑父认为这就是命，哥哥离不开酒，天天喝，打仗也喝，早晚在劫难逃。

七

哥哥这样死了，姑父一家与史县长结下深仇大恨。但是，当时那种情况，不要说报仇的事情根本不敢想，还得小心谨慎处处提防。直到解放大军打过来，才终于有了机会。

那是一九四九年十一月，大军开进贵州，听说离得很近了，国民党县政府乱作一团。姑父与本家的一个堂兄悄悄商量，拉起几个信得过的年轻人，打算配合解放军攻城。他们有人盯着县政府和保安团的动静，有人出城去联络解放军，把自己画的"城防图"送了过去。说起这段经历，姑父颇为遗憾，大军还在几十里之外，姓史的县长和保安团就跑了，眼睁睁看着他们溜掉，自己却无能为力，心潮澎湃地忙乎了好多天，结果白忙了。

大军不费一枪一弹进城后，姑父他们才知道，县城里早就有共产党的地下组织，街对面开裁缝铺的陈老板，待人和和气气，看不出什么特别之处，原来是地下组织的头，姑父他们想干的事情，人家已经很专业地完成了。几个年轻人密谋做这做那，自以为很隐蔽，陈老板却全部看在眼里。几天以后，陈老板找到姑父他们，说他们支持解放军是革命行动，有觉悟，赞扬了一番。陈老板还说，画"城防图"之类的事情不是那么简单，他们肯定是不在行的，但可以在其他方面为人民政府工作，大军继续南进以后，希望他们参与维持社会治安，防止国民党残余势力反扑，保卫新政权。从那以后，姑父城里城外到处忙碌，精神抖擞，觉得自己是一个能做大事的人。

姑父很坦率地告诉我，当时约堂兄和另外几个人准备迎接解放大军，根本不是因为有觉悟，也不懂什么是革命行动，从来没有想过会得到新政府的褒奖。他内心想的只是抓住那个县长，枪毙他，为哥哥报仇，听说县长跑了，郁闷了好几天。不到半个月，仓皇逃走的县长在南边一个县被解放大军击毙，尸体拖回县城挂在下城门外示众，那正是姑父的哥哥被火药枪打死的地方。那一天，姑父扛了一大坛酒去哥哥坟前，兄弟两人阴阳相隔开怀畅饮，他醉得不省人事，第二天中午才跌跌撞撞下山。

姑父刑满释放回来没多久，就带我去过他哥哥的墓地，坟头正对着史姓县长老家的方向，照当地风俗，意思是做鬼也要死盯着你，生生世世的死对头。姑父对我说，看看吧，这里埋着的就是被国民党县长枪毙的"大土匪"。他可是个真汉子啊，死得那么惨，一句求饶的话也没说过，连哼都没哼一声。姑父反反复复念叨，说哥哥那天不该喝酒，起码不该喝那么多，没喝醉就未必会头脑发热死拼硬拼，就未必打败仗，打了败仗也未必脱不了身。哥哥一生爱酒，想不到最后死在酒上面，年纪轻轻，连个后人也没有来得及留下。姑父感叹：酒这个东西呀，有时候还真是害人呢……

八十年代，国家解决一些有争议的历史遗留问题，姑父他们当年的行动虽然作用有限，但毕竟为迎接解放做了事情，最终被认定为参加革命工作。和他一起牵头的堂兄得以落实政策，享受老干部待遇，直到寿终正寝。那时，姑父已经去世了。

八

姑父也许没有想到，他自己也会死在酒上。这中间似乎有一种宿命的纠缠，无法抗拒。

因为姑父身上有一些特别的东西，一种说不清道不明的感觉，我一直很注意观察他。刚回来的时候，他好像对自由的生活状态非常不习惯，老是想着应该去找谁报告自己的情况；之后一段时间，他又显得亢奋，说现在想喝酒就可以喝酒，实在是太好了；再后来，则渐渐表现出焦虑，好像在期待什么，似乎又深深地绝望。究竟是一些什么因素牵扯着姑父的心思呢？我曾试探着问他十年前是因为什么去劳改的，他一听，情绪激动起来，说自己根本没有犯罪，但说完这句话马上打住了，警觉地盯着我，眼神竟有些陌生。他想了想，说那些事情不能问，反复叮嘱我，他刚才说的话千万不能告诉别人，他什么也没有说过。

　　没过多久，一些奇怪的事情接二连三发生。有一天，姑父突然到我的房间里，先是神神秘秘地朝着窗外张望，确信屋里屋外都没有其他人，从腰间抽出一把三角刀给我看，说是买来防身的，他发现有人要谋害他，让我记住，如果哪一天他失踪了，一定是被人杀了。几天后他又找到我，问我是不是把三角刀的事情告诉过别人，我说没有，他松了一口气，匆匆走了。过了三两天，他突然出现在我面前，神情紧张和沮丧，说他把三角刀交到派出所了，他买刀只是为了自卫，绝没有其他目的，意思好像是要我为他作证，但没有这样说。那时，姑父的精神已经不大正常了。我把情况告诉我父亲，他是内科医生，一听就明白怎么回事，拉着姑父去了医院。诊断结果不出所料：酒精性肝病引发的被迫害妄想症。

　　很长一段时间，因为肝硬化引发门静脉高压，姑父经常胃出血，他不肯去治疗，继续喝酒，说就算是死，也要在死前喝个痛快。这一次检查的情况表明，他的病情已不可逆转，医生会诊后认为，最乐观的估计也只有半年时间。

对于姑父来说，接下来的半年是人生的最后时光，也是一段最为痛苦的时光。病痛的折磨是一回事，昏昏地睡过去，似乎可以解脱一阵子；而一旦醒过来，整个人就被极度的焦虑牢牢地笼罩着，一会怒不可遏，一会又仿佛在祈求什么，诉说口齿不清，一副可怜巴巴的样子。他内心分明纠结着一些事情，到离开人世那一刻，也还纠结着。他究竟在纠结什么呢？

姑父下葬以后，我静下来回想与他相处的四个年头，一点一滴梳理，却完全找不出头绪，与他有关的一切仍然是谜一样的存在。我想，人已经走了，纵然有再多的谜，也都被带走了。

姑父去世一年后，姑姑收到了一份函件。姑姑没上过学，新中国成立后进政府办的扫盲班识了些字，其实是半文盲。"平反通知书"几个字她是认识的，大体知道是什么意思，但公文上说了些什么，却不甚了了，赶紧拿来给她弟弟——我的父亲看。那一份公文，家里人看了一遍又一遍：撤销判决，恢复名誉。那么，姑父的问题得到解决了！

姑姑接到通知，去了一趟姑父服刑的那个矿，没几天就回来了，说姑父在那里的十年被认定为正常工作，补发工资，带回来七千零二十元钱。按月计算，姑父的"工资"每月五十八元五角，是那个年代大学本科毕业生转正以后的标准，而姑父其实并没有上过大学。这笔钱在当时堪称巨款，姑姑一分不用，依旧保持着勤俭的习惯，处处精打细算，日子过得极其简朴。后来我和妹妹相继去北京上大学，姑姑突然大手大脚起来，每个学期给我们一笔钱,说学子去上学要赶路,一路上费草鞋,需要多备点"草鞋钱"。我和妹妹稍有推辞,姑姑就大发雷霆,虽然汗颜,也只能从命了。

从医学角度看,姑父的死亡原因是酒精性肝病,以及由此引发的各类并发疾病,简单地说,死于酒……

————

1999 年

黑裙子

　　我做了八年记者，对外出采访时遇到的一些琐事颇有感受。初到一个地方，自然人地两生，吃住行都是问题。招待所的食堂里排队打饭本来没什么不好，如果要求自备餐具，就只好转身去商店买，回来时饭菜很可能所剩无几了。房间里的异味且不说，床单上明明有十分可疑的痕迹，服务员却一口咬定是新换的，你也奈何不得。出了门，分不清东南西北，小城里打车通常不容易，到了乡镇倒好一些，反正只有那么三两条街巷，凭着感觉乱撞，最终也可以找到要去的地方。继续往村寨里去就困难了，公交车是肯定没有的，运气好能遇到拖拉机或者马车，认真地说明来意并请求帮助，兴许人家能搭你一程。回来多半靠一双脚板，即便路程不算远，碎石铺成的路往往崎岖难行，有时需要走上四五个小时，疲惫不堪了，才看到灯光。

　　当然，这种情况并不多见，一般发生在你"不受欢迎"的时候，分明去揭人家的"疮疤",谁还愿意为你提供方便呢?没有如临大敌一般紧紧盯着你就不错了。如果事情过于敏感,难免处处受阻挠,有的地方甚至特别交代要"防火防盗防记者",找个借口把你的记者证、照相机扣下,也未必不可能。做记者有时是很招人厌恶的。

平心而论,绝大多数时候,记者堪称座上嘉宾。毕竟正面宣传为主,写出来的东西大多亮丽,报纸上登出来,广播电视播出来,到处莺歌燕舞,谁都欢喜。于是,记者的待遇也就跟着升上去了,宾馆房间里摆着时令水果,汽车随叫随到,陪同人员毕恭毕敬。四菜一汤的"工作餐"算不得腐败,山珍海味、毒蛇王八之类却总可以见到,主人在推杯换盏间表现出最大的热情,你不醉一把都不好意思退席。明明无微不至了,说出来的话还是"条件有限,接待不周",一个劲地请你"多多包涵"。你想象不出,如果不是"条件有限",会折腾成什么样子。当然,这"有限"的"条件"必须用足,被一再强调"过于简陋"的"工作餐"之后,不能没有安排。就算你忌讳桑拿房、洗脚城之类的地方,KTV 包房里高歌一曲不算离谱吧,说不定唱的还是"红岩上红梅开"和"红星照我去战斗",谁能说不好呢?主人的话理直气壮:放松一下,也是为了把工作干得更好嘛……

我走过很多地方,经历过不同类型的接待。我见过许多硬场合,例如遭遇围追堵截的一类事情,对于在困难条件下开展工作,我早有职业素养方面的准备,一向敢于突破也比较善于突破。但是,面对防不胜防的热情接待,却始终难以适应,有时候还免不了弄出一些尴尬的事情来。

今年夏天，在南国的一个港口城市，一条铁路开工建设，这自然是可喜可贺的。开工仪式很隆重，嘉宾云集，领导讲话，接着一字排开剪彩，掌声和鞭炮声响起来，五彩的气球飞向天空。而这一切是需要宣传的，少不了邀请各路记者，我是其中之一。仪式结束，回到宾馆冲了冲凉，晚宴接着就开始了，当然还是以"工作餐"的名义，工作需要而已。不同的人做不同的工作，"工作餐"也是有区别的，记者和领导们被安排在环境优雅的后院小厅。记者不是官，在一些场合又俨然很像官，谁也没有觉得这样安排不合适。

事情到这里，是不是就可以结束了呢？但是还真没有。我回到房间，刚刚准备写铁路开工建设的稿子，房门就被敲响了，负责点对点接待我的工作人员站在门口，恭恭敬敬地告诉我，有一个新闻通气会即将在一楼某处召开，希望我务必出席。那么好吧，我拿着笔记本乘电梯下楼，在细心的引导下走进一道茶色玻璃大门，并不像会议室，细一看，原来是宾馆的舞厅。也许宾馆里一时没有合适的场地，临时使用舞厅开一个会，也是可能的。记者们鱼贯而入，一一坐下来。关于这条铁路的情况，之前我们都拿到了背景材料，在现场也进行了采访，我想象不出还有什么信息需要在这里郑重发布，好奇地等着。待人差不多到齐了，当地宣传部门负责人走上前来，说了一大堆感谢的话，会议就结束了。

接着，主持人宣布联欢会开始，灯光暗了下来，音乐缓缓响起，我抬眼环顾四周，发现身边多了一些年轻漂亮的姑娘，也不知道她们是什么时候出现的。那么我知道了，所谓的新闻通气会，其实是他们刻意安排的一场舞会。轻柔的舞曲在大厅里回荡，姑娘们走向坐在不同位置的记者，主动邀请他们跳舞，舞池里出现一对又一对翩翩起舞的身影。

我一直不喜欢跳舞，上大学时倒是学过，始终没多大兴趣，连学校的周末舞会也基本不去。那天大清早赶过来一路晕车，下午的开工仪式又在烈日下暴晒了一个多小时，感觉比较疲惫，当然就更没有心情参加这样的活动。刚刚站起身来准备溜掉，负责点对点接待我的那位工作人员出现在面前，身边还有一位姑娘，他介绍了姑娘的芳名，我根本没听清楚，马上声明我不会跳舞。姑娘愣了一下，说那就不勉强了，随即转身走开，明显不大高兴。

既然不会跳舞，我以为可以全身而退了，抬腿往门外走，没走几步，又被宣传部门的一位主任抓住，说王记者怎么要走呢？不能走不能走。他从旁边拉过来一个姑娘："来来来，快请王记者跳舞，王记者跳得可好了，你好好向他学习。"我和这位主任完全不熟悉，他怎么肯定我跳得好呢？我赶紧对姑娘解释，说我知道谢绝一个女孩子的邀请是不礼貌的，但实在抱歉，我真的不会跳舞。姑娘很大方，说怎么可能呢？你们当记者的，十个人有九个都能歌善舞。我说很不好意思，我恰好就是九个之外的那一个，是第十个。姑娘捂嘴笑了笑，说："不会没关系，我来教你。"主任连忙说："对对对，那你好好教。"主任的反应非常敏捷，从"你好好向他学习"到"你好好教"，完全不需要过渡。姑娘说："那得看王老师愿不愿意让我教咯。"话已经到了这样的程度，我不学一回好像说不过去了。

　　我们到舞池里的时候，一支舞曲已经开始好一会了，试探着跟上音乐的节拍，配合很快变得协调。姑娘轻声说："王老师的舞跳得这么好，哪里用得着我教，刚才说不会，一定是不愿意和我跳吧？"我赶紧解释，说绝不是这个意思。接到通知来参加这个会，并不知道是舞会，自己不喜欢跳舞，再说今天的稿子还没写，想回房间抓紧把事情做完，只好推说不会跳舞。

　　姑娘抬起头看了看我，略一沉吟，说她也不怎么喜欢跳舞，因为从单位抽出来做会务，领导说这是会务工作，所以就来了。她说得很平和，不像是在抱怨，但我听了觉得有点负疚，好像是我勉强了她一般。我很认真地对她说，其实她可以悄悄溜掉，舞厅里那么多人，没人会注意少了谁，何必让自己做不情愿的事情呢？特别是女孩子，应该尊重自己的感受。我还说："让女孩子受委屈是一种罪过。"听到我这样说，她的脚步停顿了一下，紧接着又跟上了舞曲的节奏。过了片刻，她说谢谢我的理解，也不是有什么委屈，只是从来都不大喜欢这种场合。我提议跳完这一曲我们各自开溜，她犹豫了一下，摇摇头，说自己真的并不觉得委屈，而且现在很开心。我问她为什么，她歪着头想了想，说："为什么呀？我不知道呢……"

　　舞曲结束后，姑娘抢先对我说了一声"谢谢"。我还没来得及说话，那位主任出现了，拉我去旁边喝茶，姑娘立即退开，朝不远处走去，那里坐着好几个女孩子，应该是一起来的同事。主任说："王记者跳得真好，我都看到了，舞姿潇洒帅气，刚才还说不会，实在是谦虚啊！"我说我的确不怎么会跳舞，跟着音乐节拍走走而已。主任说："谦虚了，明明跳得很好嘛，谦虚了，谦虚了！"

与主任有一句没一句地闲聊，不自觉间朝姑娘那边看过去，她穿着一身黑色连衣裙，与五彩缤纷的氛围形成反差，显得别具一格。这期间，舞曲接连响起来，只要这一曲没有人邀请，她就静静地坐在那里，如释重负一般。我注意到，她不时会往我这边看一眼。

不知道为什么，这时候我打消了尽快溜走的念头，甚至犹豫着要不要再邀请她跳一曲。我在心里为自己找借口，跳了大半曲舞，我居然没有看清她的样子，这算不算一个理由呢？想一想，觉得自己有点可笑，那么还是算了吧，何况她清楚地说过原本并不想来这里，怎么说也带着勉为其难的意思。但是，又一支舞曲开始的时候，我竟然不知不觉间站起身来。更令我诧异的是，那一刻，她正好看着我，也站起来朝我这边走。我们就这样相向而行，一步一步走到一起，一句话也没有说，相拥着缓缓起舞。

这一次，我们之间好像不再陌生，目光可以相互直视。我终于看清了她的模样：一双南国姑娘特有的大眼睛，眼神略略有些羞怯，修长的双眉入鬓，鼻梁直直的，嘴唇温润而厚实，皮肤微黑，头发很随意地束在脑后，看不出有多长。她真的很漂亮，那是一种健康的明丽的美，带着青春不可抗拒的魅力和南国炽热的气息……整整一支舞曲之间，我们没有说一句话，但是，通过交融在一起的目光，似乎又进行着无言而真切的沟通。

这个大千世界，芸芸众生在其间奔忙，多少人从身边走过去，永远不可能有相识的机会。据说前世五百次回眸换来今生擦肩而过，我和这个姑娘本也注定是要擦肩而过的，想不到竟停留下来，哪怕是片刻的停留，前世的回眸不是得超过五百次了？那么，真的是因为前世频频地回眸，我们才会在这里相遇？不得不承认，我们的配合非常默契，舞姿和内心都轻快自如，进退之间会意准确，好像能感应到对方的心思。我想起邓丽君那首关于南海姑娘的歌曲，这位"眼睛星样灿烂，眉似新月弯弯"的姑娘，她一定住在椰风吹拂的海滨，喜欢在夕阳下赤足追逐银色的浪花，晚上会做珊瑚一样的梦……我是在山里长大的，但是对于大海，又一直觉得自己心里藏着一份前世的乡愁。难道在我们的前世，我和她住在同一个海湾的同一个渔村，从小一起长大？在那个时空里，她是我的什么人呢？……那一刻，我怀疑自己是不是想得太多了，努力从恍惚中回过神来。

舞曲结束的时候，我对她说了声"谢谢"，发现我的左手还攥在她右手里，抽不回来。她直视着我，用很轻的声音说："我们再跳一曲，可以吗？"我点了点头。

在两支舞曲的间隙，在舞池中间，我们面对面相依而立，等待下一支曲子开始，谁也没觉得尴尬。这一曲，乐队演奏的是电影《魂断蓝桥》的主题曲，凄婉的旋律如泣如诉，令人的心海浪一般起伏翻腾。我们跟着音乐的节奏，忽而靠得很近，忽而又游离开去，一直没有说话。到了乐曲的尾声，她才开口，说跳完这一曲该走了，明天要早起上班，还说今天真的很开心。我说我也很开心。曲终，她松开手，面对着我款款地退了几步，然后转身去座位上拿起小包，回过头来朝我摆一摆手，黑裙子消失在茶色玻璃门的后面……

我想，如此迎面相逢而又擦肩而过，应该是一种了却吧？所以，不要问我从哪里来，到哪里去。我不知道她的名字，不知道她芳龄几何，不知道她的联系方式。她也始终不曾问起我的任何情况。

接下来，我回到房间赶写电讯稿，让人们知道一条铁路在南国海滨开工建设，这是我此行的职责。

1993 年

蓝月亮

——亚强的故事

一

仅仅因为月亮的颜色，在都市里住久了，抬头看见月亮，就总会想起当年山里的那些事情……

大约七八岁时，我在黔北山区一个小寨子里生活过一段时间。当时的很多事情都记不清楚了，唯独对山里月亮的印象，多年来一直刻骨铭心。我记得那些月亮和现在看到的完全不一样，无论是上弦时清幽幽透明的一弯，还是月满时光灿灿晶莹的一轮，都溢出浅浅的纯粹的蓝色，你甚至疑心那蓝色的精灵会不会逃走，一不经意便融化在点点繁星之间，或者被晚风揉成一片似有若无的薄云。我不相信有哪一种光辉比山里的月色更加清澄圣洁。

那山叫西山，山里的寨子叫枫香坳；寨子旁边有一条小河，叫冷水河，其实河水并不冷；河上有一座小桥，叫断石桥，几块巨石拼在一起，中间自然是断开的。枫香坳的枫树多，春天的嫩叶溢出无边翠绿，夏季里枝繁叶茂撑起一片片浓荫，到了深秋，枫叶把四面的山岭染得火红，落下来的叶子铺满小路，而小路蜿蜒于山岭之间，看上去像一条条五彩的飘带，非常漂亮。

我家在寨子东头一株很大的枫树下面。

早些时候，我家并不住枫香坳，而是在离这里十多华里的县城。据说人们给父亲戴上了一种什么"帽子"，不能继续留在城里工作，下放到枫香坳的小学里来教书。除了我父亲，学校还有两个民办教师，领着二三十个农家孩子读课文，朗朗的尾音拖得很长。我父亲颇受尊重，课文里说"白求恩同志是加拿大共产党员"，他居然知道加拿大在西半球的北美洲，那里也有很多枫树，国旗上还印着枫叶，于是，大家都坚信他是真有学问。受父亲"问题"牵连，在县供销社工作的母亲也被派到枫香坳的分销店，卖点煤油、盐巴和农药之类的东西，据说这是对他们格外的照顾。那爿小店一共三间小屋，墙壁上糊着旧报纸，除去一间做铺子，我们一家三口分住两间，我有自己的房间。旁边还有一个用木板搭出来的棚子，算是厨房。

二

刚上小学那年，我的房间被一个比我大得多的姐姐占用了，我只好住到外面的铺子里去，在柜台后用两条木凳架一张简易床。

那姑娘十七八岁，是到我们枫香坳插队落户的知青。她家住在一个大城市里，比我们的县城还要大很多，她父亲好像也被戴上了一种什么"帽子"，公社里考虑再三，决定把她安排到我们家来住，说是不能影响其他清清白白的贫下中农。父母很在意她，让我叫她"月竹姐"，专门叮嘱我不能在姐姐面前淘气。和我们不同的是，她必须跟着寨上的庄稼人下地干活，靠挣得的工分分配口粮。

我不明白月竹姐为什么来枫香坳，为什么一定要住在我家，听说必须把房间让给她，我很不高兴，嘟嘟囔囔地发脾气。但是，当月竹姐到了家里，我觉得整个屋子都明亮起来，这个姐姐要和我们住在一起，是真的吗？她长得太好看了：清秀的脸庞肌肤白嫩，透出淡淡红晕，一双水汪汪的大眼睛清澈明净，一头长发扎在脑后，自然而大方……总之，她和我们枫香坳的姐姐们完全不一样。

从那以后，我和月竹姐很快变得亲近起来，好像她真是我姐姐，而我绝不是一个调皮的弟弟，在她面前特别听话。我一改赖床以至于上学迟到的坏习惯，再也用不着催促就早早起床，第一时间四下寻找月竹姐的身影。月竹姐也起得很早，带着我去水缸里打水，然后一起站在屋子外面洗漱。出门前，她会查看我上学要带的课本，提醒我不要忘了，其实那时候没有多少课本，书包里空空的。如果她上工的方向在学校那一边，我们会一起走一段；要是不同路，我看着她走远了才转身去学校。放学以后我不再像过去那样和同学漫山遍野去玩，而是急急往家里赶，看月竹姐收工回来了没有。每天吃饭是最开心的时候，吃什么并不在意，重要的是可以和月竹姐坐在一起，很近地看着她。她总是把好吃的菜夹到我碗里，笑容里带着怜爱，说："小弟多吃点哦。"

待满山的枫红褪尽，冬季就来了。一入腊月，太阳躲在厚厚的云翳里久久不肯露面，雨帘不时挂上檐角，山里的风呼啸着扑过来，寒气逼人，整个日子都湿淋淋的。好在家里有月竹姐，她收工回来，一切又都是无比温馨的。到了晚上，我们聚在被当成厨房的那间棚子里，围着一个烧木炭的火盆烤火，消磨漫长的冬夜。只要月竹姐还没有回她的房间去，哪怕夜再深，父母怎么催促，我都磨磨蹭蹭不愿去睡觉。好在第二天一早就可以看到月竹姐，即便来日依旧是雨雪潇潇的光景，也令人充满切切的期待……

有一天，月竹姐突然开始收拾行李，她是要走了吗？

月竹姐来到我们家不过半年多时间，可是，我觉得她已经是家里不可或缺的成员，如果她走了就不再回来，不敢想象我将会多么落寞，能不能承受。反复盯着父母和月竹姐问，才弄清楚情况：公社准了她二十天假，回城里去过春节。我暗暗松了一口气，毕竟二十天不算太长。腊月二十六那天，月竹姐离开寨子回城里去，手上拎着来枫香坳时带的人造革提包，包里装了两块腊肉和一些香肠，是我父母特意准备的。我送她到断石桥那里，忍不住问："姐，你是去二十天吗？二十天以后你就回来哈？"她摸了摸我的头，说："回来！"我又问："你保证一定会回来？"她说："嗯，一定回来，姐保证！"

二十天的确不算太长，但时至今日，我也没觉得有任何一段时日比那二十天更难熬。对于孩子来说，可以穿新衣服放鞭炮的新年总是最值得盼望的，而那年春节，我对什么都不感兴趣，每天在家里围着火盆烤火，不愿意出门。母亲叫我先搬回我原来住的那间屋子，说里面暖和一些，我死活不肯，那是月竹姐的房间，她还要回来的。

除夕刚过，我就开始盘算月竹姐哪一天回来，其实她没走几天，怎么说也得元宵节以后吧。我一天天数着日子，好不容易熬到正月十五，正月十六正好是第二十天，觉得她应该回来了，黄昏时分一个人悄悄蹲在寨前的老枫树下，久久盯着从远处山垭间跌落下来的那条小路，直到天黑了也没见月竹姐回来。第二天，我大清早就去枫香树下守着，等了一整天，月竹姐还是没有回来，第三天也没有回来。到了正月十九，我已经紧张得沉不住气了，月竹姐不回来了吗？那个冬天，我第一次感受到离别的黯然神伤，一种被人们称作"思念"的东西在心里郁积，随时都可能涌上来，将人整个淹没……

谢天谢地，正月十九黄昏，我终于看到月竹姐从山路那一端远远走来。那天她回到了枫香坳，回到了我们的家，还住在原来的房间里。刚一进屋，她马上从袋子里拿出一大包糖果，说全部都是给我的。那些糖果裹着花花绿绿的糖纸，要是在过去，不知道能让我多么高兴，但是那天，我接过来捧在手上，看也没看一眼，眼睛跟着月竹姐的身影转来转去，心咚咚乱跳。

三

桃花开了又谢了，枫树枝吐出新芽，河边的水竹林冒出新笋，水田里的秧子越来越茂密……一个春天，就这样不知不觉间悄然滑过。等到开镰割完麦子，殷红的杨梅熟透，阳光便火辣辣炙人面庞。枫香坳炽热的盛夏无声无息地到来了。

这个季节，最惬意的事情，是每天晚饭后到冷水河里去扑腾一阵。男孩子光着屁股在断石桥那里打闹，有的站在桥上朝水里扎猛子，一些成年的庄稼汉子也加入进来，同样一丝不挂在河里洗澡。劳作一天之后放松下来，泡在水里说说笑笑，是山里人的一大乐趣，他们其实也没有更多的乐趣。

大田插秧行对行（嘚）

一路青来一路黄

秧苗黄来（嘚）欠水肥

妹子黄来（嘚）欠情郎……

不知道哪个男子唱起粗犷的山歌，惹起一片哄笑，夹杂着叫好声和责骂声。有人高声问，是哪家妹子黄了？心里欠的是哪个情郎？山里人唱山歌，调子悠悠的，内容却带着些"颜色"。如果有人起哄，特别是有人接，歌就越唱越带劲，这边一首那边一首此起彼伏，内容也越发往男女情色的方向靠。

不该不该真不该，

不该上坡采蕨苔；

去的之时（噻）黄花女，

来的之时（噻）大肚怀……

这首歌说的是青年男女在野外的那种事情，又引一阵哄笑。之后，有人似乎受到了鼓舞，唱得更直白了。

一更月亮起（哟）

擦黑就睡起（哟）

……

男人们在断石桥两边又吼又闹。炎炎夏日，寨子里的姑娘媳妇也是要下河洗澡的，她们去远处的河湾那儿，河边或疏或密的水竹林如一道屏风，挡住了她们的身影，叽叽喳喳的谈笑声却阻隔不断，远远地传过来，有时银铃一般轻柔清丽，有时比男人们更加爽朗豪放。她们洗完澡还要洗衣服，直到天色擦黑，才端着大大小小的木盆回家。

月竹姐从来不跟寨子里的女人们一起下河去，不知是因为羞怯，还是有别的什么原因。有一天，她突然把我叫到跟前，问："小弟，河里还有人吗？"

"没有了吧。我回来的时候，看到大家都走了。"

月竹姐犹豫了一下，凑着我的耳朵说："陪姐下河去，好不好？"

"我刚刚去过了……好，我去！"我略一迟疑，跟着就答应了。那时我想，怎么会说自己刚刚去过了呢？生怕月竹姐因此而改变主意，跨出门急急地往前走。

我们出门的时候，夜幕已经深深地合围，依山傍水的枫香坳安详地藏在这世界尽头一样的角落里。山寨夜晚的宁静，总是由不知名的虫鸣和起起落落的狗吠衬托出来的，此外再听不到一点声音。从远处回头去看，夜色朦胧中，那些木房子只剩下隐约的轮廓，错落散布于山脚、河岸和田畴之间，灯火零星地闪动，透露出山里人生生不息的日子的气息。过了断石桥，上了对面的河岸，月竹姐还一个劲往上游方向走，经过寨子里的女人们常去的那个河湾，一直到很远的一处竹林边上才停住脚步，四下看了看。

"小弟，你觉得这里好不好？"

"嗯，这里好。"

"那就这里了？"

"嗯，就这里。"

我在河边坐了下来。抬头望去，眼前是一片白茫茫的夜色。一轮皎洁的月亮正从山垭间缓缓浮起来，四面起伏的山影淡淡的，仿佛谁不经意间留下的一抹墨迹。天空中没有一丝云影，浩渺深远叫人不敢凝视，满天繁星构成的天河坦然地横在上面，真的很像一条河，你甚至相信可以听到潺潺的流水声。而面前这条玉带般蜿蜒的小河上，一片乳白色的薄雾正徐徐上升，似有若无地漫开去。岸边点缀着的几处竹林，因为随意，反倒显出一种格外的风姿。一阵阵风不知从什么地方吹过来，将水里的满月揉成一片银色的涟漪，竹林在风中起伏，沙沙的响声如一首梦幻的轻歌。在如洗的月光下，我们这一片天地完完整整地沉浸在夏夜的绵绵情意之中……

过了一会，我把目光从远处收回来，转过头去看月竹姐，那一刻，我觉得浑身的血脉在一刹那间全部涌上了胸口。

月竹姐站在竹林边，已经解开了"马尾巴"，柔柔的长发瀑布一般披散着。接下来，她款款地脱掉衬衣，挂在一条树枝上，褪去裤子，也挂在树枝上……最后，她冰肌玉骨的身躯完完全全袒露在月色之中，月光用一道透亮的银线将她的身体忠实地勾画出来，披散的长发上，圆润的肩膀上，高耸的前胸上，以及丰腴匀称的腰肢和双腿上，都映着圣洁的清辉，所有神秘而神圣的，与朦胧的月色完美地交融在一起。那山，那水，那晚风中沙沙作响的竹林，在月光下显得如此协调，生命与大自然共同的魅力被顽强地昭示着。而相比起来，月竹姐身上散发出的青春的光芒，是最为美丽的。自然界的一切，似乎也正是为了映衬这种无与伦比的美丽，才被主宰万物的神灵创造出来……

我目瞪口呆地看着她，情不自禁间，轻轻叫了一声："姐……"

月竹姐回头看看我，微微一笑，一下子扑到河里，倒映着月光与星光的河水为她让出了一条自由自在的路。她很快游到河的中央，然后停下来，仰头看天上的月亮，我相信月亮也一定在看她。

"小弟，这水好凉快，你下来不？"月竹姐朝我挥了挥手。

我没有回答，抬头去看天上的月亮，那时月亮已经升得很高，浮在天河的深处。突然间，我发现月亮原来并不是白色的，四散的清辉带着浅浅的幽幽的蓝，蓝得叫人心醉和心碎。这发现使我莫名地激动，竟然有些想哭……

那年我八岁，准确地说，当时八岁半。

四

月竹姐在我家住了三年多，之后就回到她的大城市里去了，离开的时候是夏季。她得到了一个招工的机会，据说非常不容易，看得出她很高兴，我父母也为她高兴。

知道月竹姐要走，我脑子里还蒙蒙的。她要离开枫香坳？离开我们家？我觉得完全不可想象，强迫自己不去想这件事情。多年以后我才明白，从心理上说，自己在拼命逃避一个不能接受的现实。直到她离开的前一天，吃晚饭的时候，母亲特意做了几个好菜，我才意识到，月竹姐是真的要走，而且再也不回来了。

那天傍晚，我们像往常一样围在饭桌前，母亲不断给月竹姐夹菜，父亲一句话也不说。我低头吃饭，却怎么也咽不下去。月竹姐把一大块回锅肉夹到我碗里，说："小弟，你多吃点。"我抬眼看她，在我们的目光相遇之后，那一瞬间，我突然把筷子往饭桌上一丢，转身钻进里屋，找出父亲放在柜子里的一瓶白酒，又取来四只碗，将酒大概平均地倒进碗里，然后端起了其中的一碗。

"姐，你明天要走了……"

也许因为我的行为过于反常，一向十分严厉的父亲也愣住了，竟然没有制止我。母亲看了父亲一眼，伸手去端酒，父亲好像犹豫了一下，也端起了一碗。月竹姐看着我，她的手慢慢伸向盛满了酒的碗，但并没有端起来。

"小弟？你……"她的声音很轻。

"姐，你喝还是不喝？"

有一些时候，人的心思和行为是自己无法把控的，我也绝对没有料到自己会有这样的举动：把手上的满满一碗酒一口喝个精光，然后抓起月竹姐面前的那一碗酒，朝她劈头盖脸地泼了过去。一家人都惊呆了，谁也来不及阻拦。看到月竹姐一头一脸的酒，我转身往外面跑，一出门就放声大哭起来。

不用说，那天我醉了，独自穿过寨子，跑到学校旁边的晒谷坝上，腿一软倒了下去。我躺在地上，看着黛色的夜空，看着漠然注视着人世悲欢的满天繁星，以及千年万年孤傲无言的冷月，痛痛快快地哭，随心所欲地哭。那天晚上的月亮是一弯上弦月，像一叶小舟，静静地漂浮在天河的深处。醉眼望月，我也能分辨出幽幽浅浅的蓝，只有那种纯粹的色彩，才能够注解我内心无法言传的痛楚……我就这样躺着，在一弯新月的守护之下，一直哭，不知什么时候哭累了，睡着了……

我睁开眼睛的时候，天边已经泛出玫瑰色的霞光，远处的山影如一抹淡墨，鸡鸣从寨子里传出来，起起落落。黑夜过去是黎明，年年岁岁的日子漫长而悠远。可是，月竹姐今天要走了，此后的每一个白天和夜晚，将是何种情形呢？从晒谷坝上爬起来，我没有回家，钻进后山上一个空着的烤烟房，觉得自己的心被彻底掏空了，就像那个空空荡荡的土坯房子，除了残留的烟叶气味，什么都没有。

五

那天午后我才回家，月竹姐已经走了。一进门，我看见自己的被褥放回了原来的那间屋子，和月竹姐来我们家之前一模一样，找不出她来过的一点痕迹。那么，她是不是真的在我身边出现过？

后来我想过，一个十来岁的孩子喝了那么多酒，失踪一夜，我的父母似乎并不在意，就算我性格一向很野，他们也不至于一点不担心吧。也许我更在乎的，是月竹姐是不是担心我了。很久以后才知道，我刚跑出来，他们就紧跟着追，但我借着酒劲耍泼，躺在晒谷坝上死活不肯起来。最后，月竹姐让我父母先去休息，说等我酒醒了，她一定把我带回家。事实上，整个晚上，月竹姐一直坐在晒谷坝上守着我，天亮才回去。我父母半夜去看了几次，想把我背回家里去，月竹姐不让动，她说，小弟一定是不开心了，今天就由着他吧，这天气不会着凉的……

月竹姐走了以后，我试图保留她在家里的格局，希望继续住在铺子里，继续睡柜台后面两条板凳搭起来的床。听到我的想法，母亲未置可否，父亲严厉地吐出"不行"两个字，转身走开了。

后来，月竹姐专程来枫香坳看过我们，记得也是夏天，学校刚刚放暑假。听说她要来，我以把房间让给她为理由，故意躲到一个同学家去了，那地方很偏僻，她不可能找到。父母告诉我，见我不在家，月竹姐很失望，反反复复问我的情况，还问能不能找到我。那一次，她在我家住了好几天，实在等不到我回去，才走了。至于为什么要刻意避开她，到今天我也说不清楚。

我上初中那年，父亲恢复工作，我们家从枫香坳迁回了县城。也正是那一年，听说月竹姐做了母亲……

1992 年

等待雨季

一九八八年初夏，我受命做一个专题调研，重庆是必到的一站。也许是生性爱雨的缘故，第一次从多雨的夜郎国入川，最想见识的，竟是在内心潇潇飘洒了多年的巴山夜雨。自幼读过"巴山夜雨涨秋池"，据说是义山老翁入川饮醉了酒，守孤灯又偏遇一夜风雨叩帘，便思念起新殁的妻子王氏，一首《夜雨寄北》吟成千古绝唱。想当年的那场雨，该是怎样的令诗人肝肠寸断。千年后一如千年之前，我也是入川的一个过客，只是没有"君问归期"的愁肠。那些天，头顶上的天湛蓝透明，烈日炙烤着山城的每一个角落。我在单位驻重庆分支机构的招待所里一住十多日，该做的事做完了，准备开始下一段行程，购好去成都的车票，也还是没有等来一场雨。而那个季节，正是雨季。

这个时候，我认识了一位姑娘，她是大学新闻系三年级的学生，在我们重庆的分支机构实习，也住在招待所里。

　　人与人之间相遇，彼此微微一笑，也许只是为了表示礼貌，但有些时候，跟着而来的事情往往出乎你的意料。招待所里住的人不多，我出门时在走廊上遇到她，即将擦肩而过的瞬间，我们的目光碰到了一起。原以为就这样走过去了，没想到回来时又在走廊的同一个地方相遇，觉得有几分诧异，于是露出谨慎的笑容，算是打了一个招呼。第二天黄昏时分，我打算到楼下的院子里随便走走，在走廊上再一次遇到她，那一刻她刚刚关上房门，正往外走。巧合的是，她和我一样，也只是想去院子里散散步。虽然我们没说过话，但前一天两次遇到过，便不觉得多么陌生，而有些时候，从陌生到熟悉，微微一笑已经足够了。我们仿佛碰巧行于同一个十字路口，在各自去向另一条街巷之前迎面相逢，这一切看似偶然，却又好像一份约定，不过如约地到来而已……

　　我们一起下楼，在花园的一棵老槐树前停下来，两个初识的人能说些什么呢？话题照例从天气开始。那么是的，重庆很多天没有下雨了，往年可不是这样的，今年为什么一直不下雨呢？……她斜身倚在槐树的树干上，我担心她白色的连衣裙会不会被弄脏，而她似乎并不在意。当我说到此行因为没有雨而遗憾时，她有些疑惑，说雨天到处湿湿的，毕竟不方便，再说，没遇到雨天也未必要遗憾啊。的确，有什么可遗憾的呢？我笑了笑，点燃了一支香烟。

　　见我不再说话，她抬头看了我好几次，眼里竟溢出隐隐的歉意，好像她的话说错了，或者重庆这些天没有雨是她的错。过了一会，她小心地说："我不知道你为什么对重庆的雨那么感兴趣，我想，一定有特别的原因吧……"

有一种女孩子，她们天性的善良和善解人意无处不在，真切和诚挚令人感动。在她们面前，你仿佛被某种圣洁的光辉照耀着，莫名地感觉到自己心地的局促和狭隘。我说也没有什么特别的原因，只是随口一说而已。她想了想，突然有些兴奋，说如果我愿意，她可以陪我去一个地方，在那里可以看到重庆的雨。她歪着头一笑，说："不过，那是以前下的雨哦。"我发现她的神情天真烂漫，带着几分恰到好处的顽皮劲。接着她告诉我，附近有一个湖，那地方总可以找到巴山夜雨的痕迹吧。我笑了，很佩服她的想象力，尽管觉得有一点牵强。见我没有反对，她甚至突发奇想，提出索性去游泳，说湖水非常清澈。不用说，我不愿意拒绝她的提议，恰恰自己也喜欢游泳，前几天还想过要去长江或嘉陵江里游一回，可惜一直抽不出时间。

"那么说定了，十分钟以后出发。"她兴冲冲地回自己的房间准备泳衣去了。

那是一个山间湖泊，四周是密密的树林，湖水的确很清澈。我们到湖边的时候，夕阳把天边的几抹薄云染得火红，霞光映在湖面，被微微的波浪揉成斑斓的色块，仿佛印象派油画率性的笔触。她早在房间里换好了泳衣，脱去外面的连衣裙，自己先扑到湖里去了，往前游了一段之后，回过头来朝我招手。她游了一阵自由泳，漂亮的手臂双桨一般交错划动，之后翻过身子游仰泳，浅红色的泳衣像飘在水上的一片枫叶。那时候，我更愿意这样看着她，直到她催促了好几次，才扑入清凉的湖水中。

完全没有想到的是，我正朝她游过去，还离着一段距离，突然听到一声雷鸣，抬头一看，天色仿佛一刹那间就变了，不知从什么地方涌过来的乌云铅块一般布满天空，紧接着，随着滚动的雷声，久盼不来的雨慷慨地洒了下来。据说，在大巴山区，老天爷的脾气从来都是难以捉摸的。我停下来，仰面躺在水上，一种特别的快意涌上心头。这巴山夜雨来得好爽快，毕竟千年之后，毕竟不是秋天，它并不在你西窗剪烛时柔柔地附和，为你理不清的愁思平添几分凄清和迷乱，而是倏然间敲响你的房门，如一位自信会受到欢迎的友人，让你因为其到来的突兀而加倍惊喜……

她急急地游到我身边，说："下雨了呢……"

"是的，下雨了。"

"好大的雨，怎么突然就下雨了呢？"她抬手去抹脸上的水，湖水与雨水混在一起，怎么都抹不去。

"是啊，好大的雨……"

电闪雷鸣之中，滂沱大雨之中，湖水之中，一个美丽的姑娘游到我身边，不肯离开，她说自己有点害怕，不想游了。那么好吧，不游了，我们并排着游到湖边，但雨很大，一时间没法上岸离开，于是在一块很大的礁石上坐定，大半身浸在水里，等着雨停下来。

我记得，此后我们一直没说话。借着闪电的光亮，我可以看清阒寂的湖面，看清湖岸上马尾松成林的山影，以及她岑静秀丽的脸庞。我突然觉得，被雨网笼罩着的这一切竟如此熟悉，曾经在某个久远的时空里真真实实地出现过，眼下不过是一次重复，是一段经历的再现。自己与这位初识的姑娘在那个时空有一份约定，隔世之后的重逢就应该在这个时刻，在一场骤雨之中……我试图对她说一点什么，但没开口。我甚至相信她也想起了那些久远的事，什么都记得清清楚楚，只是不说。闪电不时照亮她那双比湖水更幽深的眼睛，湿漉漉的长发披散在圆润的双肩上，每一个轮廓都完美无瑕……她的美丽如此惊人，摄人心魄。

不知道雨是什么时候停的，云层慢慢散开，夜空透出瓦蓝的光，四周不再一片漆黑。我说："雨已经停了。"她好像没听见，依然紧挨我坐着，保持了恰到好处的距离。我注意到，只要谁稍微倾斜一点，就一定会触碰到对方，但我们谁也没有动。

又过了一会，我说："雨停了，如果不想游了，我们回去吧？"

她转过头来看了看我，轻声说："是的，雨停了……"

我们上了岸，各自换上被雨水浇透的衣服。这时候出现了一个小小的麻烦，她那双白色凉鞋不见了。我们摸索着四处找，连附近的草丛也翻了一遍，怎么也找不到。借着暗淡的天光，我看到她着急的样子，忍不住笑了。

"你还笑？没有鞋，怎么回去呀？"她噘起厚厚的嘴唇说，"要走半个多小时呢。"

"我的鞋还在，你不是也可以将就穿吗？"

下雨之后，她只笑过一次，就是她把脚伸进我那双又肥又大的皮鞋的时候，试着走两步，呵呵笑了一声，再走两步，接着大笑起来。她穿着我的鞋往回走，一路上划船一般跌跌撞撞，我光着脚走在她身边。有一段路是碎煤屑铺成的，很扎脚，我装作若无其事，她不断看我，也看路，但什么也没有说。

那一夜有梦，但记不得梦到了什么，是否与她有关……

第二天，我启程去成都。火车是晚上八点多钟的，黄昏时分我们在那棵老槐树下告别，从道理上说还不至于依依不舍，谈不上谁的远行能牵系谁的心。往后的岁月将迎面而来，这一段原本就是要留在这里的，任由时间去剥离，成为漫漫岁月里一个寻常的印记。那么，挥一挥手，最多再道一声"珍重"，便可以转身离开，各自沐风浴雨往前走。人们穿行于大千世界，与数不清的人相遇又分开，大抵都是这样的情形。但是，与这个姑娘告别似乎不是这样，脚步竟有些迟疑。我心头一惊，觉得自己很可笑，赶紧对她说再晚可能赶不上火车了，而时间其实还非常充裕。她试探着问是否可以送我去车站，我谢绝了。

她轻轻叹了一口气，说："很多年以后，我是说很多很多年，你会不会记得昨天的事情？"

我说："当然，应该会记得的。"接着，我努力用一种轻松的语气对她说，也许过不了多久又会见面的，希望有一天再到湖里去游泳。

她看着我，摇了摇头，神色有些黯淡："可能不会再有这样的机会了……"

"怎么没有机会呢？一定有的。"

"你不知道……算了，不说了……"她好像有什么事情要说，但没有说出来。我正要转身，她又轻声叫住我，"再说一句，你想想，昨天晚上，你做错了什么？"

她的话让我有点紧张，做错了什么呢？我把昨夜的情节在脑

子里飞快地过了一遍：从一开始说起天气，到她提议去游泳，突
降暴雨时我们静静地坐在水里，后来她穿着我的鞋划船一般回来，
在她的房间门口把鞋还给我，光着脚蹦蹦跳跳地进屋里去，整个
过程很清晰。我确信自己的一言一行都是恰当的，应该没有任何
不得体的地方。

"我做错什么了？"

"算了，不说了。"

如果是其他话题，她不愿意说，我绝不会多问一句。但是，
既然说我做错了什么事情，我又全然不知道，而且她是一个姑娘，
这无论如何是令人忐忑的。我说："我究竟做错了什么？你不说
我就不知道，但我会非常不安的……"

她犹豫了一下，往前靠了靠，一双水汪汪的眼睛直视着我：
"下雨了，还打雷，我真的害怕，后来在你身边，就不怕了。但是，
你没有吻我，这件事，你做错了。"

我还没回过神来，她的身影已经消失在老槐树的后面……

独自踏上旅程，我脑海里全是她最后说的那几句话，我怀疑
自己很可能听错了，不敢相信她真是这样说的。如果我没有听错，
那么，这个美丽的"错误"是不是需要忏悔？火车"咣当咣当"
往前开，天亮时抵达成都，此时我已经想清楚了，即便回到那个
雨夜，即便我知道她会说我做错了一件事，这个"错误"也还是
不可能改变的。正是因为这个无可挽回的"错误"，回到多雨的
贵州高原之后，四载静静的光阴悄然而逝，那天晚上的一场雨还
久久地牵引人纷繁的心思。

"青青子衿，悠悠我心"。而心，有些时候因为塞得太满，反倒空寂如一座废弃的神殿……

之后，她断断续续地来过一些信，毫无规律，有时两三天就能收到一封，接着两三个月杳无音信。一些信很长，从早到晚的事情都一一写在里面，几点起床几点睡觉，吃了什么以及好不好吃，还说一说自己的心情，开心或不开心，什么原因；也有些信很短，大半页纸，好像什么也没说。

在其中的一封信里，她告诉我一件事情，有一次和同学一起登峨眉山，山道上遇到一位神秘的老人，还给她算了一卦，说她活不过二十三岁。所以，那天我说希望有机会再去湖里游泳，她才说"可能不会再有这样的机会了"。命运这东西的确很玄乎，但关于她的这个占断，我绝不相信。如果冥冥之中真有主宰万物的神灵，那么，既然创造了如此美好的一个生命，就绝不忍匆匆地招她回去。我们这个世界，正因为有了这样的生命，才让人流连……我给她写了一封很长的回信，说的就是这些话。我还告诉她，如果她不相信，我就去研习易学，把玄之又玄的占卜术弄明白，然后重新为她占断，我坚信结果一定是吉祥的。

那年十一月二十日，她寄来一张照片，是二十岁生日那天拍的，捧着一束红玫瑰，笑容恬静，明净的双目一如那深深的湖。第二年的同一时间，我又收到了她二十一岁生日的照片，是在闺房里临帖的情景，房间朴素整洁；她在信上说，生日当天写了一幅字，当作送给自己的礼物。又过了一年，二十二岁生日的照片如期寄来了，是一张站在立交桥上拍的黑白照，尘世的喧嚣被留在画面最下方，天空高远而空旷，她的身影映在天幕上，看上去有一种乘风归去的飘逸感，让人联想到人与宇宙相连的脉动。自从知道了她的生日，我每年寄给她一个小礼物，每一次她都及时回信，说很喜欢我的礼物。

去年，我照例提前几天把小礼物寄出去，但没有收到她的回信，当然也没有她二十三岁生日的照片。接着，我写了好几封信，她给我来信用过的每个地址都试着寄了，仍然没有回音。那段时间，天无三日晴的贵州竟很长时间不下雨，烈日高高悬在头顶上，炙人肌肤，也炙人心魄。我不敢追问上苍究竟在向卑微的人世昭示着什么，只知道自己在等待雨季。我想，那个雨季一定会到来，那里面有一份亘古旷世的相约，她无论如何也不会忘记！

今年十一月二十日，她应该满二十四岁了……

———
1992 年

我的矮个子兄弟

一

人无法决定自己的身高，无论是父母给的还是老天爷给的，毕竟与生俱来，只能接受。我净高一米七二，在南方人里不算太矮，遇到身材高大魁梧的人，也还是免不了感到压抑。特别是面对女性，如果她的身高也是一米七二，看上去会比我高很多，要是她再高一些，就只能仰视了。自知"材料"有限，我一般不和身材太高的女孩子打交道，女排和女篮比赛，哪怕再精彩的场次也不看。

我的朋友中间，有人偏偏喜欢高个子女孩。一位老兄比我还矮很多，一米六上下，妻子却超过一米七，高出他一大截。小两口经常手挽手逛街，不管在别人的眼里是否协调，他自己的感觉非常好，笑容发自内心，那是装不出来的。

因为在同一个系统工作，基本上算同行，一来二往之间，我和这位老兄成了很好的朋友。他三天两头往我那里跑，深夜海阔天空煮酒谈天，醉了累了就睡在沙发上甚至地毯上，觉得远比家里的席梦思大床舒坦。结婚后不便常来，但只要妻子出差，照样来我斗室里打地铺。老兄说，天生的局限对他方方面面的影响广泛而深远，首当其冲的便是婚恋。他精彩的爱情故事，正是在我那里"酒后吐真言"说出来的。

老兄比我大好几岁，遇到了上山下乡"大有作为"的年代，曾在黔北一个偏远的村寨接受贫下中农的再教育。一同去的还有另外一些知青，男男女女十多个人。当地没有条件建知青点，他们分散在村民家里，叫"插队落户"。十七八岁的孩子从城市到了农村，之前几乎四体不勤，五谷不分，突然要与当地的庄稼人一起下地干活，靠挣工分分配口粮，其艰难可想而知。聊起当时的情形，老兄表情凝重，说吃不饱肚子只是其中的一份烦恼，更重要的是对未来满心惶惑，看不到前程。

但是，即便在最偏远的角落，最艰难的时候，生命和青春的光辉同样会照进人心。老兄坦言，他之所以能够在那个地方坚韧地支撑下来，觉得阳光是温暖的，夜空是明净的，生活还有意义和希望，是因为每天都能看到一位漂亮的女知青，与她在同一片田园里劳作，有时候还可以聊上一两句。

"她真的非常非常漂亮，你就按最漂亮的模样去想象吧。"老兄说，她身上透出一种温婉而又有几分高冷的气质，一双湿漉漉的眼睛带着暗暗的忧伤。如果今天她的头发扎成一个"马尾巴"，那一定是最适合她的发型；明天她梳了两条麻花辫子，那装扮同样无可挑剔；白色的薄衫能突出她脸颊上的红晕，灰色外套又映衬了她玉白的肌肤；她浅浅的笑容略带忧郁，眼神里分明暗含坚毅和自信，丰满高挑的身材鲜明地昭示着女性的魅力，在田间低下头去劳作的样子又是那般的谦卑和无助……总之，她的一切都是最好的，女性所有的美好，被造物主偏心地赐予了她，集于她一身。

老兄说："我对女性的幻想，在她那里都可以找到印证。"也因为她太美好了，老兄只能在内心深处悄悄地仰望她，完全没想到有一天可以和她走得很近。

入冬以后，黔北山区阴雨绵绵，地里的农活不多了，庄稼人在家里围着火坑烤火。那天晚上，老兄刚要回自己的房间睡觉，一位农妇急匆匆地赶来，正是姑娘落户那家的主人，说姑娘生病了，浑身发抖，已经找了村里的赤脚医生，想一想，还是要找一起来的知青去看看。老兄落户的这一家离得最近，就过来了。他飞一般奔过去的时候，医生已经到了，量过体温，三十九摄氏度，初步判断为感冒引发扁桃体炎症。医生说需要感冒药和退烧药，还要抗生素，他的药箱里没有，得去镇里的卫生院买。那个叫松坎的小镇有多远呢？单程三十多里路，也就是十五六公里，全是山路。医生说，药要尽快买回来，如果高烧不退就麻烦了。

老兄对医生说："你开个单子，我去买。"

姑娘强撑着睁开眼睛，摇了摇头，意思是不让他去。毛风细雨的冬夜，一个人走这么远的山路是不可想象的。

"你放心，我以最快的速度给你把药买回来，你等我。"拿着医生开的药单，老兄立即出门，踏上山路的那一刻很有点"壮士一去"的感觉，不同的是他必须尽快回来。

多年后说起当时的情形，老兄还感慨不已。他从来不曾一个人在山间走过夜路，医生建议他找一个知青一起去，路上有个照应，他说不用，内心有一种奇怪的念头，更愿意一个人去做这件事情。说来也巧，他出门没几步，下了好多天的阴雨突然停了。但是，山野间依然漆黑一片，他抱了一大捆晒干的向日葵秆茎，当地人称作葵花秆，易燃且容易续火，适合用来照着走夜路。点燃一根葵花秆高一脚低一脚赶路，雨后的山路崎岖而泥泞，不断地爬坡和下坡，转弯又直行。不知道穿过了多少阴森的林子，跨过了多少小河与小溪，听过多少令人毛骨悚然的古怪声音，天终于蒙蒙亮了。在葵花秆只剩下最后一根的时候，小镇远远出现在视线里。白天三个小时可以走完的路，他用了差不多四个小时……

敲开镇卫生院值班室的门，医生睡眼惺忪，看了看单子，马上打开药房，把药装进一个纸袋，交代说吃了药观察一两天，如果不见好转，还得赶快送到卫生院来。老兄一听，疲惫不堪的身子一抖擞，转身就走。他本想买个油炸粑，但街边的小店还没开门，只好饿着肚子赶路，一路上只在半道的水井边歇了几分钟，喝了好多凉水。

不知道老天爷是眷顾可怜的姑娘，还是跟老兄开了个玩笑，买回去的药竟然没用上。他急急地推开门，想着让她赶紧把药吃了，姑娘却半靠在床上，头发已经梳理过，看上去气色好多了。

"我就说让你不要去嘛，你看，这不是没事了吗？"姑娘怜怜地看着他：还喘着粗气，一身露水，满裤腿泥巴，面容自然疲惫，眼睛倒还很有神。

"你真的没事了？"

"真的，就是有点感冒。害你跑那么远的路，你不该去的……"

"你没事就好，我是怕……你昨天晚上的样子……你还是吃点药嘛……"因为姑娘一直看着他，他反而不敢直视她的眼睛，说话也笨嘴笨舌的，觉得脸有点发烫。

"我真的没事了。你回去休息吧。对了，你要先吃点东西再睡哈。"姑娘轻声叮嘱。

姑娘这样说，他就不好再留下来了，转身往外走，刚走到门口听到姑娘叫他，又返回去。姑娘示意他在床沿坐下来，拉住他的手，突然一把抱住他，憋憋地哭了起来。那是他第一次与女性的躯体如此亲密地触碰，一时间不知所措。她温暖柔软的胸紧贴着他，手臂绕到他的后背，头发拂着他的脸颊，啜泣声婉转低回，在他耳边起伏……对于他，这一切实在是太陌生了，他僵直身子坐在那里，甚至不敢伸出手去抱她。

姑娘慢慢平静下来，松开手，用衣袖擦去眼泪，说："你快去休息吧，记得先吃点东西哦。"

老兄对我说起这段往事的时候，还沉浸在兴奋之中。他特别申明自己绝不是乘人之危，没想到会出现这样的局面，更没想到此后的事情。姑娘住的地方离他大约一华里路程，沿山间小路转几道弯，踩着"跳蹬"过一条小河，竹林边有一栋木房子，她就在那一家落户。在此之前，他收工以后经常往那个方向去，在心里对自己说不过是散散步而已，好像与她无关。那时他还不知道姑娘住在哪一个房间。现在不用再为自己找借口了，他一有空就往姑娘那里跑，有时觉得太频繁了，就不进门去，也不告诉姑娘，在竹林后面站一阵子，远远地看一看她窗口的灯光。

虽然知青落户在不同的村民家里，但事情还是很快传开了，男知青们不相信他们两人能走到一起，有人还跑来向他求证，惊讶地问："你们真的好上了？"还有人问："她怎么会看得上你呢？"这话当然是很伤人的，老兄怒目而视："她为啥就不能看上我呢？老子哪点差了？"老兄后来才明白，大家的疑问也不是没有道理。漂亮姑娘总是引人爱慕的，男知青们最不服气的是，老兄其貌不扬，也看不出有什么过人的地方，就个头而言，姑娘比他还高出一大截，她究竟看上他什么呢？

老兄对我说起这事的时候，带着自嘲的笑容："当时不懂啊，完全不晓得男人的身高有多重要！他们想不通她怎么看得上我，意思就是说老子矮咯嘛……"

如果一直在那个偏远的乡村，两个人心心相印地走下去，也不好说完全没有可能。而事情往往又不是那么简单。随着政策变化，上山下乡的年轻人陆陆续续回城，姑娘通过招工回到县城工作，老兄一时还留在村里。各自在不同的地方，人就容易冷静下来。一开始，姑娘三天两头写信来，后来信慢慢少了，篇幅也短了，语气越来越淡漠。到最后，她终于在一封信中说，他们之间还是做朋友比较合适。姑娘用半明不白的话暗示，她父母极力反对，一个重要的因素正是他的身高，说"两个人太不协调了"。

几年以后，姑娘嫁给了县里一个"大官"的儿子。从那时起，老兄不再关注她的任何消息。

从乡村回到城里，在一个单位工作了很短一段时间，老兄考上大学离开了。他感叹说，原来男人的身材也很重要，既然自己的"材料"天生不足，那就追求精神上的高大，塑造一个"心灵身材"。他做得很成功，在业界声名鹊起，成就无人敢于轻视。

终于，一份美好的姻缘迎面而来，老兄仿佛心有余悸，小心地问比他小十多岁却至少高半个头的女朋友："你不觉得我个子太矮了吗？"他得到的回答是："在我的眼里，你是巨人。"

朋友们聚在一起，酒喝开心了，老兄喜欢拿自己的身材打趣，如果谁的话里有"短"和"低"之类的字眼，他很认真地打断："等一哈，等一哈，你们说这些，是变着方式讽刺我个子矮吗？故意的吧？"然后嘟起嘴巴，假装很生气的样子。他说完全有办法克服自己身高上的不足："老子一直稳稳当当坐起，不站起来，你还看得出哪个高哪个矮吗？"

老兄的内心已经非常强大了……

二

内心变得强大，需要走过艰难的心路历程，需要智慧和觉悟，而智慧和觉悟来自灵魂的涅槃。在涅槃中得到重生，人便脱胎换骨。我的另外一个兄弟，也有过与前面那位老兄相似的经历。他的故事不是他叙述的，是我亲眼看到的。

我与这位兄弟共事多年，他尊我为师，毕竟痴长几岁，就勉为其难应承了。小伙子二十八九岁，思路清晰而敏捷，做起事情来风风火火，最大的优点是想得到并且做得到，再困难的任务交给他都可以放心。在女孩子面前，他好像换了一个人，言谈举止局促，行事畏首畏尾，似乎所有的女性都高不可攀，大声说话便是冒犯。导致这种心态的唯一原因，是他的身高"不达标"。

工作之余，我们经常一起喝喝酒聊聊天，酒过三巡，他的感慨就忍不住冒了出来：自己拔节成长的节奏在什么时候戛然而止了呢？他算早熟的孩子，小学时就有心仪的姑娘，当然不过是暗暗倾慕；到了中学，发现身边的姑娘一个个疯长，自己却原地踏步，面对她们几乎都需要仰望了；大学校园美女如云，就像即将成熟的杏子，青涩的果实透出红晕，他在桃红柳绿之中"清清白白"地完成了学业，踏入社会。都说男人三十而立，立不立业且不说，年纪不小却还没有过恋爱经历，起码算一个问题。更麻烦的是，家里两个姐姐，兄弟是独子，父亲不幸早早离世，母亲很在意传宗接代的事情，催促之紧可想而知。他懂得，男人的品行和修为非常重要，凭着自己的才华与不懈努力，也算有了较为体面的职业和收入。可是，仅仅因为身高，在女孩子眼里，其他的一切都变得毫无意义，这让他非常烦恼。

有一天，兄弟突然告诉我，说他有女朋友了，哪天要带来拜访老师。我很高兴，说最近正好不忙，哪一天都可以，于是就约了一个时间，说好设家宴款待他们。

我从不以貌取人，那次不算丰盛但绝不简慢的家宴，却让我疑心"丑女多作怪"之类的俗语是不是多少有点道理。他的女朋友一定不漂亮，这在我意料之中，因为他有美女恐惧症，见到漂亮女孩总是躲得远远的，但没想到竟然那么"不漂亮"。那是一张葫芦形状的脸，下巴和面颊宽得有些夸张，往上越来越窄，到了额头就很紧凑了，一双还算大的眼睛相距比较远，眉毛短而粗，薄薄的嘴唇很像刻意撇着的。从进到屋子里来，那张脸就紧绷着，不曾露出过一丝笑容，哪怕出于礼貌而假装出来的笑容也没有。有一些不那么漂亮的女孩子，出于自知或自卑，可能处处显得窘迫，但这一位显然不是。作为她男朋友的领导和老师，也作为家宴的主人和主厨，我站在门口恭候他们，热情地表示欢迎，她却仿佛没有看到我，径直走进来，眼神淡然而冷漠，俨然一位高傲的"公主"。

既然宴客，以客人为尊，也不计较了。辛辛苦苦忙了半天，酒菜终于端上桌子，待他们二人和几个前来作陪的朋友落座，我起身举杯敬酒，大家也站了起来，"公主"却端坐着，眼睛都没有抬一下，冷冰冰丢出一句话："我不会喝酒。"我向来不劝酒，特别是对于女孩子，即使有些场合气氛好，她们自己想喝一点，也提醒千万要量力而行。我赶紧说："不会喝酒啊？理解理解，不喝酒好，那你以茶代酒好了。"拉着葫芦脸的"公主"依然一动不动，连茶杯也不去碰。我觉得情况不大对，放下了酒杯："要不，今天都不喝酒了吧？来来，尝一尝菜，看看我的手艺如何……"

这时候，兄弟的脸憋得通红，家宴在古怪的氛围中进行，谁都不再说话，也不知道该说什么。大约过了二十分钟，"公主"拿起纸巾擦了擦薄薄的嘴唇，说她已经吃好了，有事要先走。她这几句话也不是对着谁说的，好像自言自语，接着拿起自己的包转身就走，到了门口，回过头来盯着那位兄弟，声音提高八度："你还不走？"小伙子看看我，万般惭愧地摇摇头，悻悻然跟着出门了……

他们一走，余下的人松了一口气，端起酒杯喝开了，当然免不了发几句牢骚。出门做客，必要的礼节还是应该顾及的吧？找个女人过日子，人丑一点其实也没什么，只要行为正常，看惯了也不会觉得多么难以接受，如果心地善良，性格温和，当然就更好。但是，特别丑而又特别作怪，就难免令人手足无措了。这位"公主"的脾气和底气是从哪里来的呢？

后来兄弟给我解释，说她其实也不容易，父母反对这桩婚事，原因正是兄弟的身高，担心影响下一代，她能够顶住压力答应嫁给他，在他看来已经恩重如山了。看着兄弟哭笑不得的神情，我心里很难受。这样一种状况，即使逆来顺受熬到"公主"恩准结婚，以后的日子怎么过下去呢？但我又不能这样说。

最后，他们没有结婚，约好时间去领结婚证，兄弟在登记处门口等了一整天，"公主"没有来，改变主意了。他跑来找我，看上去有些失落，又好像如释重负。我说："好事情，绝对是好事情！走，去喝几杯，庆祝一下！"

事实上，我非常理解那个女孩子。来自父母的压力倒在其次，更主要的还是自己内心的纠结，她一定在挣扎，如果不是这样，也不至于在那天的"家宴"上表现得不可理喻。自己的条件有限，她不可能不知道，对方的身高有限，她又觉得心有不甘，应该如何决定呢？她的误区在于，以为自己答应嫁给他是一种恩赐，推而广之就是对所有与他有关的人的恩赐，于是自觉不自觉摆出一副趾高气扬的架势。我甚至认为她是爱他的，唯一的不满意是他的身高，而我的兄弟爱不爱她，我反倒不大确定，起码不信能有多么爱。那天晚上，我们在一个路边小摊上喝了很多啤酒，兄弟告诉我，母亲年纪大了，想看到唯一的儿子娶上媳妇，他说："我确实需要找个人尽快结婚。"

"那就更不用遗憾了。你真正爱过什么人吗？或者说，你心目中有没有很喜欢的女孩子？"我问。

"有啊……也许有吧。但是，喜欢又怎么样呢？毕竟是两情相悦的事情，还是要面对现实……"借着酒劲，他说自己一直悄悄喜欢一个女孩子，但是觉得不可能，因为她太漂亮了，不是害怕失败，是自己根本不敢想。我认识那个姑娘，是我妻子同一学校的小师妹，印象中长得眉清目秀，说话轻言细语的，特别爱笑。我一拍桌子说："对呀，就她了，从现在开始追，阿米尔，冲！"

我对兄弟说，男人的血性和勇气最应该展现的地方，无非国事和家事这两件大事。"笑谈渴饮匈奴血"以及"雄赳赳，气昂昂，跨过鸭绿江"，如果国家需要，可以浴血沙场慷慨赴死，这是大节。除此之外的另一件大事，就是找个好女人做妻子，而好女人是值得下苦功夫追求的，"寤寐求之""琴瑟友之"和"钟鼓乐之"，花多少心思都应该。不是说"英雄难过美人关"吗？我一向认为这说法绝无贬义，为自己心爱的美人赴汤蹈火，是英雄的一种荣耀，比如圣彼得堡郊外皇村的那次决斗，在爱情面前，连生命都可以忽略不计。对男人而言，此外的事情都是小事。那么，面对至关重要的大事，你还有什么理由畏畏缩缩呢？我鼓动兄弟去追求他心爱的姑娘，最坏的结果无非是一败涂地，但是万一结果不是最坏的呢？喜欢她又不去追求她，你就已经一败涂地了，还能有什么更坏的结果。

　　此后，我刻意安排了一次活动，约一些朋友去郊外野炊，当天应邀人员"成双成对"的结构决定，兄弟和那位姑娘必须相互照应。那天在河边烧烤，兄弟一改往日在漂亮姑娘面前的拘谨，言谈举止热情而绝不谄媚，照顾细致而不失分寸。告别的时候，姑娘主动把自己的电话号码给了他，还说"有空多联系哦"。接下来怎么办呢？我的建议很简单，不过是大胆而且坚定地追求，真心实意对她好，如果不成功，也努力过了，至少不留遗憾。

　　对自己心仪已久的姑娘，兄弟追求得坦荡执着，却不算很苦。他仿佛从一个昏昏沉沉的梦中醒来，一切都看清楚了，一切都想清楚了，以本色展示自己，用真诚去感动他的"女神"。半年之后，有一天他们一起出现在我面前，说打算结婚了，我问："真的想好了？"兄弟满面春风地看着姑娘，她羞涩地点头说："嗯！"

　　按照当地风俗，女孩子家里认为应该有一个提亲仪式，男方的长辈必须亲自上门去。姑娘的家在几百公里外的一座城市，而兄弟的母亲年迈体弱，不便舟车劳顿，他们商量下来，竟提出由我代替家长去提亲，说虽然我不够老，但既然是老师，也可以算作长辈。我愉快地答应了，开着车高高兴兴跑了一趟。婚礼那天，兄弟把新娘子带到母亲面前，说："妈妈，我把儿媳妇给您老人家领回来了。"夫妻双双跪下，新媳妇一声"妈妈"叫出口，老母亲喜极而泣，泪流满面。我站在旁边，眼睛很是酸涩。

一年后，他们的儿子呱呱坠地……

三

有一个朋友，当时在师范大学艺术系音乐专业读书，年纪比我小好几岁，却自称"老鬼"。我心血来潮买了钢琴，"老鬼"正好可以教我，可惜我学艺不精，到今天也弹得很蹩脚。

我和"老鬼"是通过一次大学生社会实践活动认识的。一九九一年夏天，团省委组织高校大学生重走长征路，我觉得有点意思，随队采访了半个月。这样一个活动，各个学校选派的学生都是靓男靓女，小伙子个个魁梧帅气，姑娘们"美目盼兮，巧笑倩兮"，一路桃红柳绿欢歌笑语，"老鬼"个头矮小，自嘲说"一米六还要软一点"，跻身其间显得比较特别，一开始就引起了我的注意。

第一天乘大客车经过七八个小时颠簸，傍晚时分到达黎平县，简单的晚餐后稍事休息，文艺演出在县政府礼堂亮相。按照安排，这次活动一路上参观长征历史遗迹，学生们还要为老区群众演一场歌舞节目，我以为"老鬼"多半属于负责简单布景之类的后勤人员，或者乐队中的一员。记得第一个节目是舞蹈《希望的田野》，姑娘们涂着腮红在舞台上又唱又跳，虽说一身红绿相间的衣服，外面还系了个绣花肚兜，但怎么看也不像农家妹子。接下来有独唱、合唱、小品、相声和现代舞等等，设计明显用了心思，也一定认真排练过。我坐在礼堂里差不多昏昏欲睡的时候，《乌苏里船歌》第一句"阿朗赫赫尼那"飘荡开来，声音浑厚而嘹亮，穿透力极强。我抬眼看去，台上竟然是"老鬼"，一身笔挺的西装，整个人在舞台聚光灯下显得精神挺拔，和我之前看到的似乎不是同一个人。独唱结束后，他又风度翩翩地邀请一位女生合唱电影《阿诗玛》插曲《马铃儿响来玉鸟儿唱》，歌喉和台风显出专业范，相比之下，前面那些节目就真是大学生水准了。这时我才明白师大为什么选派他参加这个活动。

此后，从黎平到遵义，重走红军长征非常重要的一段征途，"老鬼"在每一个地方都以《乌苏里船歌》为保留节目，男女生二重唱则不时变换曲目，和不同的女生合唱过不同的歌曲，总能获得热烈的掌声。这之中，半个多月朝夕相处，因为脾气相投，特别是都喜欢喝几杯烧酒，我们成了很好的朋友。

活动结束以后，"老鬼"课余时间常常跑来找我喝酒聊天，酒劲上来了也唱歌，喝醉了或者半醉不醉，就在我书房的地毯上睡。有一个周末，"重走长征路"的二十多个学生来看我，半夜一点多钟还在房间里一首接一首合唱《长征组歌》，我住单位宿舍，楼上楼下的同事投诉，办公室主任来干预，打开门，站在书桌上拿着一支筷子担任大合唱指挥的正是"老鬼"。主任仰头看着他，说："你站那么高？""老鬼"嘿嘿一笑："你看嘛，'材料'短小了，没办法，我是指挥，不站高点别人看不见，万一唱错了呢？"一句话惹得大家哄堂大笑，主任也笑，说今晚不能再唱了，要唱也得天亮以后……

"老鬼"学的并不是声乐，而是民族音乐理论，偏偏天生一副好嗓子，学校组织大大小小的活动，登台演唱的一定有他，往台下看，女生的掌声分明更热烈。但是，掌声响过之后，一切归于平静，这种反差让他郁闷不已。"老鬼"的节目多是独唱，在舞台上身边没有参照，形象还是很光辉的，下了舞台就不一样了。他很清楚，一定是自己的身高令姑娘们望而却步，因此，想象中或者期望着的甜蜜爱情迟迟没有到来。

谈到报考艺术系音乐专业的缘由，"老鬼"说是因为酒。他出生在黔西北的一个小山村，那个年代，庄稼人日子过得艰难，有一种人却比较惬意，就是敲锣锣"跳端公"的先生们。照当地风俗，老人去世要做法事，请来一群人念念有词唱上七天七夜。大家相信这些人是通灵的，逝者升往极乐世界得靠他们超度，怠慢不得，家里再困难也好酒好肉伺候着。"老鬼"从小在旁边看，发现做这个行当有肉吃，还有酒喝，羡慕得不行，于是立下志向，长大了就学"跳端公"。到了考大学的时候，左看右看前思后想，与自己"志向"沾点边的，也只有艺术系的音乐专业了，至少都是需要唱的，只要唱得好，同样有肉吃有酒喝，于是就报了。

"艺术系千好万好，但是有一点不好，就是美女太多。"酒喝到半酣，"老鬼"常说，自己可能选错了专业。美女多有什么不好呢？一个青春少年，能够在姹紫嫣红的环境里读书，还有什么比这更好的？"老鬼"不这样想，他说，艺术系美女如云，可看得见摸不着，还不如看不见，问题是天天都看得见，折磨人啊！他感叹做人难，做大学生难，做艺术系的大学生尤其难，做艺术系的男大学生难上加难，特别强调说："你不晓得啊，做艺术系身高不达标的男大学生，那才叫难……"

有一天，"老鬼"大中午跑来找我喝酒，说心情特别不好，原因是学校里的女孩子在背后议论他，一些话恰恰传到了他的耳朵里。满满一大杯酒咕咚咕咚喝个底朝天，他告诉我："她们说，如果我的尺寸正常一些，就算拼了命也要把我追到手。你听听这种话，老子的尺寸究竟好不正常嘛？"我能理解，这样的话的确令人懊丧，那天我陪他喝了很多酒，一直喝到深夜。第二天清早，他从地毯上爬起来，自己去厨房煮了一碗面条，打算吃完以后回学校去上课，想起那些议论他的女孩子，又不想去了。我劝他，不管怎么样，课还是要上的。他想了想，转身去倒了一大杯酒，喝了几口，实在喝不下去，干脆倒进面条里，呼啦呼啦吃下去，鼓起勇气去学校了。

"老鬼"上大学时没有追过女孩子，至少我不知道他追过谁，好像也没有女孩子追过他，至少我不知道有谁追过他。他说那是"瞎子养儿子——无望"的事情，倒不如和兄弟们喝喝酒，喝醉了披上床单"跳端公"，把碗和盘子当锣敲，"阿弥陀佛"唱起来，有时候唱着唱着就变成了家乡的民歌：

高高的山上阿罗耶，

美丽的草原阿罗耶；

阿哥和阿妹阿罗耶，

追着那山歌阿罗耶；

阿西里西阿罗耶，

花开那满山阿罗耶……

与艺术系花枝招展的姑娘们相比，会唱山歌的阿妹或许更懂得"老鬼"，他的姻缘注定在黔西北高高的山上。

"老鬼"大学毕业前夕，一个阿妹找到学校里来，把他带回了家乡，在一所中学里当音乐老师。有一种姑娘天生丽质，不加丝毫修饰也动人心魄，"老鬼"的阿妹就是这样一个姑娘，仅仅从质朴明净的外表，就可以看到她更为质朴明净的心地。从美学意义上看，我始终认为简单的才是最美的，万物如此，作为万物之灵的人如此，女人尤其如此。听说他们的婚礼很简朴，日子过得波澜不惊，不久就有了一个聪慧的儿子。

既然上的是师范大学，当老师算务了正业。回到属于自己的那片土地，"老鬼"潜心于音乐教学，指导的学生不断考入全国各大音乐院校，可谓桃李满天下。后来，他调到一所大学艺术系任教，教学之余创作了不少颇具民族特色的歌曲，在当地音乐界成为鼎鼎有名的"巨人"。每次去那个城市出差，我都要和"老鬼"聚一聚，找个小酒馆或者路边摊坐下来喝几杯酒，喝到兴致高了，就唱一唱当地的民歌，唱他写的歌，有时候还敲着碗筷唱"跳端公"的词调：

八月怀胎（门）在娘身

阿弥（呀）陀佛

上坎下坎（门）路难行

阿弥（勒）陀（呀）佛（哦）……

2020 年

天究竟有多大

　　我应该算是不知天高地厚的那一类人。在我看来，所谓天，无非头顶上阴晴难料、雨雪难测的苍穹，如一首流行歌里说的，"月亮累了天就亮，太阳累了天就黑"，日夜更替，周而复始，很简单。至于天究竟有多大，我没有想过，天地玄黄，宇宙洪荒，与天有关的东西都太玄，最好不去捉摸。

　　然而，比起一个名叫"号子"的兄弟，我的所谓不知天高地厚又算不得什么了，他甚至连头顶上的那片天也懒得去看一眼，凡事凭自己的感觉去做。他给自己取了一个与"耗子"谐音的名字，久而久之，很少有人知道他的尊姓大名，都叫他"号子"甚至"耗儿"。为什么要取这个名字？他笑一笑说："耗子有耗子的长处，起码生存能力比人类强多了，你不服都不行。人不喜欢耗子，又怎么样呢？你喜欢不喜欢，耗子都活得好好的。"这话说得有些道理。

　　"号子"是我的同乡，我们在黔北山区同一个县城里长大，我比他大几岁，幼年时并无交往。据说他的学习成绩一直不好，初中没毕业，干脆不上学了，天天抱着一把吉他叮叮咚咚地拨弄。自己琢磨了一段时间，觉得不大对劲，十六岁那年只身北上拜师学艺。一个连省城都没去过的山区孩子，一个人闯进北京城混了几年，又跑到天津音乐学院蹭课旁听，后来好像被吸收为自费生，交钱听课但没有学历。谁也不知道这些事情是真是假，反正都是他自己说的。小县城的人兴趣不在吉他，兴趣在"号子"这个人的行为，或者说在他的父母，因为人们实在想不明白，他们竟然能够容忍自己的孩子不好好上学，还肯出钱让他去学一种跟弹棉花差不多的手艺。有人议论，说上城门做面条的邓师傅家一定是发大财了，拿那么多钱给娃娃去打水漂，看来小小生意真可以挣到大钱。至于"号子"的琴声，在众人的眼里是不登大雅之堂的，邓师傅家的儿子不务正业，却是共识。

　　我和"号子"谈不上熟悉，仅仅认识而已，离开县城外出读书以后就很少听到他的消息。今年春天的一个黄昏，他突然敲开我的房门，很令我意外。他说路过贵阳去北京，想在我这里借住一夜，那口气并不像问我是否同意，更像告诉我一个决定。

　　那天一直下着雨，是暮春那种料峭的冷雨，"号子"没带雨伞，也没穿雨衣，出现在我门前时，浑身已经湿透。他肩上挎一把吉他，用很脏的帆布袋子套着，手上提了一只湿淋淋的编织袋，是他的全部行李。也许因为看到我屋子里铺着地毯，觉得应该换鞋，他迟疑了一下，鞋带也没解就硬褪去一双齐踝的大头皮鞋，

"咣当"一声丢在门边。他说:"老天爷和我交情不大好,不够意思,早上出门还是晴天,招呼都不打就下雨了。"

"号子"来的时候,那位即将成为我妻子的姑娘正好在,他进门没几分钟,一股恶臭在空气中弥漫开,姑娘皱了皱眉头,站起身来告辞了。一看"号子"那双脚,袜子黏糊糊的,已经分辨不出颜色。送走女友,我回过身来想说点什么,又觉得不大好,毕竟来的都是客,何况还是家乡人,于是笑着背了几句纪弦的诗:"何其臭的袜子 / 何其臭的脚 / 这是流浪人的袜子 / 流浪人的脚……"接着忍不住问他多久没洗脚了。"号子"抬头看了我一眼,转身钻进卫生间,嘟嘟囔囔丢下一句话:"还不是怪你这个屋子,偏偏要铺地毯,偏偏要换鞋。"照他的意思,好像我给他添了麻烦。

"号子"来借宿,我不好拒绝。之前常有家乡的亲友到我这里住上一两天,或因为来省城办事,或在贵阳转车去别的地方,我一概接纳并提供方便。"号子"说的也是路过贵阳,借宿一晚而已。但是,他第二天没走,第三天也没走,一个星期以后还是没走,心安理得地占领着书房里的长沙发,很像要"在沙家浜长期扎下了"的意思。我也不问,不想让他觉得我要赶他走,有一天他自己说了一句:"再过几天就走。"

其实再过几天也没什么,反正房子还算宽敞,而且是我一个人住。让人有些为难的是,"号子"住在家里,直接影响到我的正常生活。我习惯晚睡晚起,而他每天大清早就在屋子里"叮叮咚咚"地练琴,无论弹的是什么曲子,对于睡意正浓的我来说,那声音和弹棉花一样烦人。一开始我尽量忍着,天天如此不间歇，就不得不严正交涉了，提醒他上午九点之前不要在家里"弹棉花"，他愣了一下，看着我，满不在乎地说："不就是睡觉吗？几十年以后双腿一蹬，天天睡，还怕睡不够？"第二天终于听不见"叮叮咚咚"的声音，我也没在意，后来看到他每天大清早出门去，蹲在院子里很远的一个角落继续"弹棉花"，那地方影响不到别人，随便他折腾。我还发现柜子里的酒一瓶瓶空了，原来，他每天用茶杯倒上一大缸子酒，一边练琴一边喝，喝干了才扛着吉他回来。

看到家里有酒，打开便喝，看来"号子"真没把自己当外人。有一天我回到家，他告诉我，阳台上堆了两百多个啤酒瓶，正好有人来收，就卖掉了，每个一角五分，一共收入三十多块钱。他说："如果你没有什么急用，我就先拿着了。"能有什么事情需要"急用"三十多块钱呢？我知道他一定是囊中羞涩了，问他是不是有什么事情要用钱，他说不用，在这里有吃有住的，拿钱干什么。

"号子"生活很节俭，住在我家里的那段时间，我们多数时候自己做饭。每次我打算把所剩无几的剩菜倒掉，他立即反对，说剩菜里还有油，可以留着炒饭吃。第二天他真用剩菜里的油炒饭，对新做的饭菜视而不见，好像有人虐待他一样。我劝过他几回，说新鲜饭菜不吃，第二顿又成了剩菜剩饭，这样下去岂不是顿顿都吃剩菜剩饭？他不以为然，我也懒得说了。

闲下来的时候，也听听"号子"弹琴，感觉是很好的。他能把《阿尔汉姆拉宫的回忆》弹得婉转低回、如泣如诉，索尔的《月光》听起来也真像置身在如洗的月色之中。我不懂吉他，无法评判他的演奏水平,但我相信能打动人的音乐是有魅力的,而"号子"的琴声无疑打动了我。记得埃涅斯库说过一句话:"音乐的目的在于牵引善良的人的心相互靠近。"我发现,琴声的确能让我和"号子"靠得近一些,或者说,能让我理解他每天早上"弹棉花"的那一份执着。

不过,与"号子"这样的人靠得太近却并不容易,我必须盯住他那双"流浪人的脚",逼着他天天洗,否则屋子里谁也坐不住。没过多久,他终于养成了每天洗脚的习惯,不用刻意催促,只是一边洗一边还是要抱怨,自言自语般说这事太麻烦。他平时不大出门,多半在屋子里练琴,后来一到周末就往外跑,说出去随便转转。我也不多问,只是提醒他别在外惹事,他说:"不会的,都二十五岁的人了,比你也小不了几岁,惹哪样事哦!"他这样说的时候,像一个听话的孩子,有几分可爱。

"号子"在我家里住了两个多月,我渐渐习惯了他的存在,有时下班回来不见他,倒有几分落寞。就在这时,他对我说"实在不好意思继续打扰下去",自己在花溪租了房子,马上要搬走了。见我有些疑惑,他特别说明租房子的钱来源绝无问题,前些时候周末出去,实际上并不是随便转转,他在好几所高校办了课余吉他班,星期六和星期天给一些学生授课,便有了点收入。他还在校园里搞了几场独奏音乐会。这些事情我都不知道。

离开之前,"号子"对我说了他这一次"离家出走"的缘由。上城门做面条的邓师傅终于醒悟,儿子学的这门手艺比"弹棉花"更不着调,时下最要紧的是挣钱,决定让他"子承父业"

把面条作坊管起来。"号子"说："你想想，我哪里是做生意的材料，再说，我对钱从来就没兴趣，吃饱饭就行了。"而自幼痴迷于"弹棉花"的手艺，他是无论如何也舍不得放下的。父子两人谈不拢，于是定下口头协议，既然儿子不接手面条作坊，便自谋生计，家里不再接济。"号子"就这样离开家到了贵阳，找到了我。在大学里办吉他培训班挣钱，是他自谋生计的第一次尝试。

我们这个世界，总有那么一些人看上去很怪，常人孜孜以求的东西引不起他们的兴趣。都说艺术家是半个疯子，我不知道"号子"算不算艺术家，或者说他今后能不能成为艺术家，但是，他确乎被一种东西牵引着。也许他更像托尔斯泰在《琉森》里描写的那个蒂罗尔流浪琴师，卑微而朴实，一生没有奢求，最快乐的事情就是用吉他把妈祖卡舞曲演奏得出神入化。至于为什么会醉心于这样的生活，他们自己也说不清楚。

"号子"说，自己铁了心想做的事情，父亲拦不住，老天爷同样拦不住。说完这几句话，他把吉他装进脏兮兮的帆布琴套，提起装有全部行李的编织袋，把一双已经不是很臭的脚塞进依然很臭的大头皮鞋，走了，和来的时候一样，神情漫不经心……

1993 年

2020 年补记

1996 年夏天，我在中关村附近一个叫"猎奇门"的酒吧里遇到"号子"，他正在弹着吉他唱歌，远远看到我，显得有些兴奋，唱完歌急急地跑过来，请我喝了好几扎啤酒。他说三年前离开家的时候就想来北京找机会，一时凑不足"盘缠"，又不好意思向我开口，迫不得已在贵阳滞留下来，后来发现教学生"弹棉花"可以挣到钱，索性租个房子住下，多留了几个月。终于到了北京，情况和他想象中的不一样，在酒吧做"驻场歌手"的收入非常有限，但这还不是最令人失望的事情，他写的歌总是不能走红，为此而非常郁闷。他唱了一首自己写的歌给我听，记得好像有"大大的房间里只有我一个人"之类的歌词，问我觉得怎么样。我说我不懂，我是真的不大懂，当然，也觉得的确不怎么样。

十多年后，"号子"又来找过我，说他已经回到贵阳，与人合伙搞了一个音乐制作机构，如今的身份是音响效果师，名字不再叫"号子"，改为"邓本"了。他告诉我，这些年接过不少高端大气上档次的活动，比如某某著名歌星的演唱会，音响效果总设计正是他。我对这个领域过于陌生，当时我知道的歌星只有邓丽君，而邓丽君的那些演唱会，音响效果应该不是他设计的。

又过了十来年，我在家乡小城再次遇到"号子"。他终于厌倦了"弹棉花"，说眼下隐于乡间的一个寺庙潜心研习佛法，还给自己取了一个法号，可惜我记不清楚了。

小保姆

我有个朋友，在一所大学里供职，还当了个不大不小的官，校团委书记，应该是处级干部。此人女性，三十开外。都说三十岁是女人的一道关口，过了这个年纪就徐娘半老，但我这位朋友显然是徐娘未老，至少自以为"未老"，常常表现出花季少女的劲头。哪一天兴致上来了，说不定会翻出多年未动的小提琴，草草拂去灰尘，摆开架势从《梁山伯与祝英台》拉到改编的现代京剧，西洋"梵婀玲"在她手上能当成中国的二胡来用，着不着调不说，你想不想听也无所谓，起码她自己是很投入的。

有一官半职的人都比较忙，身不由己，这可以理解。我这位朋友也总说忙得很，你却看不懂她究竟忙些什么。比如，她突然上门来找你，一副风风火火的样子，一再表示还有很多事情等着她，几句话说完就走，茶不用沏了。但是，你出于礼貌递上的茶杯，她顺手就接过去了，直到茶水已经淡而无味，需要重新换一杯，也还没有要告辞的意思。临近晚饭时间，问她要留下来用餐吗？她仿佛很为难，不断地抬起手腕看表，说"那就简单点吧"，吃完饭必须要走了。晚餐过后，她还是没有走，话题也早已经不是她来时说的事情——通常也都是很小的事情，接下来侃侃而谈的，大多是新近发生的趣闻，这个城市里某一些知名人士的家世，谁和谁是什么关系，以及她老公哪一件事情如何搞笑、宝贝女儿如何调皮而又可爱等等，有时候还纵论国计民生、世界风云，好像天底下就没有她不知道或者不操心的事情。夜宵时间又到了，我那里来来往往的朋友多，有人提出是不是去吃点烧烤喝点啤酒，她再次抬腕看看手表，终于决定一起去，好像依然比较为难，但步子迈得比谁都坚定。到凌晨两三点散场，她这一天才算"忙"过去了。那么，她今天因为什么事情来找你呢？不管你是不是记得，反正她多半已经忘得一干二净。

平心而论，我的这位朋友是有些能力的，学校里上上下下的关系处理得很顺畅，领导信任，同事友善，学生也喜欢她。如果说她有什么弱项，那就是不会做家务，照她自己的说法是"天生就不会"，而且"怎么都学不会"。据说她和老公排着值日做饭洗碗，轮到她的那一天，便以单位有事和同学聚会等各种借口逃出去。

不会做饭的女人都害怕客人来家里吃饭，她恰恰相反，喜欢在家设饭局，逢年过节或者自认为必要的时候，招呼朋友们去坐一坐，还亲自下厨。且不说厨艺如何，这样的饭局，往往是客人就着一点提前准备的凉菜吃完了，她的热菜才端上桌子。这时，她一脸惊讶环顾四周："怎么不吃了呢？来来来，再吃点再吃点，看看我手艺如何，还可以吧？"大家被她硬拉着回到饭桌上来，吃不吃随便你，反正你得看着她摆开架势吃。

小两口过日子，即使免不了因为她"天生就不会"做家务而斗智斗勇，事情毕竟不多，也相对简单。有了孩子就不一样了，你能往哪里逃呢？好不容易死揸活撑，娇千金今年也才三岁。带孩子当然也不是天生就会的，而且一定更难学会。怎么办呢？请保姆。

时下，请保姆可不是一件容易的事情，人太老实的，做事情就难免笨拙，机灵的又怕靠不住。家里通常需要保姆单独带孩子，家务活做得好不好、家里丢不丢东西还在其次，把孩子拐跑的事情也时有发生。所以，安全第一，必须找个老实本分的才行。费了九牛二虎之力，她终于托人在乡下找到一个小姑娘。

有了保姆，是不是可以轻松一些？有一次这位朋友来找我，照例还是说很忙，但一坐大半天，问起保姆的情况，她摇摇头，一副无可奈何的样子。她告诉我，姑娘大概十六七岁，因为学习成绩不好，初中毕业就没上学了，人是绝对靠得住的，去买菜都怕自己走丢了，哪能拐走你的孩子，完全不用考虑她跟你玩什么心计。但是，问题也跟着来了，她说："那个小姑娘啊，优点是朴实，缺点是太朴实了。你不晓得，真的累人得很啊。"

接着，朋友绘声绘色讲起小保姆的故事。初到的那一天，大老远风尘仆仆地来了，得安排她洗个澡，专门给她买了毛巾、香皂和洗发水之类。那段时间，为了兼顾上班和带孩子，学校批准她借住一间学生宿舍，没有单独的卫生间，于是只好把小保姆带到学校的公共澡堂，送进浴室里面，交代她好好洗一洗。不想小姑娘十分钟左右就回来了，香皂和洗发水未启封，毛巾是干的，头发也是干的。一问，说是洗了的；又问，为什么头发是干的呢？回答说，你叫我洗澡，没有叫我洗头呀；再问，香皂和毛巾为什么不用呢？回答说，你没说是给我用的啊……回答无懈可击。那么好了，我的这位朋友终于找到了一个完全可以放心的保姆。

朋友说，她和保姆的磨合历程无比艰难。姑娘不折不扣地执行任何指令，绝对听话，但正因为这样，事情又往往令人啼笑皆非。孩子每天晚上要喝一杯鲜牛奶，说了是一杯，就盛满满的一杯，孩子端着杯子喝，经常洒在衣服上和地上。如果提醒她不要倒得太满，当晚就不会太满，第二天晚上又是满满的一杯。怎么又那么满呢？她的回答理直气壮，你说的要一杯呀；昨天晚上不是就没倒满吗？回答一样理直气壮，昨天晚上你说了不要太满，今天你说的是要一杯，没有说不要太满呀。既然都是你说的，她只是忠实执行，当然没问题。有一回在饭桌上，小姑娘好心盛饭，冒尖的一大碗米饭递过来，稍不注意饭粒就往外面掉，朋友无奈地说："你是不是去找点黄泥巴来，把这碗的边糊高一点。"话音刚落，人一转眼就不见了，过了很久才气喘吁吁回来，手上捧一大把泥巴："姐姐，你们这里没有黄泥巴呢，只有这个泥巴，我找了好几个地方，都没有看到，真没有呢。"姑娘低着头，神情郁郁的，好像找不到黄泥巴是她的错。

朋友说起这些事情又气又笑，语气里还是带着怜爱的意味，感觉过去带一个孩子，现在带了一大一小两个孩子。但是，后来发生了一件事情，终于让她忍无可忍，下定决心要换一个保姆。

新学期伊始，以校团委书记的职责，照例要组织各系各班团支部书记开会，安排相关的事情，并集中学习，这是规定动作。因为参加会议的都是学生，朋友一向不太认真，打算先开个场，随便说几句，然后让同学们自己学习讨论。想要提前溜掉，总得找个理由，什么理由恰当呢？忽然心生一计，让小保姆去会议室叫她，说有人找，还特别嘱咐声音要大，让所有人都听到，证明她的确有事情需要处理。会议按计划进行，姑娘果然踩着点来了，站在会议室门口拉开嗓门喊："姐姐，姐姐，有人找你呢！"朋友回头看了一眼，正为自己的妙计而得意，站起来往外走，同时随口问了一句："哪个找我？"万万没想到，姑娘瞪大眼睛看着她，略一迟疑之后，拉开同样大的嗓门说："哪个找你呀？没得人找你啊！"会议室一下子静了下来，几十个人都疑惑地看着她们。姑娘有点紧张，四下看了看，又说："不是你叫我现在来喊你，让我说有人找你吗？其实，没得人找你呢。"片刻的宁静后，会议室里爆发出一阵哄笑。

朋友给我说起这件事情的时候，我也笑了好一阵子，想象得出当时她多么尴尬。她说："你还笑？那一分钟，我走也不是，不走也不是，都不晓得怎么收场。"我问："你怎么收场的呢？"她说："怎么收场啊？嘿嘿，我只好说小姑娘听错了，但是，学生还是笑，他们明显不信。我是老师啊，你说人家怎么看我？"

我劝朋友不要换掉这个小姑娘，留下她绝对错不了。她的确随时可能给你带来意想不到的尴尬，与这样的人相处似乎比较累，但是你想一想，而今眼下，什么事情不累人，与什么人打交道不累？而这个小姑娘，你教她撒谎她都学不会，你的孩子天天与这样一个淳朴的姑娘在一起，一定会受到潜移默化的影响，而且一定是很好的影响，退一万步说，至少不会是很坏的影响。

后来，小姑娘留下了，直到朋友的千金上了小学才离开，走的时候彼此都依依不舍……

———
1993 年

为一位失踪的朋友画上句号

据说全球每年有百余名新闻记者因公殉职，此外还有一部分失踪的，无法完全统计。我把黑松列为后一类。

维尼说："不幸，是活着的人都将遇到的。"既然活着的人都会遇到这样和那样的不幸，不是就应该与职业无关了？在我们这个灾难深重的星球上，人的命运从来不可捉摸。但是对于我们，那个无尽的黑洞该是遥远又遥远的呀，因为胸腔里涌动着青春的血液，我们是不是有理由傲视死神呢？

我一向相信报纸上刊登的信息，我自己就是一名记者，懂得真实是新闻的第一原则，写下的每一个字都必须对读者负责。但是，《贵州日报》的一篇新闻，我无论如何也不愿意相信。他们说，报社派黑松到黔南布依族苗族自治州记者站工作，她在前去赴任的途中不幸因车祸罹难。那篇稿子的标题是《本报女记者黑松因公殉职》，我觉得这是一个弥天大谎。

深夜里传来噩耗的那一串电话铃声，当然也是一个谎言……

如果黑松只是我的朋友，而不是我的同行，说不定此刻她就坐在我的书房里，和我静静地聊天，闪动着那双善解人意的大眼睛，目光里透出一种无法抗拒的美好和纯真的力量。而这一切，不过是二十天以前的情形，仅仅二十天。谁敢相信，二十天后，在她坐过的同一张书桌前的同一张椅子上，我尽可能保持平静，把这些蹊跷的文字写下去。我不认为这是一篇祭文，所以一直在说服自己，所有的悲伤都没有理由。

关于黑松，我能告诉你一些什么呢？《贵州日报》的官方评价是"优秀记者、编辑"，在我的眼里，她是一个可爱的小妹妹，一个聪明的女孩子，一个才华出众的同行。我们认识的时候，她在《贵州日报》文艺部做编辑，约好时间后，我把闲时涂抹的几篇散文稿送过去，在她的办公室简单聊了几句。之后，我们渐渐熟悉起来，平平常常地谈论过某一些题目或者某一个文稿。我记得她总是带着微笑，让人在不经意间感受到生命和青春动人的光彩，好比晴空万里和白日清风，明媚圣洁，一尘不染。她是那样美丽，我相信我们的世界正是因为有了这样的美丽，才引人流连，令人感动。

对于一个女孩子来说，长长的一生意味着无限可能。女孩子恋爱是第二回出生，幸福得也能让人哭出声来；女孩子成为母亲是第三回出生，生命的意义从此才算得上完整。未来不是正在她面前徐徐地展开吗？二十二岁，二月里迎春花一般的年龄，等待着和煦的春风吹拂。可是，二十二支欢快的彩色蜡烛被一阵冷风吹灭了，你怎么敢想象这是真的？

我看到静卧在鲜花丛中的一位姑娘，但不相信她是黑松。一个阴云密布的午后，我和朋友们抬着棺木，缓缓走上一座小山岗，在那里安葬了一位姑娘，我也不相信她是黑松。小小的山岗上长满杉树，守护着一座年轻的坟茔，山下开满五颜六色的野花，我不相信黑松会在那个地方。但是，黑松的的确确是失去了踪迹，无论怎样在茫茫人海中寻找，我再也找不到她了，无法请她自己站出来，让所有牵挂她的人放心。我在心里责怪她，万万不该和我们开这样的玩笑，也许她没有想到大家会当真。

这个世界上每天都有许多新闻发生，自然包括公元一千九百九十四年二月二十六日。但是，《贵州日报》那篇套着黑框的消息，里面说的那件事情，我至今也不相信是真的，所以我劝我自己，也劝我所有的朋友，我们都不要伤感……

————
1994 年

2020 年补记

那年春天的一个深夜，家里的电话铃急促地响起，铃声与平常没什么不同，但不知道为什么，我伸手去拿听筒，心里突然一阵发紧，这种感觉是从来没有过的。果然，电话那一端传过来一个令人万分震惊更万分痛心的消息。

挂断电话后，我久久握着听筒，久久地发呆。那一刻，我想这一定是一个玩笑，一定不是真的。这个念头非常顽固，以至于我当天晚上看到黑松的时候，觉得躺在鲜花丛中的女孩子并不是她，事实上也完全不像她。黑松那么美丽，她怎么可能是那个样子呢？

是啊，她怎么可能是那个样子呢？清秀的脸庞上一双大大的眼睛清明透亮，浓浓的睫毛忽闪着，说起话来语气谦和，又分明带着漂亮女孩特有的矜持。而一旦熟悉了，她性格里爽朗的一面便毫不设防地展现出来，温柔而亲切。她怎么可能那样躺着，双目紧闭，脸上毫无表情呢？第二天，《贵州日报》刊出黑松不幸罹难的消息，还配发了她的一张照片，带着黑框，伤感被渲染得浓浓的郁郁的。我拿着报纸看了半天，感觉每一个字都非常蹊跷，怎么也不像是真的。之后，我和朋友们一路护送黑松回到故乡安顺，抬着她的棺木走上一座山岗，按照穆斯林葬礼的礼节，为她安顿好永远的家。我觉得这一切完全是一个可怕的梦境，只是，无论怎么挣扎，我都没办法醒过来……

一个朋友不辞而别，再也不会回来了，一个青春焕发的生命戛然而止，用什么语言才能表达自己内心的伤痛呢？夜深人静的时候，我这样写下去，深知每一句话都可能是言不及义的，但还是一直这样写下去。我想，只要写了，她或许就可以看到。

稿子送到黑松工作过的《贵州日报》文艺部，编辑打算刊发，领导却认为一些文字不大恰当，比如"《贵州日报》的一篇新闻，我无论如何也不愿意相信"和"那篇稿子的标题是《本报女记者黑松因公殉职》，我觉得这是一个弥天大谎"等等。如果删掉这些文字，我写下的就真是一篇祭文了。而祭文只能写给去了另一个世界的人，黑松不一样，我们只是找不到她了。所以，我宁肯不发，也绝不同意删改。

后来，电视台一位朋友在我书桌上看到文稿，拿去复印了一份，很快写出分镜头台本，接着多方搜集黑松的资料和图片（可惜没有视频素材），采访她的同事和朋友，精心拍摄了一部电视散文片。经过反复比较，我们找到广播电台的一位兄弟配画外音，他深沉浑厚的声音最为合适。从录音棚出来，兄弟对我说："幸好你只写了一千二百字，要是再多写几句，我怕我会忍不住哭出声来……"

黑松说过，她最喜欢的一首歌是苏芮的《牵手》。电视散文片结尾用了这首歌的前几句，在贵州卫视播出时，我看到歌声渐起部分，忍不住泪流满面。这是我第一次为黑松流泪。

因为爱着你的爱
因为梦着你的梦
所以悲伤着你的悲伤
幸福着你的幸福……

文 匪

一

　　文匪是我的朋友，已经因病去世多年。他算死过两回，第一次弥留之际被生生地拉了回来，第二次我不在场，得到消息后匆匆地赶过去，人已经走了。

　　一九九八年夏天的一个周末，大约下午三点多钟，我与朋友在黔灵西路小酒馆里喝啤酒聊天，手机铃声突然响起，来电号码陌生，犹豫一下还是接了。电话是文匪女朋友打来的，语气很急切，说希望我到贵阳钢厂医院去一趟，文匪找我，有话想说，还特别叮嘱我"尽量快一点"。挂了电话，我马上往贵钢医院赶。

　　两年多前，文匪被确诊患肝硬化。据说酒精是这种病的主要导因之一，而他滴酒不沾，肝脏怎么会坏掉呢？我和他在同一座小县城里长大，因为臭味相投，几乎天天混在一起。几个走得近

187

的狐朋狗友都是酒鬼，唯独文匪例外，半杯啤酒就可以醉倒，大家推杯换盏不醉不归，他连点到为止都免了，从来以茶代酒。看来，现代医学断定的一些东西，也未见得十分可靠。

到了病房，我看到文匪躺在病床上，脸色苍白，鼻子里插了好几根橡皮管子。文匪的女朋友是这个医院的护士，她把我带到主治医生那里。医生告诉我，病人的肝脏已经完全硬化，血液进不去，全部堵塞在门静脉里，高压导致胃底血管破裂，唯一的办法是把橡皮管子通过鼻腔插到胃里，然后像气球一样充气，压迫破裂的血管暂时止血。问起预后，医生说状况非常不好，可能撑不过当天晚上。我去院子里连着抽了两支烟，平稳住情绪才回到病房，笑着对文匪说，刚才问过医生，你只是旧病复发，止住血就好了。文匪微微一笑，说自己的情况心里有数，宽慰的话就不必说了，有两件事情需要告诉我，不说不行，所以才把我叫了过来。

第一件事情并不具体，不过表达感谢，说很庆幸交了我这样一个朋友，我给予他的帮助今生来不及回报了，只好来世再说，如果真有来世的话。事实上，我并没有给过文匪多少帮助，几年前他从县城到贵阳工作，一时没地方落脚，在我家里住了两三个月，这当然算不得什么。反倒是他给过我不少帮助，比如我去北方上大学之后，他代替我为父母做了很多日常的体力活，老人家非常感激。

第二件事情是关于他女儿的，非常令人诧异。他生病以后，有一天我去医院看他，刚刚在病房里坐下，他突然说自己有一个孩子，是女儿，叫女朋友去把孩子抱了过来。孩子长得很漂亮，还真像他，也像他的女朋友，名字叫"文诗月"。他们还没有结婚，怎么就有了孩子呢？他说他们事实上算结婚了，只是没有领证，也没有举行任何仪式。他女朋友站在旁边，笑了笑，哄孩子的样子的确像一个母亲。今天叫我过来，是要告诉我，孩子并不是他们亲生的，而是领养的。他说，凭着多年来对我的了解，他撒手走了，我不会不管他的孩子，女朋友毕竟只是一个护士，我知道她的经济情况不大好。

"你必须答应我，不要管这个孩子，千万不能给你添麻烦，否则我会不安心的……"他对着我用足了力气说话，声音很大，语气很坚决。我转眼去看他女朋友，她点了点头，说真不是他们的孩子。

我借故上卫生间逃了出来，跑到院子里抽烟，点燃第一支香烟的时候，泪水蒙住了双眼。

人与人之间总能有一些难以想象的默契。见到那个叫"诗月"的小女孩以后，我就想过，如果哪一天文匪真的离开了，我一定会为这个孩子的成长提供力所能及的帮助，让朋友在天之灵安心。这个想法不曾对任何人说起过，谁都不应该想得到，文匪却想到了。一个人到了生命的尽头，对死亡的恐惧是一种什么感觉呢？我不信有什么人会轻松自如。但是，文匪心里竟记挂着这件事情，感觉自己撑不住了，急切地把我叫到身边，当面把事情交代清楚，担心关于他的一个误会给我带来负担。

文匪反复对我说："你一定要尊重我的意愿……"

二

那一天，文匪没有走。

医生说他撑不过当天晚上，不可能有奇迹发生，所以我们都守在医院里，万般无奈地等着他离去的时刻到来，心如刀绞，却什么也做不了。到了晚上，我看到他的脸色越来越苍白，看上去昏昏欲睡，和他说话也不再回应。医生又来病房检查了一次，说血压已经降为三十至六十毫米水银柱，时间不会太久了。

我茫然地问了一句："就没有一点办法吗？"

医生看了看我，停顿片刻，示意我跟他走出病房，到了院子里。他说："办法是有的。但是，从根本上说，意义不大。"

文匪的女朋友，以及他的哥哥和妹妹也围了过来，听医生分析病情。医生告诉我们，胃底出血倒是基本止住了，现在的问题是失血过多，人已经接近休克，如果进行医学干预，唯一的办法是输血，血压升上来，病人有可能进入缓解期。医生同时也明确表示，即使缓解过来，预后依然非常不好，胃底血管随时可能再次破裂，生命还是按天计算，甚至按小时计算。那么，究竟要不要输血呢？医生沉吟了一下说，从他的职业维度看，任何情况下，全力以赴挽救生命是最基本的原则，但毋庸讳言，眼前这个病例，抢救不大可能改变最后的结果。至于怎么决定，就看家里人从哪个角度考量了。

文匪的家人怎么想呢？我知道，他女朋友是无能为力的，她呆呆地站在那里，连眼泪也流不出来。事实上，她最多算未过门的媳妇，严格意义上说并不是家人，而两年多来，为了给文匪治病已经倾其所有了。我当然更不能算他的家人，只是朋友，当然是很好的朋友。那个时候，真正的家人一言不发，他们听懂了"抢救不大可能改变最后的结果"这句话，却仿佛没有听见"全力以赴挽救生命是最基本的原则"。空气凝固了一阵，哥哥要老辣一些，终于说了几句话，大概意思是他内心肯定是想抢救的，但的确有困难，为弟弟治病花了好几万元，眼下孩子正在上中学，家里并不富裕，既然治不好，投多少钱也是打水漂，所以很是纠结。

我不敢说他的想法没有道理，也无意怀疑他的难处，但是打水漂这个词却令我不胜感慨。这种时候，比生命更值得思量的，竟然是金钱。那一刻我想到，一个人生命的过程由什么组成呢？当然是时间，日复一日的时间，谁算得出人一天的生命值多少钱？或者说，用多少钱去换取一天的生命，才不算亏本？如果这样，人生就可以是一场生意，需要理清账目，盘算盈亏，与生命本身的意义和尊严完全无关了。而且，用自己的金钱去挽救别人的生命，无疑是一笔只赔不赚的生意，说是打水漂还真有些形象……

我把医生拉到一边，问："现在输血来得及吗？"医生说输血是唯一的办法，早一分钟决定就多一分机会。我说："马上输血，尽量抢救过来，能活一天是一天。拜托了！"

医生愣了一下，转眼去看文匪的女朋友，她眼睛一亮，接着又黯淡下去，低头不语。我赶紧表明输血和抢救的费用全部由我承担。医生立马带我去开单缴费，并亲自拿着单子去取血浆。医生绝不愿意看到自己的病人无望地离去，先抢救回来，万一奇迹发生呢？而奇迹只有在把人抢救回来之后，才可能发生。

意想不到的问题出现了，贵钢医院附属于企业，不是大医院，那天血库里正好没有足够的血浆。医生跑回来告诉我这个消息，说他们已经启动了应急预案，通知急救中心血站准备血浆。我抓过单子开车往血站奔去，一路上打着双闪灯，车开得飞快。

深夜十一点，输血一个小时后，文匪的血压回升至五十至九十毫米水银柱；凌晨一点，血压达到六十至一百毫米水银柱，脸上有了血色；次日一早，他完全清醒过来，可以说话了。我离开病房的时候，文匪朝我摇了摇头，声音微弱，但吐字清楚："何必呢？没必要，没用的……"

那天以后，文匪又活了一个多月，过了三十六岁的生日。我去看他的时候，他非常兴奋地告诉我，有人为他占过一卦，三十六岁是一道坎，只要迈过去，一切都会好起来。他希望过了这个生日，自己可以活下去。

三

文匪不大喜欢自己的大名，改过一回，后来干脆给自己取了这个外号，解读说是"秀才坐垭口"的意思。试想，一个手无缚鸡之力的文弱书生，便是有胆量坐在垭口上当土匪，估计也很难干出大的动静来，他以这样的方式自嘲，表达一种人生的无奈。

文匪确实有很多无奈。比如，他无论怎么努力也考不上大学，说复习的时候什么都懂，一上考场什么都忘记了，考完之后又什么都想起来了。几番挣扎和失败，对高考举手投降，到一所乡村小学里去教书，因为没有入职指标，只能做代课老师。那所学校在一个叫西山的小村子里，距离县城五公里，全村只有十多户人家。晚上肚子饿了，嘴也馋了，他经常沿崎岖的山路一步一步走回县城，夜宵摊上吃一碗羊肉粉，又一步一步走回去，不耽误第二天早上的课程。

当老师最大的好处，是一年有两个假期。我暑假和寒假从北方回到故乡小城，文匪正好也放假，照他的说法，即便走错路了也会到我家里来。那时少不更事，找不到什么可以玩的，便去干一些"偷鸡摸狗"的事情。比如夏日到河里去游泳，地里的苞谷熟了，钻进去掰下来几个，去文匪的屋子里煮来吃。菜场里的新鲜苞谷其实很便宜，但味道就是不如偷来的好。文匪发现河边有一个收购蛇的地方，只留蛇胆和蛇皮，蛇肉不要，于是拿着口袋去装，回来炖上一大锅，蘸着柴火烧的胡辣椒吃，味道鲜美无比。有美味佳肴，整天混在一起的几个朋友少不了喝几杯，文匪坐在一边不碰杯子，一开始大家劝他喝，推辞不过，一口啤酒下去就倒在沙发上睡，后来就不再劝他了。

我们在假期里"偷鸡摸狗"，其实只偷过鸡，因为狗不大容易对付，不敢去"摸"。那时候县城里不少人家自己养鸡，晚上关在房前屋后的鸡圈里，半夜伸手去抓，鸡会"咯咯"叫，文匪有办法，他去抓，鸡就不怎么叫，也不知道是什么原因。我们常常深更半夜炒辣子鸡，杀鸡烉毛，一阵乱刀砍成鸡块，放到油锅里加上辣椒爆炒。我不敢杀鸡，当时也不通厨艺，只管吃肉喝酒。其实，我们偷的都是朋友家的鸡，陌生人家的不偷，知道被逮住了可不是闹着玩的。

有个比我们大几岁的朋友，师专毕业后回来当老师，早早谈婚论嫁，定下婚期，安排在家里自办婚宴，买了七只鸡。消息传来，文匪兴奋得摩拳擦掌，声称要做个"大案"。他特别选定婚宴的头一天晚上出手，七只鸡悉数捉了回来，当晚宰两只，一只爆炒一只清炖，把朋友们叫到家里吃了一顿豪华夜宵，其中包括第二天要做新郎的那个朋友。办婚宴的师傅天不亮起床做饭备菜，发现鸡不见了，新郎官恍然大悟，气冲冲跑来问罪。那么，剩下的五只捉回去吧，两只已经吃了，你自己也参与的，怎么办呢？现在看，这玩笑开得有些过分，但那时觉得很好玩。朋友中有一个女孩子，说她家养了好几只鸡，提议去偷，并提供了鸡圈的详细位置，以及她父母的活动规律，还说万一出了差错她负责掩护我们"撤退"。文匪想了想，决定手下留情，说女孩子家的鸡就不要去捉了。

我考上大学后，之前家里由我负责的一些体力活，只好委托两个朋友代劳，其中一个就是文匪。其实也没有多少事情，主要是冬天做饭和取暖要用煤块，我家住二楼，装煤的棚子在楼下，需要把大块的煤砸成拳头大小，搬到家里去。假期回来听父母说，文匪每隔几天来一次，也不多说话，径直取了煤棚的钥匙，搬煤块去了。我委托的另一位朋友嗜酒如命，也常来，但进门已经醉眼惺忪，事情做不了，酒却是要接着喝的。父母还告诉我一件事情，有一天文匪来得比较晚，把一大筐煤块搬进屋子里来时，我父亲刚刚洗完脚，文匪顺手把一盆洗脚水端去卫生间倒掉了，想拦都来不及。父母说，文匪很像自家的孩子，特别实在，也特别亲切。

文匪病危那天，我父母从县城赶来，一路颠簸了七八个小时，晚上十点多钟才到贵阳，直奔贵钢医院，母亲躲在医院走廊的角落里哭了好一阵。我提出输血抢救文匪，他们马上表示支持，说如果我的钱不够，他们带了，叫我不要为费用的事情担心。

四

当了几年乡村小学代课老师，文匪终于有了正式工作，在县城百货公司里做职员。那时候，私营经济开始萌芽，人们购物不再仅仅依靠国营商店，百货公司日子一天比一天难过。文匪入职后，凭着自己的聪明劲，搞起了有奖销售，购物达到多少钱即可抽奖，一等奖是一台电视机。这种活动在县城里不曾出现过，弄得百货公司门庭若市，销售量大增。文匪说，照他的设计，电视机是永远不可能抽到的，毛巾、洗衣粉、牙膏之类倒是可以拿到一两件。经理很赏识他，但只是口头上赏识，文匪发现干多干少都领那一点固定工资，何必劳心费神呢？在领导眼里，能做事情的人突然不做了，比从来不做事的人还可恨，矛盾一天天尖锐起来。最后，经理调文匪去看管仓库，这个岗位是安排老弱病残职工的，以为对他无异于羞辱，他却兴高采烈，说白天不用上班，晚上去睡个觉一样拿工资，多好的差事啊！

工作清闲，时间足够多，文匪开始做自己喜欢的事情。他对地方戏剧兴趣浓厚，收罗了不少剧本，里面说的都是一些陈芝麻烂谷子的事情，文匪想，如果用老坛子装新酒，是不是有点意思呢？于是尝试着写剧本，写完了拿给大家看，征询意见。我看过好几个，有一个本子写夫妻两人沉迷于麻将，生活过得乱七八糟，故事设计比较好，语言幽默诙谐，笑料不少。稿子投到一家地区级文艺月刊，很快发表出来了，算是处女作问世。戏剧是需要演出的，完成剧本只是一半，另外一半在舞台上。那时，县文化馆经常排一些现代戏在礼堂演出，配合一段时间的宣传，观众不多。朋友们鼓动文匪去找文化馆的人看看本子，说不定人家有兴趣呢。想不到文化馆馆长还真有兴趣，拿着剧本击节叫好，拉起队伍认认真真地排练起来。一个多月以后，现代方言剧《麻将夫妻》在县里的礼堂隆重上演，效果非常好，连续几场爆满，观众从头到尾笑声不断。也许，这场公益演出无须购票是一个原因，但人们愿意花时间去看，说明戏本身有可看之处。

文匪最风光的时刻，应该是《麻将夫妻》公演的首场，应邀登台介绍创作体会。那一段时间，他俨然县城里的名人，县长在街头遇到他，都要主动打个招呼。

文匪去世后，家里人清理他的遗物，没什么值钱的东西，各类手稿却有一大堆。那么就是说，他一直在写，成功与否不说，至少他始终有一种寄托。文匪的女朋友告诉我，他生命最后的那一个月，第一次与死神擦肩而过之后，还支撑着写一篇散文，内容是关于热爱生活和珍惜生命的，可惜没有写完。

人的一生，所谓功成名就，其实是很难说的，多大的成就才算得上成功呢？内心深处有孜孜的追求，风雨无阻往前走，就像人们说的怀揣梦想，至少精神上不会空虚。文匪过完了他的一生，虽然过于短暂，但非常真实。他坦荡地面对三十六个寒暑，对生活充满热爱，做了自己想做的事情，从某种意义上看，这也是一种成功。

<h1 style="text-align:center">五</h1>

在我的朋友中，文匪是一个没有什么秘密的人，但又分明是秘密最多的一个人。

文匪的父母去世比较早，兄弟姐妹间往来不多，长期一个人过日子。在我印象中，文匪体质很好，数九寒天穿着薄薄的衣服，好像从来没有生过病。我们聚在一起，朋友们举杯狂饮豪气冲天，他静静地坐在旁边看，看着看着就睡着了。他能在任何地方倒头就睡。至于饮食，遇到什么吃什么，不吃也行。后来我们不再干"偷鸡摸狗"的事情了，没有机会去他家做夜宵吃，他的厨房变得冷锅冷灶。既然不做饭，那他每天在什么地方吃饭呢？我不止一次问过，他笑一笑，说哪里不可以吃饭。有时他来我家，正好在饭点上，他说已经吃过了，如果请他坐下来再吃一点，也能吃几大碗。他那种随遇而安的态度，还真有点无所谓人间烟火的味道，仙风道骨一般自由自在。

文匪的恋爱也带着扑朔迷离的色彩。

　　进入青春飞扬的年龄，爱情的甜蜜和苦涩一样值得津津乐道，朋友之间是一定要说起这些的。文匪不参言，好像恋爱是离他很远的而且更加无足轻重的事情。大家不断追问，他诡谲地笑，说自己早就有女朋友了，比我们都早。

　　关于女朋友，文匪说起来颇有几分得意：在遵义卷烟厂工作，出差的途中偶然认识，没几天姑娘就追到小县城里来找他，情节跌宕起伏，有些玄乎。我们谁也没见到这个人，而文匪说她经常来看他，问什么时候来，是不是带给我们认识一下，好几次他都说昨天来过，今天一大早走了。他总这样说，大家心里免不了疑惑，对这个主动追到小县城里来的女子充满好奇，甚至怀疑是不是他虚构的。

　　但是，这个女子一定真实存在，文匪有铁证——香烟。他烟瘾极大，每天抽两包以上，算起来是一笔不小的开支。他好像真不买烟，口袋里掏出一个铁盒子，里面装着散支香烟，说是女朋友带来的，烟厂生产线筛选下来的残次品，有点小毛病，不能包装起来出售，自己抽没问题。有次去他家，他拿出一个很大的塑料袋，里面装满了一支一支的散烟，说是女朋友刚刚送来的。我拿起来仔细看，烟卷确有轻微的残破，但完全可以抽。这个证据似乎足可以证明，他的确有一个在卷烟厂工作的女朋友。

　　有一天，文匪开始自己买烟，大家猜测是不是卷烟厂那边的货源出问题了，文匪说是的，他们分手了。他解释说，两个人在不同的地方，谈恋爱可以，到了谈婚论嫁的时候，具体问题很难解决，所以只好放手，接着轻描淡写地说："缘分这个东西，谁说得清楚，老天爷安排好的，散就散吧。"

其实，文匪并不像他表现出来的那样轻松和淡然。之后再交女朋友，他持一种可有可无的态度，甚至对姑娘也说得不是很明确，好像有点心灰意冷，很难说与这次失恋完全没有关系。这期间发生了一件事情，两个女孩子去找他，碰到了一起，凭着女人的敏感，意识到面前是自己的"情敌"，指责对方勾引自己的男人，竟拉开架势打了起来。有意思的是，两个姑娘都没有责怪文匪"脚踏两只船"。文匪努力劝阻，说你们有什么话好好讲，不要打架，更不要拿砖头砸人，打出个好歹来对大家都不好。听文匪说这件事情，我觉得有些搞笑，你老兄何德何能，居然惹得两个女人为你打架，还拿砖头砸。文匪说她们自己要打，拉都拉不住。我问他偏向哪一个女孩子，他说，手板手心都是肉，能偏向谁呢？

因为文匪打架的两个女孩，其中一个是我妹妹的同学，非常淳朴的姑娘，我觉得她应该可以成为一个好妻子。但是，文匪放弃了，说和小姑娘打交道太累，不如找一个成熟一些的，柴米油盐过日子，平平淡淡最好。他后来的这个女朋友年过四十，比他大好几岁，成熟女人善解人意的温良和宽厚，在她身上明显地呈现出来，让人感到温暖和可靠。男人没有不喜欢漂亮女人的。但是，生命中最重要的伴侣，在一起天长地久把日子过下去，女人宽厚淳朴的心地，柔软细腻的情感，无怨无悔的守望，不离不弃的依傍，比美丽的容颜更为重要。美到感人至深的东西，往往只能在心的范畴，好比干干净净的灵魂，不为尘世间的纷扰所污染，永远洁白无瑕，圣洁如一朵雪莲，静悄悄绽放在心灵深处。

文匪患病以后，他的女人悉心照顾他，成为他生命最后一段旅程的依靠。她做的一切无可挑剔。

六

一个多月以后，文匪还是走了。他以为过了三十六岁生日的那道坎，自己就有希望活下去，但奇迹最终没有出现。

清晨，电话铃声急切地响起，号码是文匪女朋友的。她的声音很平稳："他走了，刚刚……"我很多余地问了一句："前两天不是说好些了吗？"她说："其实不好，一直都不好，怎么可能好呢。只是他不让我给你说。"我赶紧从床上爬起来，开车去贵钢医院，我知道车开得再快也毫无意义，但还是开得很快。

文匪静静地躺着，看上去完全放松下来了。他确实也应该放松下来，不必再经受无休无止而又无望的折磨。

文匪女朋友告诉我，凌晨一点多，他胃底血管再次破裂，大口吐血。她要打电话叫救护车，他坚决不同意，说即使要去医院也等天亮了再去。她是护士，知道面临着什么样的情况，想到人已经到了最后时刻，就随他的意思吧。天亮后，文匪又坚持要去医院，他不想在家里离开，不愿意留下太多的痕迹。到了医院，医生说已经没有任何医疗干预的必要，没多久人就走了。

"昨天晚上怎么不给我打电话呢？如果及时送到医院，还有可能……"我遗憾地说。

"他不愿意。最近这段时间，他特别叮嘱我，如果你打电话问，就说他好多了。他知道你的性格，怕你又做些没必要做的事情。不过他很感谢你，让我转告你，如果那天不是你坚持，他过不了三十六岁生日……"女人的话令人肝肠寸断。

殡仪馆的车很快就到了。在灵车的后面尾随送葬的，只有我开的一辆车，我在殡仪馆门口买的一束菊花，是献给他的唯一的鲜花。等到他的哥哥和侄儿赶过来，我们把他送到火化车间，什么仪式都没有举行，他的女人嘶声地哭，我泪流满面，但强忍住不哭出声来。只有我们两个人以泪与他作别。

一个小时后，我的朋友文匪变成了一盒骨灰……

2020 年

○

晓
风
残
月

○

书斋杂事

　　喜欢读书无疑是个好习惯。在无书可读的年代，因为这个爱好，我比同龄的孩子多了一些烦恼。

　　儿时的记忆中，家里没有书房。父亲二十世纪六十年代初毕业于医学院，当年我们那个县城里上过大学的人并不多；母亲是小学教师，按说这个职业与书本不可能没有关系。但是，家里确实见不到几本书，一个很小的书架上放着《实用内科学》等父亲的专业书，以及母亲教书和我读书用的课本。学校的课程非常轻松，绝不像现在的孩子一样为功课所累，课外接触得到的书，不过《智取威虎山》《鸡毛信》一类的连环画，开始我还看得饶有趣味，长大一些之后，比如到了三四年级，这种读物便不大解渴了。有同学家里藏着一些书，关系处好了，可以悄悄借来看，《铁道游击队》《林海雪原》等大部头小说，我就是从同学那里借来读完的。

后来，一个偶然的发现让我惊喜不已。

我家的老房子有一层阁楼，可以从堂屋后面搭楼梯爬上去。大概是四五年级的暑假，有一天，父亲上班，母亲也出门了，奶奶提着篮子去买菜，剩我一个人在家。我突然对阁楼产生了兴趣，抬头望了一阵，后来竟鬼使神差地把简易楼梯搬过来搭好，爬了上去。阁楼上光线很暗，堆着乱七八糟的杂物，记得有废弃的柜子和凳子、犁田用的铧口、缺了一块板的水桶等等。随手一阵乱翻，打开一只木箱，里面装着很多书，再打开旁边一只木箱，也是书，积满了厚厚的灰尘。我呆呆地看着那些书，很像探险获得重大发现，心怦怦乱跳，犹豫了一下，动手翻看起来。

那两只大木箱里藏了一些什么样的书呢？巴金的《家》放在最上面，可惜被蠹虫啃得残缺不堪，根本无法翻阅；《曹禺剧作选》封面也被蠹坏了，内页还算完好，里面有《雷雨》《原野》《茶馆》等好几个剧本；《静静的顿河》《猎人笔记》《安娜·卡列尼娜》《珍妮姑娘》之类的世界名著，我听父亲和他的朋友聊天时提到过，他们说《猎人笔记》文笔特别清新。其中有一册《电影〈刘三姐〉歌曲全集》，彩印封面上是刘三姐戴着斗笠站在船上的剧照，之前听说刘三姐很漂亮，想不到真的非常漂亮。这本小册子引发了我学习简谱的热情，自己摸索着哼哼，把《刘三姐》的全部歌曲学会了。

我知道，这些书在当时是不能阅读的，不然父亲也不会把它们藏起来。但是，仅仅听说过甚至根本不曾听说过的那么多书，如今就在眼前，实在让人难以抗拒。我当然不敢把书拿下来，只好躲在阁楼里看。那个假期，昏暗的阁楼成了我人生的第一个"书斋"，一个人在家的时候，就搭着楼梯上楼，站在窗户边一页一页读下去。从带着雕花窗棂的窗口，正好可以看到屋前的庭院和巷子，家里人出现在巷口，我立即下楼是来得及的，所以一直没有被察觉。我就这样站着并盯着窗外，断断续续读了很多书。令人苦恼的是，我一个人在家的机会并不多，一些书读到关键章节，很可能接下来的几天都没法去阁楼上，常常心神不定，眼睛忍不住朝楼上看，又匆匆移开，唯恐露出马脚。

那个年代，父亲收藏这样的书，风险之大不言而喻。不敢说父亲多么有胆识，只能说书籍对读书人的诱惑之大超乎想象。古时候不是就有"雪夜闭门读禁书"的事情吗？中国禁书的历史源远流长，历朝历代经典案例层出不穷，其实没有哪一次是真正禁得住的。

上中学以后，无书可读的日子终于过去了，大量中外名著被重新排印出来，成为"重放的鲜花"，可以理直气壮地放在案头。不过，为了应付高考，我不敢由着性子去读自己感兴趣的书。等到考进海淀路上的那所大学，图书馆里数以百万计的藏书，凭一纸借书卡随便借阅，我真正体会到天马行空、百无禁忌的阅读乐趣。在图书馆借书一次不能超过五册，我经常把限额用满，周末抱一摞书躲进校园西边的小树林，天气好的时候还骑自行车去圆明园，坐在废墟间读书，不紧不慢又如饥似渴。记忆深处，那个年代的美好并不尽然与青春有关，有书可读，便很畅快……

读书很简单，买书和藏书就让人为难了，得看荷包里的银子答不答应。为买书而捉襟见肘，读书人抱怨起来，其实也有几分孜孜的喜气，毕竟好书在手如拥佳人，满足感实实在在，夫复何求。书是有灵魂的，需要用心安顿，哪怕是小小的一个房间也好，追求"静扫书房唯独坐"的宁静和悠然，对于读书人，是再惬意不过的事情。于是，他们做梦都想摆弄出一个属于自己的书斋，有条件自不必说，即使条件不那么好，也因陋就简地打各种主意。

我的第一个"书斋"，是在大学宿舍里倒腾出来的一个角落，两张上下铺架子床之间不足一平方米的空隙，用帘子挡住，里面放一张桌子和一个方凳，吃半个月素白菜省下十多块钱买盏台灯，便大功告成。大学宿舍晚上十点半准时熄灯，躲在这个角落里可以睡得晚一些，所以我知道北京市场上的蜡烛可以燃大约四个小时。我想，我的书斋一定是全世界最小的，在那张帘子的后面，孤独的烛光承载着一个学子青涩的梦想。大学毕业时，我粗略算了一下，四年间挣得的稿费，平摊到每个月有二十元之多。家里每月寄给我三十元生活费，差不多是母亲的全部工资，加上不时能收到稿费，在我们宿舍的同学当中，我渐渐成为"富人"。那些居然能"骗"到钱的幼稚的文稿，都是在小小的"书斋"里一字一句写下的。

大学毕业，我在一个单位安顿下来，开始过靠写字谋生的日子。单位最初分配的房子只有一间，反正我也没有几本书，卧室和书房在一起并不觉得局促。后来单位分了套两居室，我用一间屋子当书房，坐在里面翻一翻书，想一想心事，感到心满意足。叶灵凤说："没有新书充实和滋养的书斋是没有生命的。"而新书被不断印出来，包括旧书不断再版重新印出来，不知道什么时候我养成一种购书时倾囊而出不计后果的坏习惯，书斋倒是充满生命的活力，只是囊中常常羞涩。藏书日渐增多，书架永远不够用，书满屋子乱堆，等到有了三居室，我把最大的一间当成书房，铺了木地板，既可以在地上随便堆书，又可以席地而坐看书。有时候不知不觉睡着了，"日高窗下枕书眠"，至少看上去很像一个读书人。之前搬过四次家，房子越来越宽敞，最大的那间一定是用作书斋的。结婚时布置新房，"洞房"只有十来个平方米，勉强摆得进一张双人床。也想过用面积最大、采光最好的房间作书斋，一看满壁的书，工程量太大，只好作罢。

一个人过日子，自己说了算，想怎么安排就这么安排。结婚以后就不自在了，凡事得与妻子商量。最近一次搬家，五室两厅的房子超过两百平方米，我主动承担装修重任，提出把最大的两间打通来做书房，妻子竟没有反对，令人喜出望外。不过，这个任性行为造成了极为严重的后果，余下的每间屋子都很局促，摆了床之后，床头柜只能放下一个，衣柜也只能买最小的，住着并不显得宽敞。而那两间打通的大房间，除了门和窗户的位置，所有墙面全部装上书柜，从地板直抵天花板，放在高处的书需要搭着梯子才拿得到。即便如此，书柜也渐渐不够用了，后来又在屋子中间加两排书架，像图书馆的书库。

但是，书房有限的改造永远跟不上需要，各种各样的书源源不断地涌进来，堆在书桌、窗台和地板上，久久找不到安身的位置，看上去很委屈的样子。我挑出一批不经常读的书送到父母那里，把同样从地板到天花板的书柜填满，又挑出一批送到岳父岳母家，把那里整面墙的书柜也一一填满了。接着，我极力征得妻子同意，在卧室的墙上开辟出新的空间，阳台也装了一个又高又大的书架。往后买的书该往哪里放，已经成为一个难题。我想过改造客厅，比照书房的格局，所有墙面装上书柜，至少一段时间内可以解决问题，但不确定妻子是否答应，没敢说出口。

我见过的书斋，一位大学同窗的"厕所书房"最为特别。他毕业后去了四川，结婚时单位分配两间房子，孩子一出生，住着就明显拥挤了。那种老式楼房带着连廊，每层楼一个公共厕所，设在楼梯拐角处。后来旧楼改造，每家每户新增了卫生间，公共厕所废弃不用，我同学不动声色占了去，搬掉便池，填埋蹲坑，堵死下水道，摆弄出一间足足三个平方米的书房来。有一年夏天去成都出差，顺便拜访老同学，相叙于他的"厕所书房"，感觉怪怪的……

2005 年

陋室听雨

    家里未备雨具，若非万不得已，遇到雨天，我通常足不出户。世界如此广阔，而我偏偏栖身于多雨的贵阳，一定有不可知的因缘。都说贵州"天无三日晴"，其实名不副实，不过雨水相对多一些。如果久不下雨，我反倒坐卧不安，不是担心旱魃为虐，只觉得少了某种趣味。

    我庆幸贵阳多雨，也就在那么一点点趣味上。听雨点整夜叩响窗户的玻璃，或者撩起窗幔，看雨帘如何自在地挂在檐角，雨网怎样罩住院子里溢翠的花园，这种时刻，一些玄想便不知不觉浮上心头。你觉得自己并不在都市的喧嚣之中，仿佛蜗居于僻静的江村小屋，敲檐击茅的雨声完完全全是属于自己的，是你获得的一份不可说不能求的赐予。一杯清茶冲淡了红尘烟云，喜怒荣辱原本都值不得系心。不是说境由心造吗？既然心造出如此之境，人就不大会有太多妄念。当然，江村小屋是没有的，清茶一杯倒总在案头，饮茶也不为止渴，品一丝苦涩的快意而已。雨沙沙地淋过来，又潇潇地洒过去，天地万物尚没有一只遮风避雨的大斗笠，而自己毕竟在一片屋檐下，还有什么是比这更好的？除此之外，我们还需要什么呢？

于是，下雨的时候，我便整日躲在屋子里，任书桌横在面前，乃至高高坐在取书用的梯子的顶端，或者斜躺在地毯上，心思散漫地翻一点闲书，任谁来敲门都不肯去开，倦了便睡一会，几时醒也无所谓了。

什么书算闲书呢？我想应该是可读可不读，读了未必有益当然也无害，读到一半放下就忘记的那种吧。那么，我壁间林林总总的藏书，大约很少有闲得过知堂的，一卷在手，看他左右逢源吊书袋子，谈龙谈虎，苦竹苦茶，意味无穷，说的却又都是寻常的事情。记得《雨中的书》里有一篇《苦雨》，短短千余字，一再说雨天的光阴像跑了气的烧酒，那烧酒是什么味道呢？先生为文远淡，沉郁内敛，惯于以温和的笔法渲染寂寞，在无常的哀感中追求一种美感，字句间透出淡淡的愁绪。有人说，知堂的文字带着东洋文化"物哀"的情调，这大约是因了他留学东瀛的经历。其实，所谓"物哀"，不过触景生情或真情流露，如海棠依旧和晓风残月，容易撩起人的哀愁，中国文人早已经击节感叹过了。玩味寂寞正是为了排遣寂寞，尽自己所能去消解闲适背后隐藏着的人生苦趣，这种境界可以意会，实难言传。先生一生风云变幻，特别是在那段特殊时期里的是是非非，一直为人们津津乐道，我看到的，无非读书人的软弱和无奈，便是他自己也无可奈何。到后来，他只好躲进那个叫"苦雨斋"的书屋，品味窗外风雨和杯中清茶的苦涩，写一些可有可无的文字。对于他来说，凄风苦雨的世界里走一遭，最后终于离去，一切恩怨是非也都带走了，谁知道他去了什么地方……

就读书的兴趣而言，我还喜欢翻翻《随园食单》《围炉夜话》和《小窗幽记》之类，有时候也看一看沈从文谈古代服饰，梁实秋侃天下美食，以及南怀瑾说周易智慧等等，总之是什么好玩读什么。细细寻思，自己这种心态，确实不大像一个二十多岁的年轻人。只是我从来不去琢磨什么像，什么不像，该怎样以及不该怎样。凡事非弄个水落石出不可，人就活得太累。

大千世界，众生万象，想把自己遇到的事情弄个水落石出的人，可能不在少数。有一次，一位聪明伶俐的女孩子来找我，说一到雨天心情就不好，这正好与我相反，我一到雨天心情就非常好。她听说有一个测算人情绪周期值的公式，想要算一回，问我懂不懂，还说那玩意是很科学的。我告诉她，我不懂，真的不懂，不敢妄言。表示歉意之后，我甚至没敢问如此高妙的公式究竟是什么。不知道也罢，反正无论遇到多么复杂的事情，我也断不会想到要去推算一点什么。

世间万物皆有因缘，该来的终归要如期而至，该走的也不会多停留片刻，我一向认为，心无执念恰恰是最为积极的态度。但是，不得不承认，事情具体了，人就难免糊涂。想是性情的缘故，加上深居简出的生活习惯，喜欢一个人，在我并不是容易的事。不知不觉居然有些喜欢一个姑娘，雨夜长谈之后便添了一份牵系。

有一天她打电话说想来找我聊聊天，我就老老实实坐着等，黄昏时分下起小雨，一直留意窗外梧桐树荫翳的街道，伞下婷婷走来的都不是她。既已约定，刀山火海不敢说值得去闯，风雨无阻总不该多么为难吧。等得实在无聊，书房里乱翻一气，一本书拿到手上，好几页翻过去了，却完全不知道上面说的什么。后来翻出《苦雨》，终于读出跑了气的烧酒的味道。于是打开一瓶酒，特意倒出来敞敞气，过了好一阵才试着去喝，也没觉得多么不堪，多喝几杯人照样微醺。那么可以说，我和知堂翁的心境到底还是不一样。雨停的时候，天已经快亮了，推开窗户，晨风带着浅浅的凉意透进屋来，让人觉得清爽了很多。从那以后，不管什么事情，我都不再苦苦地等待，好比一场雨，要下就下，不下就不下，为什么要等呢？

在贵阳，雨天可以赖在家里不出门，人在旅途就不自在了。去年夏天与同事周晓农一起出差，自思南县沿乌江乘船而下，一路上尽遇雨。那天船下龚滩，一阵细雨飘洒下来，两岸绝壁罩进雨网，险峻中透出几分安详。轮船上固然没有知堂笔下乌篷船里听雨点击篷的韵味，但是，晓农兄的几句话，使乌江上的这一场雨有了特别的温度。这个平时做事一向理性的男人，此刻却不愿意进船舱避雨，久久倚在船舷边，吟一句"山色空蒙雨亦奇"，眼眶竟有些湿润。他有点不好意思，笑了笑，说出门已经一个多月，突然想家了，而且想起了平日里妻子几乎从不间断的唠叨，觉得也没那么讨厌。一个女人，如果能让男人因为想你而眼含泪光，那么不用说，你在他心里一定是"淡妆浓抹总相宜"的。

　　年年岁岁，我们难免行走在风雨之中，雨水打在身上，是不是能够惹起一些湿湿的思绪来？有时候，你心里并不是空无一物的，却又总觉得缺了一点什么。就像某一个雨天，你躲在屋子里听雨声淅淅沥沥地诉说，闲固然很闲，静似乎也静，而闲与静的背后分明藏着一份茕独，四下看一看，小小陋室足够遮风挡雨，但空空荡荡的感觉引人心悸。我突然明白，如果没有女主人，再舒适的地方都不能算家。今后，哪一位姑娘会朝我走来，让我因为想她而在雨中幸福地流泪呢？

1990 年

借　钱

大学毕业参加工作，我一开始住单身宿舍，几年后分了一套两居室，之后又调整为三室一厅双卫的房子，大约八九十平方米，对一个单身汉来说，算相当奢侈了。但是，房改政策也紧跟着公布出来，过去住的是公房，每月几块钱房租，现在房子得自己掏钱买下来。我每月薪水有限，手还比较散，应付着过日子已经很不容易，积蓄是一个子也没有的。第一轮房改政策非常优惠，计算下来，房价大约六万多元，土地收益还要交六万多元。我想，即使把自己卖掉，也值不了那么多钱。缴纳购房款的通知书上说得很清楚，只要不把房子卖出去，土地收益可以缓交，但购房款是不能拖的。

房改以后，公房是再也没有了，房子必须买，不然住哪里呢？那么，唯一的办法就是借钱。

我们这一代人赶上了改革开放的好时候，参加工作几年之后，除了基本工资，每月还有点奖金，按说不应该多么拮据。问题出在自己身上，年轻人有的坏习惯我差不多都有，比如抽烟喝酒，还谈着似是而非的恋爱，女孩子面前总不能太小气。好在当年谈恋爱"便宜"，也就看看电影，逛逛公园，最多吃碗牛肉粉、肠旺面什么的。最主要的问题是我喜欢买书，大笔开支一般都发生在书店，那可是个无底洞，某一次自制力稍差，便陷入连一日三餐也难以为继的尴尬。单位食堂的欠债可以等下个月发工资再扣，去街头小卖部里买一包烟，老板可不赊账，所以经常需要借钱度日。

买房之前，我只找一个人借钱。她是本单位的一个老大姐，负责管理资料室，每过一段时间处理废旧报纸，收入一笔一笔登记清楚，锁在保险柜里，年底职工会餐时买一些瓜子花生。我知道老大姐那里有这笔钱，实在揭不开锅了就去找她，写一个借条，借上十块或者二十块钱。一年到头，这样的情况还真不少。买房需要的钱可不是这个数量级的，去哪里借呢？挖空心思梳理人脉关系，本单位的同事也一定正在为这事发愁，就不用指望了。父母那里万万不能开口，他们只有微薄的工资，帮不上忙不说，还平添许多担忧。想来想去，有几个朋友经营着不错的生意，要不试试看？

先想到一个人，他开着一家相当规模的酒楼，却经常跑到我家里来蹭饭。有一天他过来喝酒聊天，我细细说明情况，还没敢指望全部从他那里借："你看借一万行不？年底还你。"他迟疑了一下，爽快地说："这算多大个事，没问题。一万够吗？不够你说话。明天我准备好，到时候电话联系，你过来取，或者我给

217

你送过来，都行！"起身告辞之际，他叮嘱我第二天打他的电话，还问我记不记得他"大哥大"的号码，诚恳得叫人感动。那时候，"大哥大"是一个人身份和财富的象征。

第二天，我不想表现得太急切，下午才拨他的电话，一开始嘟嘟响几声就变成了忙音，后来干脆连嘟嘟几声都不响了，直接忙音，此前他的电话是一拨就通的。那天之后，他也不再晃晃悠悠来我这里聊天喝酒了。后来我才知道，新款"大哥大"可以显示来电号码，以便选择是否接听。我感觉吃了一只苍蝇似的，不是因为没有借到钱，而是我压根就不明白别人的意思。

另外一个老兄，经常半夜三更来敲我的门，拉我去一个叫"刘半夜"的小店吃夜宵。他经营着铝矾土矿，脖子上挂了条手指头一般粗的金项链。我并没有想过找他借钱，他主动问起，说眼下各个单位都在房改，你们是否也要搞，我说是的，他问我钱够不够，我说还在想办法，他又问："差多少？"我想了想，试着说："你要是方便就借我一万吧。不过，先说清楚，年底发了奖金才能还你。"他满口答应，还开玩笑地学着广东话的腔调："小小意思啦，毛毛雨啦。"第二天，他还真叫人送来一个信封，不是一万，而是两千。来人转达他的意思，说最近手上资金比较紧，暂时只能匀出两千，不过这两千不用还。我对来人说房款已经筹齐了，请他把钱带回去，并一定表达我的谢意，随手关掉了房门。

为了居有定所，我终于感受到了借钱的尴尬，那是一种什么样的滋味，我说不清楚。我完全理解，他们一定有自己的道理，而且他们的道理一定是无可厚非的。但是很显然，必须要想一想，我这么一个穷书生，和腰缠万贯的老板之间究竟隔着一些什么，这中间的奥秘我是不可能懂得的。从那以后，我基本不和生意人打交道。

房子还是买了。没有想到，借钱给我的那些人，亲戚和同学以及了解我境况的同事，都是主动找上门来的，知道我束手无策，有的甚至问也没问就把钱送过来了。他们全部是穷人，说只有这么多了，就真的只有这么多了，似乎还为自己能力有限而惭愧，特别表示不用急着还钱，什么时候有了再说。如期付清房款，我幸好没有沦落到无家可归的地步，人的心境却没有随之开朗起来。想到苦苦劳作十余年，自以为不曾懈怠并小有成就，却被房改弄得如此窘迫，心里萌生出无法言传的感伤，五味杂陈……

最难堪的还不是借钱，而是还债。以我当时的收入，工资奖金稿费全部算上，要还清债务，不吃不喝也需要三年时间。三年不吃一口饭、不喝一口水，是不是活得下来，我不确定。有人说欠债的是祖宗，讨债的是孙子，我知道借给我钱的人一定不会上门来讨债，但是，在我心目中，他们都是祖宗。年底发了奖金，我整日在心里捉摸还债计划，谁的家境差一些，谁可能有急用，应该先还谁，实在困扰人。这期间，没有人催促过我，是我自己总想着所欠的债务，看见任何一个债主都觉得像咸亨酒店的掌柜，孔乙己欠十九个铜板，掌柜的记得清清楚楚。其实，我和孔兄的境况相差无几，口袋里的银子和盘子里的茴香豆一样，"多乎哉，不多也"。于是想起茴香豆的"茴"字有四种写法，孔兄是读书人，四种写法都会，又能怎么样呢？

不敢说自己算读书人，但确乎干着"爬格子"挣钱的活路，别的事情不会做，也不能去做，那就多爬几个格子，尽量把"不多了"的茴香豆积攒起来。日子怎么过都是过，衣服能御寒遮体就可以了；哪天想喝一点酒，最廉价的苞谷烧一样醉人；烟戒不掉，从两三块钱一包的降到一块钱以下，也不影响吞云吐雾；至于一日三餐，在国泰民安的今天，填饱肚子绝非难事。我知道，还清债务之前，书斋是无法充实和滋养了，哪怕遇到价格再低廉的旧书，也坚决不买。

严格说来，我并不真正贫穷，只是不够富裕而已。如果不是遇到房改，我可能至今也不懂得财富的意义。鲁迅说"无聊才读书"，这话倒过来，"读书才无聊"也许更符合当下的实际。识时务者早看透了坐拥书城的无聊和无趣，接二连三"扑通扑通"跳下海去，"清早船儿去撒网，晚上回来鱼满舱"的满足感，一定比装模作样做学问强得多。大学时有同学抱定"学而优则仕"的大志向，听说不久就华丽转身，办起了装修公司。我身边好几个似乎功成名就的文化人，弃笔从商办书店、开餐馆乃至养猪养牛，旧时称为"仵作"和"庖丁"一类的营生也干，能挣钱就行。有的还真发达起来，遇到老朋友，派头也和从前大不一样，很像当年从城上回到未庄的那个人，将旧绸裙九角钱一条卖给邹七嫂和赵司晨的母亲，挣了现钱，"穿的是新夹袄……满把是银的和铜的"。我也捉摸过是不是应该多挣点钱，想来想去，就算把旧绸裙九角钱一条卖出去的本事，自己也是不具备的，那么，欠着的"十九个铜板"只能慢慢还了。

　　还有一种人，不屑亲自去干拨弄算盘的事情，但同样及时放下书卷，朝另外一条更加光明的大道奔去。有一位同窗，曾在家乡的中学教书，不想命带官运，当上了县里某局的副局长，言谈举止便很有副科级的架势，乘坐局里的北京吉普从街上过，头要伸到车窗外，微笑着一路向熟人挥手。偶遇旧时同事，副局长语重心长地问："最近怎么样啊？还在吃粉笔灰吗？"当老师难免"吃粉笔灰"，在副局长眼里，这自然是混得很差的。后来副局长当了正局长，名字经常出现在县报上，遇到"还在吃粉笔灰"的同事，连招呼都不打了。

　　在当今这个大潮汹涌的时代，潮起潮落之间，我知道自己已经沦为穷人。从另外一个角度看，如果还有什么可以聊以自慰的，那就是我将一直是一个穷人。不得不承认，穷人的难处很多，固守一点骨气和志气是多么不容易。

　　叮嘱我第二天"电话联系"的那位老兄，一个多月后重新出现在我家里，脸上带着同样的笑容，堂而皇之地坐下来喝酒，还嚷嚷着要我拿好一点的酒出来喝，仿佛当时的事情根本就没有发生过。"最近手上资金比较紧"的那位老兄也来过，他的记忆力好一些，说那几天确实"比较紧"，现在缓过来了，借一万两万都没问题，问我是不是还需要。当然，我肯定不需要了。坦率地说，时至今日，我也不认为他们有什么对不起我的地方。因为借钱而找他们开过口，我觉得非常对不起自己。

1995 年

闲说家居

有时候我真的很懒，早晨懒得起床，晚上懒得睡觉，睡前懒得洗脚，懒得换衣服、洗衣服，甚至懒得做饭，也懒得吃饭，平时懒得出门，也懒得谈恋爱，更懒得结婚，如果不是担心衣食无着，我还可能懒得去上班。所以，我常常是一副衣冠不整、没精打采的模样，对什么事情都提不起兴趣来。转眼二十八岁了，男人的坏习惯我身上一样不少，好习惯却不大容易找得出来，也难怪至今孑然一身，成家立业都不敢奢望。哪个女孩子肯嫁给这样一个男人呢？

我的职业不用坐班，这是个天大的好事。凭着一点小聪明，完成工作任务不在话下，一不小心还能做得比较出色，单位的领导也不好说什么。余下的时间，我大多闲在家里。所谓"家"，也不过是一个遮风避雨的地方。好在没有谁规定一个人就不能算作"家"，户口本"户主"一栏不是赫然写着我的名字？虽然"以下空白"，但这又有什么要紧呢？

不过，我的这个"家"连基本家具都不齐备，显得空空荡荡。电视机、电冰箱之类可以没有，卧榻可以是单位配发的单人床，脏衣服也可以堆在某个角落里，等到不洗就无衣服可换，才随便搓洗一下，洗衣机就不一定买了……身外之物可有可无，对一份平安和宁静的生活知足，则是心的造化。圣人说"心正而后身修"，我理解"心正"包括"不以物喜，不以己悲"的境界。"身修而后家齐"需要条件，一个人无论如何也"齐"不到哪里去，除非有一个姑娘愿意和我凑在一起过日子，到了那个时候再考虑"齐家"的事，也不算晚。圣人接着说的"家齐而后"如何如何的那几句话，是大事情，我不用操心，自然有人会殚精竭虑地操劳，这个世界从来不缺少志存高远者。

既然懒得出门，家居生活中的寂寞，得当成一种趣味来对待。我说的寂寞是人与生俱来的孤独感。前人说过，只有野兽才能够忍受孤独，男人的命里未必一定有妻室儿女，但不能没有朋友。寒舍里三朋两友坐下来品茗聊天，茶淡了换一杯，也可以直接换成烈酒，投机的话题越谈兴致越浓。我的客厅很大，中间摆着一张捡来的旧茶几，沙发数量特别多，分几次买了十多个，不同颜色不同款式，看上去不协调，坐着却舒适。朋友们戏说可以坐下一个班，凑合着挤一挤，一个排也勉强塞得下。这也算是对朋友的一种慷慨吧。

客厅里更不协调的是一架钢琴。我觉得那玩意声音响亮，也比较好听，便中了邪似的想学。小时候没有机会学，连见都没见过，等到上班挣钱了，去琴行里看，发现即使最便宜的钢琴，价格之高也不是我那点工资可以承受的。一个朋友看穿了我的心思，主动借给我一笔专款，开玩笑说仅限于买琴，但不限还债时间，于是大着胆子买了一架。不能说一时冲动，但后果还是相当严重，我用了两年时间才还清那笔债务。不过，这架钢琴给朋友们带来了很多乐趣，煮酒谈天到兴高采烈，弹起琴来唱起歌，"我骑着马儿翻山坡……唱不尽美好的新生活……"其乐融融不在话下。

事实上，学钢琴无非附庸风雅，我到现在也只是弹得响。在大学艺术系上学的一个兄弟教过我几天，后来不教了，因为他每次来我家里，总把喝酒当成最重要的事情，上钢琴课耽误喝酒，那就先喝酒，然后再学行不行？等到喝完酒，往往教的人无法教，学的人也无法学了。从长远看，这架琴也不是完全没有正经用处，万一今后我的孩子能成为钢琴家呢？作为父亲，我早早为她营造这样的环境和氛围，不是很好吗？没错，是"她"——我愉快地设想过，如果今生一定有孩子的话，绝对是一个美丽善良、聪慧娴静的女儿，想象她坐在钢琴前面的样子，那是多么的典雅高贵啊！而我自己，是上大学以后，才在学校文工团的排练厅里看见钢琴何等模样。

严格说来，客厅是朋友们的。书房算自己的，也算朋友的，但只有一部分朋友可以进书房。我的家政投资主要用在书房里了，可谓下了血本，且不说藏书是我工作八年来最主要的积蓄，仅仅四壁的书柜和屋子中间的书桌，花费之巨大，对于靠"爬格子"挣工资的我而言，堪称天文数字。我知道自己这一生与更多享乐无缘，大量光阴得打发在书房里，投入就尽量大方一些。书房如大家闺秀，天生丽质最好，可以略施粉黛，但不能浓妆艳抹。我选了梓木做书柜和书桌，配深灰色地毯，灯罩是庄稼人犁田时戴的竹编斗笠，浑然天成的氛围让人心静。"静扫书房唯独坐"直到东方欲晓，透过窗户看淡淡晨曦，所以懒得洗脚也懒得睡觉；困了、倦了枕书而眠，连梦也出奇的恬淡，就懒得醒来；即便醒来，在这样的屋子里待着，常常懒得出门，甚至懒得做饭，懒得吃饭，除非饿得招架不住……

还应该说一说厨房，多数时候，那个空间处于闲置状态。我其实是可以做一手好菜的，如果有朋友提前说要来家里吃饭，用心折腾一阵子，绝不会让人失望。朋友们在家里漏夜闲聊，半夜三更喊饿，只要厨房里有食材，我就会摆开架势炒菜做饭，天亮时该醉的醉了，倒头便睡。不过，我平日不大进厨房，费半天劲做出来，一个人吃不了多少，实在提不起兴致。

家里真正属于自己的地方是卧室。我的卧室里没有任何隐私，陈设也最简单，一张单人床，一只床头柜，一盏最廉价的台灯，方便睡前读几页闲书。我始终认为，人一旦入睡了，再豪华的卧室也无疑处于浪费状态。

1995 年

2020 年补记

整理多年前写下的文字，我比较偏爱这一篇。那时候，我的确非常懒惰，日子过得稀里糊涂，竟然把这些事情写下来，还送到省报的文艺副刊去发表，当时的想法已经记不起来了。

稿子刊发不久，编辑部转给我一封读者来信，是一个姑娘写来的。那个年代的人还看报纸，但是，副刊上这种东拉西扯、无病呻吟的东西也有人认真看，则出乎我的意料。姑娘自称是一所中学的老师，觉得我写的事情比较有趣，很想知道我是不是真的不洗脚就睡觉，说在女孩子眼里，这是不可想象的。她还在信里说："钢琴前那个美丽聪慧的姑娘，为什么只能是你的女儿呢？"是啊，为什么只能是自己的女儿，而不是别的女人呢？可我的确只想象过自己女儿坐在钢琴前的样子，不曾想象过别的女人。所以，我没有给她回信。

戏说孔方

世上最受欢迎的一位仁兄，舍孔方其谁？

中华文化源远流长，有记载以来的历史之开卷，孔方兄就端坐在它的宝座上，其地位岂止重要。那时的钱叫"泉"，取流通周遍之意。朱骏声《说文通训定声·乾部》云："古者货贝而为宝龟，周太公立九府圜法，乃有泉；至秦废贝行钱。"钱原本是一种农具，古时候可以用作交易，最早的货币也是仿其形状铸造的。大约因为钱财的身价越来越高，需要弄得更体面些，圆溜溜带方孔的铜钱便出现了，"孔方兄"的雅号就此得名。

几千年来，钱的模样不断变幻，越变越漂亮。一文钱就是一个铜板，用绳子穿成串子，一千文为一贯，价值并不是很高，但看上去一大堆。金元宝像一只船，光灿灿圆润华丽，怀里揣着这么个玩意，走遍天涯海角，腰板都硬得起来。后来有了白花花的银圆，浮雕花纹十分精致，因为最早是舶来品，又叫"洋钱"或"光洋""大洋"。金条和金砖更实在，只是价值太大，不方便流通，寻常人家也不可能有如此的家底。欧洲还流行过金币，纯金铸成的硬币，比大洋稍小，这种钱流入中国比较少。国内很多年看不到外国钱，如今卷土重来，花花绿绿的美钞、英镑、马克、法郎、加元、澳币等等，其魅力之大，比起当年的"大洋"也丝毫不输。

关于钱的故事，古往今来正史野史记载颇丰，或者说，大多数的故事里面都少不了钱。留仙老翁一部《聊斋》满篇鬼话，而鬼也是要用钱的，否则清明月半烧纸钱干什么？《红楼梦》借一块补天的弃石诘问"开辟鸿蒙，谁为情种"，儿女私情是主线，有关打理钱财的描述一样精彩。比如凤辣子抱怨一大个家"大有大的难处"；事情的另一面，《好了歌》又一语道破天机："世人都晓神仙好，只有金银忘不了！终朝只恨聚无多，及到多时眼闭了。"钱还是最了不起的魔术师，在迅哥儿笔下，就算不配姓赵的阿Q，穿着新夹袄从城里回到未庄，满把是银的和铜的，往柜台前一站说："现钱，打酒来！"从掌柜的到堂倌和酒客，便自然显出一种恭敬的神态来，连赵太爷也不敢小瞧他，只是说"那很好，那很好的……"一般来说，人的价值与口袋里钞票的数额成正比，不好说这算不算真理，但这是事实。

在洋人的故事里，钱的分量同样很重。《哈姆雷特》里有这样一段情节，波洛涅斯告诫即将远行的儿子："不要向人借钱，也不要借钱给别人，因为债款放了出去，往往丢了本钱，还失去了朋友；而向人借钱，容易养成因循懒得的习惯……"这一番话里面的道理，今天看来也是颠扑不破的。把钱的故事写得入木三分的洋人，还有巴尔扎克和马克·吐温，他们塑造的人物中，欧也妮·葛朗台几乎就是守财奴的代名词，而亨利·亚当的经历告诉人们，即使在文明社会，而且越是在文明社会，人是一钱不值的，值钱的是钱。

中国的君子自称是不言利的，仔细想想，其实非常可疑。《白头吟》里说"男儿意气重，何用钱刀为"，意气固然很重要，"不以物喜，不以己悲"确乎是一种境界。但是，"岁寒伴我夜读书"也好，"雪夜闭门读禁书"也罢，岁寒而衣不蔽体，雪夜而食不果腹，只怕书是没法读下去的。就算十年寒窗学富五车，你有了足以"货与帝王家"的济世之才，踌躇满志进京赶考，如果口袋里不塞满银子，怎么走得过漫漫长路上的长亭和短亭？不知道武陵深处的桃花源里是否需要花钱，但是你到哪里去寻"不知有汉，无论魏晋"的地方呢？即便寻到了，与繁华纷纭的大千世界相比，也未必在"鸡犬之声相闻，老死不相往来"的环境里待得住。

我自认为是知足常乐妄念不多的，如今也不得不承认，这辈子虽然不至于为钱所累，为钱所困是无疑了。在市场经济大潮汹涌澎湃的年代，靠肚子里的半瓶墨水辛辛苦苦"爬格子"养家糊口，你不贫穷谁贫穷？说来贻笑大方，工作十年，工资每月花得精光，我至今没有见过银行的存折是何等模样。好在一个人吃饱了全家不饿，只是进书店必须限制在每周一次，不然后果不可想象。每次出门时，备足了公共汽车的车票钱，心里就比较踏实，起码不至于回不了家。却原来，真正的有钱人口袋里并不需要带钱，听说有一种什么卡片，即便在灯红酒绿的大酒楼里一掷千金，拿出来刷一下就可以了。在我们这个并不太富裕的国度，这些人为什么如此有钱，或者他们花的都是谁的钱，我辈当然是不甚了然的。

为钱所困的我明白，钱是好东西；不为钱所累的我懂得，钱又不一定是好东西。"钱刀"的出处本是一种钱被铸成刀的形状，巧合的是，钱有时候真是一把刀。"人为财死，鸟为食亡"说的"财"未必都指不义之财，不管什么"财"，只要数额足够大，就可能招惹杀身之祸。"人无横财不富"之"横财"更为凶险，为获取这样的"财"，人头落地的事情屡见不鲜。胡子啸聚山林，拦路行劫、杀人越货的勾当令人愤慨，但为匪常常有为匪的缘由，刀尖上舔血求生存，是拿自己的性命换钱。贪官污吏榨取民脂民膏，置民生倒悬乃至饿殍载道于不顾，其心可诛，杀这种人，百姓称快，纲纪见振。少陵野老自京赴奉先县途中，看到"朱门酒肉臭，路有冻死骨"之惨状，没钱而饿死冻死的，死于钱；大清钮祜禄氏善保大人权倾一时，贪腐所得比国库里的银子还多，终于被万岁爷赐死，死于钱；家财万贯而遭人算计，以至于身家性命不保，也死于钱……你说钱是不是刀？

国泰民安的今天与过去大不一样，勤劳致富成为社会时尚，但是"钱刀"之利刃也未见其日钝，好像更锋利了。股市里一只神秘的手翻云覆雨，听说有人从高楼顶上一跃而下，他的股票第二天就一路飘红，上涨的额度足以让死鬼成为大富翁，这绝不是沉得住气和沉不住气的问题，人的运势如此，天诛者也，非钱之过也。"钱刀"还是一把手术刀，能精准切除一些人大脑里主导情感的脑组织。因为钱财，多年的朋友反目成仇，至亲至爱对簿公堂，不闹出人命来已经算和风细雨，见钱眼开、见利忘义的"人间喜剧"几乎天天都在上演，从来不缺少角色。我认识一个人，倒腾生意发了点财，抽最好的烟，喝最好的酒，他也认为价格其实并不贵。但是，新婚妻子的婚纱需要她花自己的钱买，夫妻同在一个屋檐下过日子，晚上躺在同一张床上，钱财却各自支配，日常生活的账也算得清清楚楚。我想，贫贱夫妻的恩爱和相依为命的幸福，这样的人一定是感受不到的。

夫子说"君子爱财，取之有道"，这个"有道"是什么意思？《荀子·荣辱》做了阐释："先义而后利者荣，先利而后义者辱。"那么就是说，"有道"是指有原则，"不义之财"不可取，否则有违君子的节操。在物欲横流、人心不古的年代，把"取之有道"理解为有取财的"门道"，则更接近现实。"先义而后利"是圣人关心的事情，圣人的教诲当然没什么不对，对凡人而言，想方设法把钱装进自己口袋，则更没有什么不对，只要关乎金钱，就无所谓底线了，或者说金钱本身就是底线。"君子固穷"、安贫乐道在今天已经不合时宜，人们一心"固富"，追求和守护财富，却是不遗余力的。而一旦有了足够数量的财富，阿猫阿狗便一个个俨然君子，围在他们身边的人也坚信他们是君子，甚至只有他们才是真正的君子，处处彰显出高风亮节，举手投足均代表着人伦雅范，令人钦慕。

不知从什么时候开始，在城市的某一些角落，甚至一些冠冕堂皇的地方，灯红酒绿夜夜笙歌里的蹊跷已经成为不是秘密的秘密。"君子"们穿着新夹袄从城里回到未庄,"满把银的铜的"往柜台前一站:"现钱,打酒来!"大把现钱在手上,可以买到的当然不止美酒,有需求便有供给,这是市场规律,谁也奈何不得。这之中,最可恨的一句话是"笑贫不笑娼"。贫穷也许很可怕,但真的很可笑吗?这个世界上,因为金钱放弃底线的事情很多,这一件事情尤其令人愤慨,但是,除了扼腕叹息,又能怎样呢?

————

1995 年

闭门说车

人要生活下去，需要操心的事情很多，不过，归纳起来也不是多么复杂，无非"衣食住行"。吃饭是第一大事，孟子说"一箪食，一豆羹，得之则生，弗得则死"，吃饱了饭才有力气顾及其余。第二是"衣"，御寒遮体不仅关乎体面，数九寒天没有衣服穿，谁也熬不过去。至于"住"，茅草屋和金碧辉煌的宫殿一样遮风挡雨，广厦千间，夜眠只需六尺，无论金窝、银窝还是草窝，都是自己的家。"行"的讲究也很多，下面细说。

中国人很看重"行"，既有礼数的要求，又有现实考量。帝王家的事情不去说，旧时达官贵人出行，按等级坐轿子，八抬大轿最为威风，随从前呼后拥，仪仗牌上清清楚楚写着"肃静"和"回避"，闲杂人等一律不得靠近。小康门户不敢造次，又不愿意受跋涉之苦，通常自备滑竿，就是简易的轿子。坐在轿子里的人和抬着轿子的人，他们都在行走，方式不同，方向却是一致的。

怀才不遇的骚人墨客无所事事，每每寄情山水田园，游历天下名山大川，一路走过去，所谓徒步考察，有谢公的木屐作证。轿夫纤夫者流一双脚板走天下，"行"是谋生的手段，为了衣食，也为了有半爿茅屋可以居住，脚下长长的路一辈子也走不完。我从事的这个职业也需要以"行"为生计，说流浪四方也许不很准确，一年四季总在路上颠簸，却是事实。

所幸的是，当下做记者，"行"得固然辛苦，但多数时候有车辆代步。经常搭乘不同牌子、不同格局、不同尺寸，价格当然也相去甚远的车辆，天长日久，我对车的研究似已胜于"行"本身。

车是为"行"发明出来的，但是，车又常常喧宾夺主地站到前台来，证明自己的地位，正如旧时谁应该坐几抬轿子，礼数万万不可以乱。没有人规定记者应该坐几抬轿子，所以我坐过高官的官车，富豪的豪车，更多的时候坐"咣当咣当"爬行的火车，以及遍体鳞伤的长途客运汽车。我还不止一次坐过"突突"喘气的拖拉机，以及挂着铃铛的马车和慢得不能再慢的牛车，乡间采访无车可乘，徒步走到步履蹒跚的时候，遇到任何可以搭载的交通工具，都觉得非常庆幸。不好说哪一种车更好，快有快的长处，慢有慢的趣味。比如，坐在马车和牛车上往前去，视野最为开阔，近处的田园和远处的山峦慢悠悠打着转，一片油菜花殷勤地迎过来，半弯小溪又依依不舍退到远处，这样的时刻，你何苦要走得那么快呢？飞机倒是快，我喜欢"空中客车"，座位相对宽敞，但那玩意一上天，心就一直悬着，不到万不得已，还是尽量不飞为好。

中国的车，用作交通工具的，多属公有，准确的说法是"全民所有"，也就是说，从法理上看，每一个公民都有一份。既然谁都有一份，那么谁都应该有权享用。但是，这里又要区分不同的情况了。有一种公车，多是漂亮的轿车，很像过去的轿子，虽然是全民所有也就是大家都有一份的车，却有人因为"工作需要"代表大家坐着了，那样的车是绝对不会拥挤的。我们可以通过购买车票而搭乘的车，则完全是另外一种状况，在高峰期挤地铁和公交是体力活，县乡长途客车二三十公里的时速很磨炼人的耐性，暑运和春运期间的列车，经常连过道上乃至厕所里也挤满了人。大学四年往返于北京和贵阳之间，每次在硬座车厢里颠簸四十八个小时，下车时头晕眼花，双脚打战，竟能够一次次支撑过来，回想起来觉得不可思议。参加工作以后，火车超过十二小时可以乘坐卧铺，旅途变得轻松了很多。而我知道，更多的人还在硬座车厢里苦苦熬着。据说，我们的火车保证每个人都有座位，至少需要五十年时间。五十年之后的事情谁能说得清楚，眼下必须出门的人，终归还是要出门的。

我一向以为，"舟车劳顿"的说法过于造作，有车船代步已经很好了，能"劳顿"到哪里去呢？去一些特别的地方采访，途中步行好几个小时，在我是常有的事情，那时候哪怕有一架牛车驶过来，坐上去"劳顿"一段路程，也足可以谢天谢地了，可惜有些山路连牛车也去不了。记得有一次在黔北山区调研，当地是两江上游生态屏障，当地干部介绍说他们种了很多树，生态恶化的状况得到改变。我们提出要去看看，对方面有难色，说树都种在山上，车去不了，但我们坚持要去。当时正值初冬时节，下着蒙蒙细雨，午饭后出发，回到县城已是向晚时分。那天我们走了很远的山路，一路上泥泞不堪，需要不时刮掉粘在鞋底的泥块，否则就重得抬不动脚步。还有一次在四川和贵州的交界处，暴雨冲断了公路，我搭乘的县乡客车原路返回，而我必须往前走，在前不靠村后不靠店的地方下了车，冒雨步行七八公里，到了一个小镇，找一家客栈住下，等待次日开往县城的班车。选择了记者这个职业，如果认真做事，为"行"所苦是难免的。

车的发明，当是人类最为杰出的智慧之一。但是，到了后来，人们在此基础上拓展了这一个发明，比如把车辆改造成杀人工具，就未见得明智。古时候，骏马拉着战车驰骋疆场，威风凛凛势如破竹，杀人更为容易；再往后，战车变成了坦克，披着厚厚的装甲，无坚不摧横扫过去，尽其所能地增加战场上血流成河的惨烈程度。这样的车发明出来，无非更多地撕裂世界涂炭生灵，绝对是很坏的事情。不能否认这个发明确实了不起，我只是觉得，如果没有这样的车辆，人们的"衣食住行"安顿起来会容易得多。不要说这些都是拿破仑或者古德里安时代的往事，即使到了今天，在世界上的一些地方，不是也还有许多这样的战车正隆隆地开炮？等到哪一天，我们把这些车辆统统放进博物馆里，让孩子们去看一看那些钢铁怪兽狰狞的面目，作为一种警示，帮助他们理解远离杀戮的重要性，我相信这一天终究会到来。我们有义务告诉孩子们，哪怕再伟大的奇思妙想，也必须以维护生命的权利和尊严为前提，否则，我们宁肯无所作为。

如今，日子是一天比一天好了，据说先富起来的中国人已经开始购买私家车，有位同事写了一篇题目为《轿车梦》的新闻，洋洋洒洒勾画出轿车驶入寻常百姓家的蓝图，令人大开眼界。人应该有梦想，只是我不敢肯定，像我这种人，凭着码方块字"爬格子"的收入，这样的梦想有没有实现的可能。

我倒是早在上大学时就有过"私家车"，那是一辆很旧很破的自行车，一个同乡家里废弃不用，我拿来修理一番，勉强能骑。北京之大尚可以不在意，不出门就是了；而学校也很大，从宿舍到食堂需要步行二十多分钟，至少酷暑和严寒季节是苦不堪言的。我那辆自行车是破了点，但毕竟可以代步。究竟破到什么程度呢？反正我从来不曾上过锁，不管骑到哪里，随便一放，回来骑着又走。我估计，捡破烂的视它为车，故不好捡走，偷车的视它为破烂，故不屑于偷，这就是我的"私家车"四年间竟安然无恙的原因吧。

1995 年

2020 年补记

我写《闲门说车》的那个年代，任何一个牌子的汽车都是高端奢侈品，寻常百姓买不起，因为工作需要而配有专车的，不必自己花钱去买。二十五年过去了，人们的衣食住行状况已经发生了很大变化，要说天翻地覆，也不夸张。"行"的方面，如今的烦恼是堵车，形形色色的汽车满大街川流不息，令人眼花缭乱。

当年看到同事写的《轿车梦》，我曾以为不过是一个梦想，不敢肯定自己有没有能力实现这样的梦想。现在看来，社会进步之快远远超出了我的预料。时下的车辆当然也还有档次差别，而且差别很大，豪车价格之高颠覆人的想象力，但私家车确乎驶进了寻常百姓家，价格并不昂贵，而且越来越便宜，即便工薪阶层，适当的时候把经济型车换成舒适型，也是轻而易举的事情。官方数据显示，中国汽车保有量接近二亿五千万辆，驾驶人超过四亿，均居世界第一，这是一个了不起的数字。

我在前面的文字里说过，有一种全民所有也就是大家都有一份的公车，有人坐在里面呼啸而来、呼啸而去，绝对不会拥挤。后来，我自己成了因为工作需要而配备公车的人，在拥有足够的话语权之后立即拿自己"开刀"，废止专车和变相专车。工作实在需要了，遇到哪一辆就用哪一辆，绝不挑肥拣瘦，更不在工作之外使用公车。再后来国家规范公务用车，特别是整治公车私用，一系列举措力度空前，财政节省大笔开支，黎民百姓拍手称快。要说时代进步，这是最可喜的一个进步。

只是，在世界上的一些地方，钢铁怪兽般的战车依然横冲直撞，不时轰隆隆地开炮。把这种车辆放到博物馆里去，也许是孩子们甚至孩子们的孩子们，才有机会完成的事情。

迎 亲

中国人对于婚嫁的礼仪，一向是非常看重的。古人眼里，婚姻大事"上以事宗庙，而下以继后世也，固君子重之"。大千世界芸芸众生，不知道多少人可以称得上君子，但无论什么人，对嫁娶之事一概"重之"，想方设法把事情办得风风光光、体体面面。

旧时，男子和女子到了婚嫁的年龄，"之子于归"是大事，靠父母之命媒妁之言，禁忌和规矩多，有的还非常古怪。在我家乡，过去准新郎和准新娘拜堂之前是不能见面的。普通人家随意一些，如果两个人真的不认识，私下里通过中间人约定一个赶集天，特意到集市上去，隔着人群远远看上一眼，亦无不可。只是，不管中不中意，该嫁得嫁，该娶得娶，没有讨价还价的余地。倘若生在名门望族，规矩就严格得多，娉娉婷婷的佳人养在深闺，大门不出二门不迈，对于未来的夫婿，便是想象一下也属于不正经，自己都不好意思承认。即使婚约早早定下了,只要良辰吉日未到,除了耐心等待,再没有别的事情可以做,不到揭开盖头的那一刻,彼此不可能知道对方是何等尊容。那时的大家闺秀大多精通琴棋书画,诗词歌赋方面的造诣不比男子差,其实未必是姑娘多么聪慧,寂寞深闺里无尽的时光需要打发,总得找一些事情来做,熟能生巧而已。

婚期渐渐临近,人生非常重要的一个日子就在前头,想到即将和从来不曾见过面的那个人同床共枕,会不会觉得别扭呢?想象不出,当事人究竟是满怀期盼,还是满心忐忑。而且,你嫁了一个什么样的人,娶了一个什么样的人,接下来的日子能不能和和美美过下去,靠的是运气,所谓缘分命中注定,你不信都不行。想起来,这一切实在不可思议,但也还真有点意思。女子或许并不指望郎君貌比潘安。男人不一样,盖头掀开的那一刻,心里一定苦苦祈求老天爷垂爱,但愿新娘子是一个桃羞杏让、燕妒莺惭的美女;即便不是这样,退而求其次,明眸皓齿、香腮染赤也算得上天生丽质,可以知足了;如果命里没有这份艳福,至少得端庄秀丽、温婉贤淑吧,只要怯雨羞云、楚楚可人,一样惹人疼爱;倘若盖头下的模样长得过于草率,除了咬牙切齿诅咒媒婆那张如簧巧嘴,你是认命呢还是不认?……到了自由恋爱时代,男女交往你情我愿,看准了才谈婚论嫁,不如意随时可以分开。那么,洞房花烛的心跳就不会有了,无论新娘子盖着多厚的盖头,也是熟悉得不能再熟悉的那个人,不用心慌意乱地猜测。

一切准备停当,精心选好日子,婚嫁仪式从迎亲开始。我自

然没见过旧时迎亲的情形，据说，再穷的人家，也要设法雇一台
花轿，请几支唢呐，吹吹打打把新娘子迎回来，时辰和路线等等
都有讲究，哭嫁的词调也不能马虎。一拜天地，二拜高堂，接着
夫妻对拜，那一幕最为温馨，相互鞠躬致礼，今生今世就拜托了。
我猜想，此后如果一生恩恩爱爱，正是从夫妻对拜那一刻开始的。
礼成之后送入洞房，完全陌生的处子处女难免羞怯和手忙脚乱，
总有好事者在窗外偷听，这也是一种风俗。既成夫妻，从此相濡
以沫，你是我的，我的一切都是你的，难道不算两个人之间最大
的恩情？所以，这样结为连理的人，一样可以白头偕老。

都说要移风易俗，迎亲中间过于烦琐的程序也应该改一改，
至少可以务实一些吧？但好像还不是这样。如今各方面条件更好，
不弄得风光体面似乎过不去。我参加过朋友的迎亲仪式，发现整
个过程忙乱和折腾，要说有趣也有趣，要说无趣，实在也是非常
无趣的。

"夙兴，妇沐浴以俟见。"古时这样，现在还是这样。新娘
子必须很早起床，也说不定压根就没睡，半夜三更沐浴梳妆，很
像是盼着嫁人已经急不可待，一分钟也耽误不得。沐浴不说，化
妆甚为蹊跷，好像到了出嫁那天，再漂亮的姑娘都会变得特别丑，
一定要借很厚的脂粉来掩盖什么，头发上涂满沥青一样的东西，
假睫毛像一把扇子挂在眼眶上，让人担心随时可能掉下来。这样
一来，哪怕一瞥惊鸿的美人，经过一番涂抹，无一不显得呆板木
讷，面目狰狞，说有多丑就有多丑。女人一生最靓丽的日子，为
什么要处心积虑地把自己弄得人不像人鬼不像鬼？我问过一些新

娘子,说现在的新娘妆都这样,化妆师收费还委实不低,最便宜的也要好几千块钱,而且,哪个新娘子愿意请最便宜的化妆师呢?以我的观察,所谓新娘妆,只要分辨不出新娘子是谁,便算成功。

新娘子通宵达旦折腾自己,好看不好看是一回事,至少花了大价钱。新郎也不轻松,连夜准备花车、礼品和红包,同样一副急吼吼的样子,好像新娘子随时可能逃之夭夭不见踪影。迎亲的车队通常天不见亮就出发,据说这样才能"越走越亮",预示婚后的日子前景光明。我参加过一次凌晨四点出发的迎亲,到了新娘子家楼下,天也还没有亮,后来两口子离婚了,不知道问题是否出在时辰上面。看来,赶得太早同样是不对的,过犹不及嘛。

再来看看迎亲的车队。新人乘坐的花车高端气派,从车顶到车尾满是用不干胶粘上去的鲜花。整个车队档次不能低,数量尤其不能太少,起码得有八辆以上豪车,除十四辆和二十四辆以外,双数都可以,越多越好。多数车里只有司机一个人,并无其他人乘坐,也要开去把数字凑上。如果新娘子家离得很近,是不是也需要弄一个车队去接呢?当然要!但是,车子启动没几步就到了,感觉氛围不够热烈,怎么办呢?那就绕着街道兜一大圈吧,好在天光淡淡之间,车辆和行人寥寥无几,不至于影响交通,再说,就算有影响,那也是交警操心的事情。面对长龙一般喜气洋洋开过来的车队,只要不是太过分,哪个交警会来扫你的兴呢。

车队到了新娘子家,摆满庭院乃至停到路边,迎亲的人欢天喜地去敲门。那个涂抹得人不人鬼不鬼的姑娘不是很急切吗?是否假装哭一哭嫁,老老实实就上车跟你走了?事情远远没这么简单。把一个娇生惯养的女儿伺候到这个年龄，需要花多少心血？断不是你说带走便可以带走的。事实上，到了岳丈大人的家门口，一定是大门紧闭，里里外外悄无声息，让人疑心是不是走错了地方。确认门牌号码无误，新郎一遍又一遍敲门，过了很长一段时间，里面终于传出似有若无的声音，谨慎地询问门外何人，有何贵干，仿佛浩浩荡荡开来的，很可能是一群青面獠牙、心怀叵测的匪徒，怎样严加提防都不为过。

"谁？"

"你们找谁？"

"大清早来敲门，有什么事情呀？"……

新郎反复亮明身份，说明来意，门才打开一条小缝。屋子里多是新娘子的好友，也都化了不同寻常的妆，半人半鬼的模样，诡秘地看着你，问："你来干什么？"来干什么呢？当然是来迎亲了。门还是不开，一只只玉手从门缝里伸出来，等着你把红包递进去。如果新郎准备的红包不够多，或者里面的金额稍显小气，就有得折腾。你只好苦苦哀求，直到姑奶奶们自己都觉得累了，要不就是新娘子发话了，才会把门打开。仅仅是这样，那么你算很幸运。记得我大学的一个师弟结婚，迎亲的人被堵在门外差不多一个小时，红包的数量和里面金额的分量都无可挑剔，门始终不开。屋子里面，新娘的闺蜜突然问："你接她去干什么？"这个问题怎么回答呢？新郎说："娶老婆回家还能干什么？"屋里屋外一阵哄笑。旁边有懂规矩的人支招，新郎立即端正了态度，恭恭敬敬地说："接少奶奶去享福呢！"过了片刻，屋里的人说：

"她在这里已经很享福了,何必要去你那里?"新郎也敢说话:"她在这里能享什么福?和我在一起才能享福嘛。"屋里的人又问:"为什么和你在一起才享福呢?"也不知道是不是新郎在回答:"你还没结婚吧?等你结婚了,就晓得了……"于是又惹起一阵意味深长的哄笑,屋子里的女孩子们也笑得毫无遮掩。混乱之间,迎亲的人看准机会破门而入,感觉像抢亲一样。

经过几个回合艰苦鏖战,新娘子终于上了车,接下来又有一个规矩,那就是花车不能走下坡路,必须"步步高"。如果去新家正好一路下坡,就很为难人了。车队要走的线路当然是认真谋划过的,按照"步步高"的要求,看看一路上坡能到什么地方,找个适合的位置停车,余下的路程步行。有一次为朋友迎亲,车队绕来绕去,最后停在离新房两公里之外,大家抱着陪嫁的东西高一脚低一脚在小路上走,弄得苦不堪言。

有一些人情况特殊,结婚时不具备迎亲的条件,也要想办法走一个过场。我曾经带过的一个实习生嫁到香港,回贵阳补办婚礼,新房安排在一家酒店。女方家里坚持说迎亲的程序不能少,新郎不好抗拒也不能抗拒,只好租车去迎娶新娘子。那天清早我开车去酒店表示祝福,新郎之前不认识我,以为是雇来的司机,走过来和我商量,说能不能再辛苦一趟,帮他们把新娘子的父母接到酒店里来,随手塞给我50元小费。我不便拒绝,也认为没有必要解释,开着车去了,一路上看着新郎丢在副驾驶座位上的钞票,觉得很好玩。新郎新娘站在酒店门口迎候父母,学生看到是我把人接来的,非常吃惊,说:"这种事情怎么可以麻烦老师呢？"听说她老公还给了我 50 元小费，更不好意思，赶紧把钱要了回去，反反复复地道歉……

男大当婚女大当嫁，总有一天，我也将面对迎亲这档子事情。一切从简的想法大概率实现不了，我有思想准备，不过我会尽力争取简单一些，再简单一些。这中间最为重要的，是想方设法说服我的新娘子，让她坚信"花容月貌"这个词汇指的就是她，而且"著粉则太白，施朱则太赤"，完全用不着半夜三更去折腾什么"新娘妆"，以免把自己弄得人不人鬼不鬼的。

———
1998 年

婚　宴

　　天下没有不散的筵席，天下也一定没有无缘无故的筵席，聚在一起推杯换盏，总得有点理由。大到国宴，或因重要庆典，或为友邦交好，为着关乎江山社稷的大事，不能不隆重；家宴邀请三两亲友，规模一般很小，主人拿手的家常菜最为合适；还有一些不算大也不算小的，十桌八桌乃至三五十桌，通常因为婚丧嫁娶之类的事情。其中婚宴最为特别，明明应该场面庄重、氛围温馨，却往往惨不忍睹。我参加过不少朋友的婚宴，无一例外。

　　婚姻是人生大事，马虎不得，婚宴自然也就马虎不得。一个人到了"宜其室家"的年龄而未婚配，亲朋好友的关怀便无时无刻无处不在，有了婚约没领结婚证不能算数，领了证也还不能算数，必须举办一个婚礼，其实就是摆几十桌酒席，新郎新娘挨个敬酒，相互说一些祝福和感谢的话，吃好喝好，才算万事大吉。

　　婚宴之烦琐，从准备阶段开始，就令人心烦意乱，头皮发麻。

比如喜帖，邮寄当然不够慎重，必须亲自登门一个一个地送。特别是领导和长辈，如果不当面去请，到时候不仅人不会来，还有一大堆闲话等着。社会上流传"生不说，死不报，结婚不请不知道"的说法，意思是生孩子或者不幸遇到丧事，不用刻意说，人们会主动站拢来，结婚不一样，你不邀请，人家权当不知道。所以，新郎和新娘至少提前半个月开始到处跑，对着名单一个一个勾画，东西南北跑断了腿，还是担心遗漏了哪一个至关重要的人物，心儿颤颤，惶惶不可终日。我曾多次给即将结婚的朋友说，喜帖不用专门送来了，一定到场恭喜，但他们还是要送，说不能乱了礼数。

佳期如梦，好日子终于到了，细心地验过菜单，备好酒水，新郎新娘早早站在酒店门口迎候宾客。照流行的款式打扮起来，新郎看上去油头粉面，再有灵气的人也显得呆若木鸡；新娘子的形象完全不堪入目，口红红得吓人，眼影黑得吓人，假睫毛像两把刷子，头发上似乎抹了至少一公斤铺路用的沥青，有的甚至是红色或者黄色的沥青。夏天尚好，无非汗流浃背，只是需要不断补妆；要是大婚之日正好安排在冬天，哪怕风刀霜剑，雨雪交加，新娘子也穿着薄如蝉翼的婚纱站在寒风里，明明已经瑟瑟发抖，还装着若无其事。前来道喜的人都不可怠慢，新郎把喜糖殷勤地送到女宾面前，新娘则要恭恭敬敬地给男宾点燃香烟，脸上挂着千篇一律的笑容，笑到面部肌肉发酸，也不能不笑。这过程至少持续两个小时，甚至更久。

好不容易等到该来的人都来了，婚宴正式开始，双方父母上台致辞，足够身份的领导应邀担任证婚人，表示祝福，百年好合、早生贵子云云。对于新郎新娘，这个环节相对轻松。接下来的敬酒则是一场大戏，没点功夫很难撑住。不用说，每一桌客人必须敬到，哪怕十桌八桌也需要点酒量，但咬咬牙尚能对付；如果高朋满座，客人有三五十桌之多，谁有这样的酒量？遇到刁钻的客人，要求酒桌上的人各敬一杯，就雪上加霜了。事实上，多数人不以水代酒是过不了这一关的，常常有好事者当面揭穿并换掉新人手中的酒杯，不管如何告饶，也坚持罚酒，我不止一次见过新郎被灌得酩酊大醉。更有甚者，将桌上各种菜羹和酱油、陈醋、辣椒水等等与酒掺在一起，命新人喝下去，说是尝一尝生活的酸甜苦辣。那东西无法下咽，成心为难人，新人还不好说什么，一副狼狈不堪的样子，可怜之至。

其实，应邀参加婚宴的人也未见得轻松。亲戚自不必说，即使同学、朋友、同事、乡邻，如果你在被邀请之列，人家风尘仆仆送来喜帖，总不能说"的确走不开"或"下次一定来"吧？按时赶过去递上红包，新娘子为你点燃了喜烟，立即走掉也显得不大够意思，说不定还落得送了钱又得罪人。留下来等待婚宴开始，席间遇到熟悉的人，还可以聊聊天；要是运气不好，熟人的那一桌没有空位，或者这档婚宴根本没几个认识的人，就得和一群陌生人坐在一起。说点什么呢？请教尊姓大名？喧嚣中你未必听得清楚，人家也未必有兴趣给你说，只好局促地坐在那里，大家举杯跟着举杯，别人用筷子指着新上的菜说"请请请"，你也跟着说"请请请"。你并不想来又不得不来，之所以没有及时走掉，是因为不便走掉，看上去却很像是刻意留下来的，目的就是为了喝酒和吃菜，那感觉何其尴尬。我多次冒着得罪新人的危险，在婚宴开始前偷偷溜掉了。

　　我与女友相识七年，今年三月十五日领了结婚证，不是刻意挑的日子，只是因为正好那天都有空。既然法律上我们已经是夫妻了，其余的能不能简单一些呢？房子不用装修，家具只买新房的那一套，找个时间两家人一起吃顿饭，婚宴是不是免了？双方父母都不答应，说结婚是人生大事，一辈子有几次？不办个婚礼怎么行呢？我们当然不敢说结婚这样的事情一辈子能有几次。反复商量下来，最后决定，其他的都可以从简，但婚宴一定要办，而且要热热闹闹。我和妻子相视苦笑，我们最怕的就是这个。想到过不了几天，我们就得满脸堆笑地站在酒店门口，恭迎那些不幸被邀请又不能不邀请的亲朋好友，而且要让新婚的妻子站在三月的寒风里为来宾们点燃喜烟，我觉得心里特别不安。这一次，我是不能在婚宴开始前偷偷溜掉的。

　　我想好了，敬酒的时候绝不用水替代，放开喝，醉在哪一桌算哪一桌，反正"初次结婚没有经验"，管不了那么多了。但是，如果有人弄那个"酸甜苦辣"的东西来作弄我们，无论他是何方大神，我肯定当场翻脸。

1999 年

249

味蕾记忆

人的味蕾一定是有感情的，不然，天下美味佳肴，为什么没有一种比得上儿时的家常便饭。

我出生在黔北山区的一个小县城，十六岁前一直生活在那里。小城有四条又短又窄的街巷，其中一段被用来当成菜场，乡下人大清早把新鲜蔬菜挑到城里来，沿街摆开供人们选购。菜的品种谈不上丰富，完全随着时令，唯豆腐和豆芽之类是一年四季都有的。偶尔可以买到大小不一、品种各异的鱼，不时还能看到甲鱼、黄鳝和泥鳅。除了粮食定量供应，猪肉和油类也不允许私人出售，菜场里没有，需要凭特制的票证去粮站和食品公司买。那个年代物资短缺，家家户户都不讲究，能填饱肚子就行。

小时候，家里一直是奶奶做饭。老人家常常为安排一日三餐而犯愁，念叨说不晓得下一顿该做什么饭菜。时令蔬菜一般不缺，价格也便宜，最大的难题是"油水不够"。我家五口人，奶奶、父母以及我和妹妹，根据定量，每个月可以买到五斤猪肉，菜籽油每人每月供应四两，全家一个月才两斤，如何节省都不够用。靠这么一些东西，要把饭菜做好，难度可想而知。

定量供应的猪肉通常分两三次去买，哪一天听说家里要买肉吃，我和妹妹一大早就开始兴奋，整天兴高采烈，眼巴巴盼着晚饭。半肥瘦的猪肉最适合做回锅肉，一种做法是氽水后切片，配上适量泡辣椒爆炒，佐料的酸辣味与油脂的鲜美融为一体，入口肥而不腻；另一种是加干辣椒和干豆豉炒，出锅时洒上蒜苗和葱节，油汪汪的肉片与翠绿的葱蒜搭配，看上去就引人垂涎。全瘦的猪肉切成薄片，先加盐、姜片、料酒和淀粉拌匀，过滚油三五秒出锅，再把青椒和番茄炒到半熟，或者用糟辣椒和蒜苗，最后把过好油的肉放进去翻炒几下即可。这就是青椒肉片和糟辣肉片，两道菜各有特色，口感滑嫩鲜美，堪称黔北家常菜之经典。奶奶做的红烧肉也非常好吃，色泽鲜亮，入口香糯，只是一两斤肉做出来才一小碗，一人分不到几块，每次都吃得心欠欠的。猪肉金贵，就要利用好，煮汤是一个好办法。鲜肉片加粉丝和晒干的黄花，也可以加嫩黄瓜、丝瓜、小白菜等，少许肉能煮出一大钵，毕竟有肉的味道；如果碰巧买到几株鸡枞菌，煮出来的汤就是绝味了。酸菜煮肉丸子汤有一种独特的鲜味，只可惜平时没有肉，家里常用酸菜煮土豆片汤，最多加一小勺猪油。家乡的酸菜很特别，选杆茎厚实的青菜为原料，淘米水发酵制酸，三两天就能吃，可以煮汤和炒豆米，也可以与折耳根一起凉拌，洒上柴火灰里炮出来的胡辣椒面，吃起来酸脆爽口。

要说腊味，黔北的香肠和腊肉绝对不比任何地方的逊色。香肠用肥瘦相间的肉灌装，里面掺着整粒花椒；腌制腊肉要选厚实的部位，特别是肥膘要足够厚，油气才足，连在一起的瘦肉便不会因为烟熏火烤而变柴。我看过奶奶制作腊肉，先抹盐，再抹甜酒、酱油和少许蜂蜜，加花椒腌三两天，然后点燃青青的柏树枝，用松树的锯末压住明火，浓烟熏烤到油脂渗出来，整个过程需要好几天时间。熏好的香肠、腊肉挂到柴灶前专门的炕架上，一年四季不断火，蒸熟后切开呈暗红色，色香味好到无可挑剔。香肠一般是蒸了就吃，腊肉还可以与不同时令的菜品一起炒，如炒香椿、蒜薹、豆角、冬笋和干豆豉等。印象中，家里还熏过腊猪肝、腊猪耳朵、腊猪舌头和腊猪脚，不过数量有限，不是每年都做。这些美味只有过年期间才吃得到，过了正月，灶头前的炕架就空空的了。

同样需要逢年过节才有机会一饱口福的，还有酸醡肉，也是一道非常有特色的黔北名菜。这道菜制作起来更耗时，选新鲜半肥瘦猪肉切成片，拌白酒、食盐，加花椒和姜片，再用炒熟的米粉裹住，放入坛子里密封起来，经过半个月左右发酵，取出来清蒸或者油煎，猪肉的鲜美被微微的酸味放大，酸爽细嫩，佐餐下酒均为佳肴。猪排砍成小块，用同样的办法腌制酸醡排骨，口感相差无几。买不到猪肉的时候，用别的东西也可以做类似风味的菜，比如在辣椒里填糯米粉，或者直接把辣椒剁碎与糯米粉拌在一起，放到坛子里发酵，做出来的醡辣椒口味相似，当然远不如酸醡肉解馋。

　　不知道所谓"山珍"包括哪些东西，普通人家可以品尝到的野生菌子，想应该在此列。春夏季节，雨过天晴，菜场上常常能买到新鲜野生菌。牛肝菌在当地叫"大脚菇"，新鲜的和晒干的都好吃，价格稍贵一些；当地称鸡枞菌为"三抱菇"，通常三丛菌子生长在一个地方，因为稀少，而且是上汤的珍品，价格不低；松树菌、青杠菌、茅草菌和紫花菌等等次之，味道也不错；最便宜的是杂菌，大大小小，五颜六色，一两块钱能买一大堆。不过，吃杂菌有风险，认不准就可能中毒，轻则神经系统出现病症，重则性命不保。野生菌比较娇贵，无论炖煮焖炒，必须有肉，鸡鸭也可以，否则口感会大打折扣。小时候吃过的"大脚菇"肉丸汤、"三抱菇"肉片汤、松树菌焖鸡和茅草菌烧鸭，毫不夸张地说，我此后品尝过的任何佳肴皆无出其右。

　　端午前后，家家户户包粽子，比粽子更诱人的是黄鳝。稻田里秧子转青以后，黄鳝越长越大，会捉的人一会工夫能捉到一大堆。上小学时，农村来的同学中有会捉黄鳝的，下到随便一块稻田里抓起来几条，用南瓜叶子包着放到柴火上烧，叶子烧焦了，黄鳝就可以吃了。有一天晚上，父亲的一个朋友来家里聊天，说起捉黄鳝的事情，他自称高手，说干就干，带我去县城边上的一片稻田打着手电筒捉，一个小时左右捉了几十条，拿回家来爆炒，美美地吃了一顿夜宵。客人走后，奶奶念叨起来，说菜油用去了一大碗。黄鳝爆炒和油焖最好吃，但是比较费油，所以大家不大去捉。

　　故乡小河里有各种各样的鱼，美味令人难忘。鲫鱼越大越好，半斤以上的老鲫壳鱼鳞发黄，配葱白干烧，肉质无可挑剔，美中不足的是刺多一些；白条鱼生在浅滩，长不大，煎得干干的下酒；赤尾子鱼尾带一抹玫瑰红，只需加盐和生姜片煮汤，鲜美无比；有一种鱼酷似鳜鱼，当地称"母猪壳"，肉厚刺少，清蒸七八分钟出锅，吃的正是本味。七星鱼、火烧斑、刺王狗、偷食子等等，以及甲鱼和娃娃鱼，烹饪方法不同，各是各的味道。那时候鱼都是野生的，完全不像现在网箱和池塘里养殖的鱼，一股浓浓的泥腥味。

家里平时饭菜比较简单，一年四季就那些食材，奶奶想方设法变换着花样精心烹制。老人家的厨艺令人佩服，最普通的菜也能做得非常可口。没有肉的时候，豆腐干算好菜，做法不同口感不同，比如切成薄片用糍粑辣椒炒，切成细丝加糟辣椒炒芹菜，切成细粒加豆瓣酱焖。豇豆也有很多种做法，除了素炒，还可以焖进饭里，整锅饭散发着清香；奶奶经常做一些酸豇豆和干豇豆，干豇豆保存时间长，放到冬天也能吃。奶奶喜欢做一个叫"海茄辣椒"的菜，青椒和番茄剁细加生姜蒜末一起炒，酸辣适度，特别下饭。缺少油水的饭菜不扛饿，下午三四点就饥肠辘辘了，有一天下午放学回家，翻出中午吃剩下的半碗"海茄辣椒"，一口气吃了两大碗冷饭，辣得满头冒汗，当时的情形至今在脑海深处，几十年不曾淡忘。我现在常做这个菜，但无论如何也做不出奶奶做的那个味道。

家里不大买茄子，那东西太吸油，即使买了也清蒸，就着胡辣椒面蘸水吃。也许是因为菜油太少，印象中，我家的餐桌上几乎每顿都有素菜，大多是白水煮时令蔬菜。嫩南瓜和新鲜扁豆煮在一起，叫"素瓜豆"；老南瓜单独煮，金黄的一大碗，入口又面又甜；黄豆芽煮白豆腐有一个很高端的名字，叫"金钩挂玉牌"；豌豆苗最嫩，过一下开水就可以吃。不同的蔬菜带着不同的清香，但是要下饭，还得以蘸水相配。做蘸水并不复杂，生姜和大蒜切成细末，加上盐、葱花和胡辣椒面，放少许煮菜的水拌匀即可。做胡辣椒面很讲究，选通红透亮的干辣椒在柴火灰里炮到焦煳，用手搓细，辣椒的香味被调出，又不是很辣，做出的蘸水美味无法形容。

家乡还有两个不能不提的传统美食，一个是绿豆粉，另一个是油茶。绿豆粉制作程序比较烦琐，先将大米和绿豆浸泡一两天，然后在石磨上磨成浆，再用大铁锅薄薄地摊开烙熟，最后卷起来切成宽面条状，入开水烫一两分钟，加盐、酱油、辣椒粉、葱花等调料，淋上一勺化开的猪油，放酸菜末和油渣拌匀，这种做法叫"干溜"，既好吃又扛饿。带汤的绿豆粉做法更多，红焖牛肉或羊肉、辣子鸡、青椒肉末等等，面条能做出什么风味，绿豆粉就能做出什么风味。油茶相对简单一些，新鲜肥肉熬制猪油打底，黄豆炒熟，有条件的加花生和核桃，再放茶叶炒到半焦，掺水边煮边用木瓢反复挤压，成为膏状后，把炼制猪油的油渣放进去，加清水熬十余分钟，盛到碗里再撒一点花椒粉，顿时香气扑鼻。油茶可稠可清，加的水少自然就稠，看自己口味。困难时期的油茶都很清，一点点象征性的菜油代替猪油，见不到几点油星。我小时候常跟奶奶去乡下走亲戚，农家午饭几乎都是这种很清的油茶下苞谷泡（在铁锅里炒熟的玉米粒），他们很乐观，戏称这饮食为"打水仗火"，如果客人正好在饭点进屋来，油茶锅里加一瓢水，问题就解决了。

家乡的甑子饭特别香，在我味蕾间留下了深刻的印记。米煮到七成熟，用筲箕滤去米汤，放入竹子做的甑子里蒸熟，饭粒如珍珠，软硬恰到好处，入口散酥清爽，饭后喝上一碗米汤，感觉格外圆满。这些年独在异乡，我买了甑子和筲箕从家乡带过来，周末忙里偷闲下厨，做的一定是甑子饭。如果哪位朋友有兴趣来家里做客，我做上几道故乡的家常菜，想来是不会让人失望的。

2020 年

钓　鱼

　　人到中年，家里上有老下有小，在外面也正是扛活的时候，大事小事缠身，觉得很累。我常常渴望给自己一个假期，受能力和眼界限制，愿望并不奢侈。去阿尔卑斯山滑雪，在夏威夷的沙滩上晒太阳，或者去非洲看狮子，这样的休假太高端，想都不曾想过。设想过自己开车去一趟雪域高原，"转山转水转佛塔，不为修来世，只为途中与你相见"，一算时间，十天半月都打不住，眼下也是不可能的。从现实情况看，即便有几天假期，能做的无非两件事情，一是躲在屋子里读几页闲书，二是找个安静的地方钓一钓鱼。

　　读书比较清闲，但也要看读什么书。一介书生，如果忙乱（不是忙碌）到没时间读书，或者没时间读自己喜欢的书，心里总不踏实。既然是为了放松一下，我说的当然是读自己喜欢的书，读起来不用动脑子的书，比如《留青日札》《陶庵梦忆》和《随园

食单》《饮膳正要》之类,《围炉夜话》《觅灯新话》也很不错,
包括叶灵凤的《书淫艳异录》和沈从文的《中国古代服饰研究》
等等。这样的书不纠缠人,想读拿起来读几页,不想读随时放下,
伸个懒腰站起来走几步,也可以顺势躺下小寐片刻,无论窗外艳
阳高照还是月黑风高,概不在意。只是,在当下,这种状态属于
奢望。

钓鱼更清闲,更不需要动脑子。河湾也好,海滨也行,岸边
懒懒地坐着,任鱼儿在水里游弋,人不知鱼之乐,鱼也不知人之乐。
鱼不咬钩,我就不搭理它,彼此相安无事,正好拿出随身携带的
书,漫不经心地翻一翻。如果鱼咬了钩,当天的晚餐就很可能多
一道下酒菜。我知道万物有灵,圣人有好生之德,但我不是圣人,
何况钩是你自己咬的。再说,万事总有因缘,方生方死,方死方生,
咬钩那条鱼生命轮回的定数如此,不喜不悲。如果鱼始终不肯咬
钩,黄昏时分收起鱼竿回家去,看起来两手空空,却已经偷得半
日浮生的闲暇,一样心满意足。所以,要说清闲,第一是钓鱼。
实在找不到钓鱼的机会,才选择躲在书房里读书。

早在上小学的时候,我就迷上了钓鱼。那时的暑假差不多有
两个月时间,生活单调乏味,找不到什么可玩的,发现有同学去
钓鱼,收获颇丰,便来了兴趣。向父母申请多次,一再保证绝不
下河游泳,一起钓鱼的伙伴里有一个比我大很多的孩子,与我家
有点亲戚关系,他答应严格监督我,才终于获得同意。我自己动
手做鱼竿,找来一根拇指粗的金竹,买些鱼线和鱼钩试着缠上去,
再用牙膏皮固定在鱼线的下段做沉水,一节芦苇秆系上当浮漂,

还真能用。约定了时间，前一天要去挖蚯蚓，装在铁罐子里备作鱼饵，因为河边一坐一整天，还得带点吃的，一般是家里晚餐的剩饭。有一次正好没有剩饭，我自己淘米煮了一碗，想是操作程序不对，第二天吃的时候发现没煮熟，夹生饭也将就吃了。那是我第一次做饭，印象特别深刻。

　　我们常去钓鱼的地方叫"白岩塘"，离县城几公里，小河从山间流过来，被一片石滩堵住，形成堰塘，岸边耸立着白色的岩石，因此得名。堰塘很深，水草茂盛，鲫鱼和赤尾子躲在里面，习惯清早出来觅食，天蒙蒙亮的时候最容易上钩。所以，我们要赶在那个时辰抛钩下饵，天不见亮出门，顺着绕城的小河来到堰塘边，架好鱼竿，天空才露出淡淡的晨曦。太阳升起之后，换到堰塘下面，河水漫过石滩急流直下，丢下鱼饵"刷滩"，钓起的多是白条鱼。"刷滩"不能看浮漂，鱼是否咬钩完全靠手感，因此会"刷滩"的都是垂钓高手。中午鱼不大咬钩，正好歇息一阵，钓友们从不同的地方聚过来，一起说说笑笑吃午饭。下午两三点钟，刺王狗和偷食子又活跃起来，水草间到处乱串，任何地方都有机会。待到太阳西下，大家开始收竿，相互察看一天的收获，多的能钓到大大小小各种各样的鱼二三十条，少的十几条。也有收获甚微的时候，有一次我只钓到两条鲫鱼，回到家又累又饿，奶奶拿着鱼转身进厨房，不一会做了一碗鲜鱼汤端出来。那是我吃过的最鲜美的鱼汤，其实也就是清水放盐再加几片生姜煮鱼，味道竟能特别到我无法描述的程度。

　　在山间小河里钓鱼，鱼饵不是很讲究，我们一般用蚯蚓，田间地头到处都是，用锄头随便挖几下就可以找到。虽然大多数鱼类杂食，对食物也还是有不同的偏好，蚯蚓属于"大众口味"。草鱼更喜欢"素食"，最好的钓饵是烤苞谷酒的酒糟，鱼钩上穿一粒放进河里，酒糟味在水中弥漫开，找对了下钩的地方，草鱼会一群一群游过来。鲤鱼喜欢香饵，油菜籽土法榨油剩下的"油箍"清香扑鼻，只是那东西非常硬，需要用刀刻出凹槽，再用细细的橡皮圈固定在鱼钩上面，换一次鱼饵得折腾半天，但这种办法常常可以钓到大鱼。有一种当地称之为"鲶巴唧"的鱼，习性食腐，据说用蛆做鱼饵最有效，想起来比较恶心，我不吃任何种类的鲶鱼，与此有关。

我一直用蚯蚓做鱼饵，一来图简单，二来是因为工具限制，钓不了大鱼。我自己制作的鱼竿是最简单的，鱼线直接捆在竹竿梢头，小鱼咬钩，浮漂在水面激起一圈圈涟漪，随手一拉，鱼就起来了。一两斤的鱼咬住鱼钩，浮漂一下子沉入水中，硬往上拉是拉不动的，要么断线要么脱钩。钓大鱼必须用"车竿"，长长的渔线绕在碗口大的轱辘上，鱼挣扎时放线，鱼累了收线，再挣扎又放，接着再收，反复多个回合，直到鱼筋疲力尽了，拉到岸边，用网兜捞上岸来，"放长线钓大鱼"正是这个意思。"车竿"工艺复杂，我自己做不了，花钱去买又不大现实。每每看到别人的鱼竿钩住大鱼，嗖嗖地放线，吱吱地收线，心里煞是羡慕，再看自己手上的家什，感觉就像当年土八路的"小米加步枪"。

在家乡的小河里钓鱼，无非两种路数，一种是钓野鱼，另一种是"喂塘子"。顾名思义，钓野鱼走到哪里钓到哪里，打一枪换一个地方，比较随意。"喂塘子"相反，看准目标不急于出手，悉心经营一段时间，把鱼群吸引过来，再择机下钩。有高手教过我"喂塘子"的方法，"油箍"粉碎后拌米饭和蚯蚓，在选定的水域定时投放，少则三五天，多则十天半月，然后在投料的时间下钩，浮漂不停地跳动，忙都忙不过来。我没耐心"喂塘子"，但无意间尝到过甜头。有一天清早，我跑到白岩塘上游一里外的河段，看到一个地方不错，停下来试试，鱼竿一抛，浮漂就开始乱晃，没一会工夫钓起十多条。这时一个人匆匆走过来，在我近旁一字排开七八根鱼竿，说这个"塘子"已经喂了半个多月，打算今天收头，没想到被我抢了先手。我立马收竿离开，他说鱼毕竟是河里的，一起钓嘛，我还是走了，约定俗成的规矩大家都明白。

小时候钓鱼，去白岩塘的次数最多。途中要经过一片杉树林，旁边有一座很大的坟墓，人们称其为"花坟"，远远看去像一栋带着庭院的房子，四周是青石的围墙，大门开在正中间，气势恢宏。大白天从那里经过时，我不止一次停下来，穿过石门走进去细看。庭院足足有两百平方米，地面铺着青石板，石缝间冒出的青草参差不齐；墓的主体由三个部分组成，仿佛正屋连着两边的厢房，顶部的石雕飞檐非常精美；墓碑布满青苔，上面依稀可见"道光"某年的字样，据此可以推断出这座建筑经历的漫漫岁月。在我看来，这个坟墓的确是一座完美的建筑，应该列入文物加以保护。但是，它毕竟是一座古墓，而且正好矗立在通往白岩塘的必经之路上，我们去钓鱼的时候，必须在黎明前经过这个位置，心里还是有些发怵。几个朋友一起尚可以相互壮胆，如果起床晚了，一个人落了单，又不甘心错过鱼群最容易咬钩的时辰，只好硬着头皮往前走。那一刻，我会选一些雄壮的歌曲唱起来，比如"红星闪闪放光彩"和"要学那泰山顶上一青松"，使出全部力气把声音吼到最大，以最快的速度跑过去，心咚咚乱跳，跑了很远也不敢回头……

都说喜欢钓鱼的人未必喜欢吃鱼，我不一样，既喜欢钓鱼，也喜欢吃鱼。家乡那条小河里的鱼，除了娃娃鱼，差不多我都钓到过，自然也都品尝过，印象中味道鲜美无比。我在《味蕾记忆》写了各种鱼的烹饪方法，可惜很难再有这样的口福，只能靠回忆了。

每次去钓鱼，我必带一两本书，鱼不咬钩时随便翻翻。一开始带大部头小说，记得有《红岩》和《青春之歌》等等，看到情节引人入胜处，鱼咬钩了也浑然不知。后来带故事情节不强的书，蘅塘退士选编的《唐诗三百首》、俞平伯的《唐宋词选释》之类，偶尔还带过《诗经》和《增广贤文》，埋头读几句，抬头看看水上的浮漂。可以说，我有一点可怜的古典诗词基础，得益于当年蹲在河边读过几首唐诗宋词。那个年代，课本上是另外一些诗词，当然非常好，但是，老祖宗留下的经典同样不应该忽略。

多年来，我努力寻找机会在不同的地方钓鱼，大江大河大湖，唯独没有在大海里钓过。有一次去三亚，当地一位朋友出海钓回几条石斑鱼，最大的一条十多斤，鱼头就焗了满满一砂锅。有个朋友喜欢去新西兰钓鱼，发回来的图片和视频非常诱人。他多次邀我一起去，但南半球海域比家乡的小河远得太多，不是早一些从床上爬起来走几公里就可以抵达的，无论时间还是实力，我都不可能任性，哪怕一次也不行。还有朋友说每年夏天必去挪威，开着游艇在海上追逐鱼群，不钓到蓝鳍金枪鱼决不罢休，不知是真是假。不过，我知道贫穷限制想象力的说法不假，而且千真万确。

北部湾近在咫尺，我早就想去海上钓一次鱿鱼，据说三四月份是最好的时候，但一年推一年，至今也抽不出时间。

2020 年

第四辑

○

人在旅途

○

想象烛光

我蛰居的贵阳山城，多数商店没有蜡烛出售。现代都市供电系统日趋完善，需要秉烛的时候很少，人类不是已经进入了核能和太阳能时代？然而，我们常常又离不开烛光，一些特殊时刻，最原始的照明方式更为可靠。

那一天，雷雨过后，街区突然停电，灯火通明的城市陷入尴尬。这种事情并不经常发生，而一旦发生，总是格外突兀。我在屋子里漫无边际地摸索，试图寻找一点什么，最终一无所获，于是悻悻然出门，跑了好几条街巷，最后在一家不起眼的杂货店买到半包蜡烛，包装纸积着厚厚的灰尘。那么谢天谢地，久违的烛火在屋子里摇曳起来，人的心仿佛有了依附，温馨而踏实。

这时候，当橘色烛光把你的影子夸张地投在墙上，你会不会

267

隐隐心动，会不会想到一些什么呢？比如，那些非常非常久远的与火有关的人和时光？我们的祖先崇拜太阳，在漫漫长夜里等待黎明，等待着太阳带来光明和温暖。后来他们发现，烈日或雷电也可以引发森林大火，熊熊烈焰撕开黑夜，让人们得到无尽的慰藉。我们已经不可能知道是哪一天，在什么地方，什么人用颤抖的手引来火种，点燃亘古洪荒的第一堆篝火，那是最早照进人类心灵的"烛光"。我愿意相信，给人类带来火种的绝不是普罗米修斯，而是他们自己。对火的认识使我们的祖先一夜恍悟，找到了成为万物之灵的方向，在光明的指引下生生繁衍，一路走来……

多年以来，我习惯于在屋子里备上蜡烛，置于触手可及的地方，便于在停电的夜晚及时点起烛光，让自己不至于因为突如其来的黑暗而感到无助和迷离。

黑暗是恐怖的。我认为，如果一个人习惯黑暗，接受黑暗，他绝对懦弱而可耻。可以想象，倘若我们祖先从来不曾发现火的价值，那么也许到今天，人类还在莽莽苍苍的丛林中爬行，继续以茹毛饮血的方式寻求生存。所以，我们有责任向我们的孩子讲述火的故事，让他们想象最早的火焰是如何被点燃的。我们的孩子应该有一颗勇敢的心，懂得蔑视黑暗，敢于抗拒黑暗，拥有与黑暗搏斗的力量，永远热爱光明，崇拜光明。

二

如今，停电是很偶然的事情。但是，在并不久远的那些年代，不是每一个地方的夜晚都可以被灯火照亮。我刚来到这个世界的时候，最先看到的就是微弱的烛光，那一刻，我当然是不可能有记忆的，但又分明觉得一切都在脑海深处，清清楚楚。

我出生在贵州北部山区的一座小县城。那地方很遥远，大山深处错落着一堆低矮破败的瓦房，而连着全城的唯一的一条街道，则铺着细碎的砂石，晴天尘土飞扬，雨季泥泞不堪。据说在五十年代末期，县城里才有了一个火电厂，到了六十年代，电厂输出的电力仍然非常有限，晚上十点准时停止送电。继续劳作以维持生计的人家，必须依赖煤油灯照明，半明不暗的火苗摇晃着，与深深的黑夜艰难地对抗。蜡烛是奢侈品，只有一些非常特殊的地方才有，比如医院……

在县城里唯一的医院，电厂停止送电之后，我于凌晨时分呱呱坠地。为了迎接一个小生命的诞生，医生们在黑咕隆咚的产房里点燃了蜡烛。当母亲终于不再呻吟，产房的门打开了一道缝，一束烛光轻泻出来，等在门口的父亲被告知，他有了自己的儿子。那年父亲二十四岁，比现在的我还小五岁。

我对烛光的敏感，也许就源自那个特殊的夜晚，因为我睁开眼睛时，这个世界给予我的第一印象，是烛光里的样子。听家里人说，初到人世的那一个晚上，我很快就不再啼哭，也不像其他刚刚出世的婴儿那样沉睡，而是一直睁着圆圆的眼睛，朝着烛火跳动的方向，拼命寻找光源，似乎在追寻什么，一直到东方欲晓……

如今，我只能想象，那天晚上，黎明到来之前，烛光带给我的是何等的安慰？

三

我在电力匮乏的那个年代慢慢长大。小县城里的其他孩子一定出生在不同的时辰，我不知道他们对光有没有什么特别的感觉，我总觉得，夜晚是过于漫长了。特别是寒风凄紧、雨雪潇潇的冬季，到了晚上十点，灯光照例戛然灭掉，四下里陷入一片漆黑，人的心就升起一种莫名的彷徨。从带着木格的窗户望出去，一个光影在远处晃动起来，接着，近旁也有人家点亮了油灯，那三三两两的人间灯火，又终于让人得到一些宽慰，感觉人们并没有被光明所抛弃。那么，就可以放心地入睡了。

事实上，即使在晚上十点以前，街巷间的灯火也是昏暗的。无论是家里的电灯还是街面上非常稀疏的路灯，都昏昏欲睡一般，未见得比煤油灯的火苗更亮。电灯也不是每间屋子都有，我记得，我和奶奶住在老房子右边的厢房，两间相邻的屋子隔了一道门，一盏十五瓦的白炽灯挂在门楣上，同时照亮两个房间。我去过的亲戚家和同学家，电灯的布局也几乎都是这个样子。相对而言，如果需要的时候点上煤油灯，微弱的光只需照着一个房间，反倒显得明亮和自在一些。

当然，煤油灯也不是随便就可以点亮的。记不清煤油的价格了，未必很贵，但那时家家户户都非常拮据，如果不是万不得已，宁肯早点歇息，也不会去点灯熬油。讲究一些的煤油灯配有灯罩，也有直接在瓶子上插一根灯芯的，黑乎乎的油烟带着刺鼻的味道，但灯芯上不时结出的灯花却很漂亮。奶奶说，更早的时候没有煤油灯，人们用菜油灯，点起来不仅没有怪味，还透着菜籽的清香。那时菜油的价格也不是很贵，但必须凭粮油本上的指标去购买，每人一个月限额四两，这个我记得很清楚，因为我们的饭菜里总是缺少荤腥。

在我们的小城里，孩子们一般十点前就上床睡觉了。后来孩子们渐渐长大，变成藏着心事的少男少女，再后来成为浑身上下涌动着炽热血液的小伙子和大姑娘。而灯光依旧半明半暗，一切似乎都没有改变，一切又都在不可阻拦地改变。他们去想该想或者不该想的事情，去做该做或者不该做的事情，又几乎都在茫茫夜色之中，也不管有没有跳动的火苗殷殷地照耀……

有一些晚上，电还是按时停止输送。坐在昏暗的屋子里抬头看出去，如果正好有一轮明月爽朗地挂在山头上，或者一弯幽蓝的月牙静静地浮在夜空，这时我多半不去点燃油灯，而是呆呆地看一阵子，甚至轻轻带上门，走过老房子前的庭院，从石阶那里走下去。有什么地方可以去呢？那时候小城已经睡去，街面上偶尔走过来一两个人，打着手电或拿着亮秆——晒干的向日葵秆茎，点燃用于走夜路时照亮。那么，就往前走吧，沿着叫"和平路"的街道走上几十米，右转穿过小学旁边的巷子，前面就是开阔的水田了，再前行几百米，便上了在旷野里延伸着的环城路。

那条环城路是后来才修通的，不到两公里，因为县城就那么大，有一条从旁边绕过去的公路，路过的货车不用穿越街道。其实，经过我们县城的车并不多，一整天也未必有几辆，到了晚上，环城路仿佛不是路，而是一条清清静静的林荫道，可以躲进去散散步。离开故乡之前，我不记得自己有多少个夜晚在那条路上漫无目的地游逛。而路太短，青春期懵懂的心思又总是过于悠长，于是反反复复地走过去，又走过来。偶尔有一辆汽车开过来，雪亮的车灯划破厚重的夜幕，接着是红色的尾灯渐渐远去，一切又归于静谧，月亮还挂在山垭上，星星无言地闪烁，引人玄想。

记得到了七十年代，县里一个叫"洞咔拉"的水电站竣工，电力被送进县城。从那以后，晚上十点不再拉闸，街上的路灯通宵亮着，小县城变得明亮了，人们的日子也生动起来。不过，我还是经常到没有路灯的环城路上去。在那里，往东可以远眺灯火辉煌的县城，往西看是一层层叠着的山影，月亮和满天繁星让青春的心隐隐地悸动。如果我喜欢的那个女孩子今天朝我笑了一笑，我就会在心里告诉月亮，即使星星们偷听到了，也无所谓……

四

如今这个世界，不夜的街市到处是五彩霓虹，但是，生命最初的烛光却久久在我心里跳跃着，这究竟是因为什么呢？对此，我也一直很疑惑。我只知道自己的确降生在停电之后，产房里的确点着蜡烛，这是父母告诉我的，而我总觉得是自己的记忆，难道我真的记得？这显然很值得怀疑。我确信的是，烛光照亮了我最初看到的世界，使我不至于在黑暗中迷失。

　　我更愿意相信，所谓的"记忆"，其实只是自己的想象。这想象也是无比美好的，因为我的心毕竟朝着光明的方向前行。

　　也许哪一天，在我成为一个父亲的时候，我们的城市不再为缺电所苦了。那么，我的孩子来到这个世界时，第一眼将看到什么样的光亮呢？她会有什么印象？那个美丽的小女孩（我愉快地把自己的孩子设想为一个美丽的小女孩），她第一次认识烛光，至少得是一年之后，她过生日的时候吧。我们一定会为她点燃生日蜡烛，唱起那首动人的歌曲，祝福她快乐健康，在充满光明的世界里开开心心地成长。

　　女儿一岁的时候，应该会叫"爸爸"了吧？如果我的孩子真的是一个女孩，我想我肯定会成为很好的父亲。

　　我的父亲是很好的父亲，母亲也是很好的母亲。只是，一个医生和一个教师，在那些岁月里，能够在半明不暗的灯光下，在煤油灯的黑色烟雾中，谨慎地把孩子们带大，已经很不容易。他们从来不曾为我点燃过生日蜡烛，事实上，在我们的小县城里，当时根本就没有生日蛋糕和匹配的蜡烛出售。

　　我第一次比较正式地过生日，是在大学校园里，满十七岁。几个同学聚在一起，为我点燃了十七根蜡烛，关掉灯，我看着烛头上跳动的火苗，久久舍不得吹灭。那是第二次专门为我点亮的烛光，第一次是十七年前的同一个夜晚，已经久远得恍如隔世……

　　总有一天，我也会守在产房的门外，等待一个未曾谋面的最亲的人前来赴约。如果不是希望她的母亲早一些摆脱阵痛，我甚至愿意等待的时间稍稍长一些，在女儿如约到来前，细细地体会即将成为父亲的幸福和忐忑。我们守护她长大，为她的每一个生日准备漂亮又可口的蛋糕，配上彩色蜡烛。我设想，她一岁生日应该点燃红色的蜡烛，两岁时加上黄色的，三岁再加上蓝色的，这是生命的三原色。到她七岁时，我们为她点燃赤橙黄绿青蓝紫七色蜡烛，七岁以后由她自己选择生日蜡烛的颜色，我们不再干涉。

但是，我们一定要对女儿说：孩子，烛光给你带来快乐了吗？那火苗代表着光明，而光明永远是你追求的方向；你必须懂得，火能够驱散并战胜黑暗，值得你敬畏；只有让光明的火焰照亮心灵，你的生命才不至于晦暗；只有崇拜光明，你的一生才是明媚而纯净的，才是幸福的……

五

我知道，我正在等待生命中第三次温暖的烛光，等待着一对雕龙画凤的红烛流下烛泪——那是爱神的眼泪，当然也是我和她幸福的眼泪。然后，我们就想一想，应该给女儿取一个什么名字呢？

1994 年

274

我的"行窃史"

　　这个世界上，履历清白的人一定是大多数。很不幸，我的履历不是很干净，有过两次"行窃"的经历，小偷小摸而已。第一次"行窃"是六岁那年，刚上小学，案情很简单，初犯就被父亲捉拿归案，人赃俱获，至今想起来也觉得特别没趣。

　　我的父亲并不是警察，他是医生，西医，在我们那座小县城唯一的医院里给人们看病，脖子上挂着听诊器，能用别人看不懂的字迹开处方。人们都说他医术高明，下班后也常有病人找到家里来，甚至直接把他请出去，他总是有求必应。在那个"史无前例"的时代，偏远的小县城也时时刻刻风起云涌，医院却相对比较平静，因为谁都可能生病。每逢大事发生，喧天的锣鼓声响起来，游行队伍在窄窄的街道上浩浩荡荡地前行，无论是热烈欢呼还是愤怒声讨，一律带着如虹的气势。但是，从医院前面经过的时候，人们的声音会停下来，步履匆匆地走过去。大家心里似乎有一种默契，毕竟治病救人也是大事，同样马虎不得。

我模模糊糊的印象中，一年到头，父亲多数时候在医院里忙。那个年代，忙与不忙，主要看你自己对职业操守的认识，因为你的辛劳与获得没有任何关系。有些时候，专业上的事情做得太认真，未必是好事情。出于责任和良心，有些职业没有好的专业水准还真不行，比如医生，治病的事人命关天，岂容儿戏。

父亲月工资五十二元五角，这是大学本科毕业生的待遇，一分钱也不可能多，当然也不会少。母亲在小学里当老师，月工资三十六元。父母的收入加起来已经很好了，不夸张地说，在小城里，我们家算得上是高收入家庭。事实上，你要更多钱也没什么用。大米和杂粮是定量的，购粮本上写得清清楚楚；猪肉凭票证购买，每人每月一斤，有时候食品公司供应的是气味可疑的咸肉，但也得买来吃，有总比没有好；菜油每人每月四两，家里的饭菜总缺少荤腥，吃了没多久就感觉饿得慌。县城唯一的糖酒专卖商店在我家对面，柜台里摆着一些烟酒和糖果，父亲抽烟很少，也不大饮酒，我和妹妹自然很爱吃糖，但那是奢侈品，不遇年节不敢奢望。

与其他孩子相比，我和妹妹是幸运的，常常有一些意想不到的惊喜。母亲是贵阳人，娘家的亲戚不时从省城来，比如舅舅和姨妈，带着一些我们从没见过的点心糖果，那是我和妹妹最开心的时候。母亲为什么愿意和父亲一起来到这个遥远的小城，我不是很清楚，他们也没有多说。我只知道父亲在贵阳医学院上学时认识了母亲，毕业后就把她带回来了。最初，母亲甚至没有机会在县城里工作，被安排到一个乡村小学里教书，那地方叫何家坝，山岭间短短的一截街巷，学校在街后面，几十个孩子每天清早从四面八方聚拢来，黄昏时朝不同的方向散去。母亲周末才能进城，需要在五公里多的碎石马路上步行一个小时左右，如果运气好，也可以碰巧搭上运货的马车。她调进县城的时候，我已经四岁了。

要说清楚第一次"行窃"的案情，必须交代"作案"动机，以及诱发动机的原因。如果母亲不是贵阳人，如果没有亲戚们从贵阳带来的点心和糖果，我断不会在六岁这样的年纪就起了"盗心"。那个年代的孩子尤其馋，特别是对糖果之类的东西，充满渴望和幻想。记得一位同学带了一颗奶糖到学校，在大家的注视下剥开糖纸，小心翼翼地放进嘴里，围观的人不停地问好不好吃，那同学说太好吃了，他可以一口气吃掉整整一卡车。那奶糖得有多么好吃啊，我想我也是可以一口气吃掉一卡车的。

那一天放学后，我与几个同学约好去城墙沟的河边玩，先回家放书包。进门后，我看见柜子上放着一包东西，透出一股香味，忍不住去打开，竟是月饼。这一发现让我非常兴奋，拿一个装进衣兜里，兴冲冲往外走，心里想着今天的玩伴有口福了，我会分给他们，有几个人就分几份。事实上，有好吃的东西，谁遇到了我就分给谁，而有的玩伴未必是这样的。

万万没有想到的是，穿过街道，刚刚转进通往城墙沟的小巷，一只大手牢牢捉住我的胳膊，回头一看，是父亲。他严厉地问我衣兜里装的什么，命令我立刻拿出来。我不知道他是从哪里冒出来的，怎么确定我衣兜里有一个月饼，这个谜底至今也没有揭开。父亲做医生算得上出色，做侦探也许会更出色，虽然断案的水平值得商榷。经过简单"审讯",他认定我拿走这个月饼是"盗窃"行为。当然,我对这个"判决"是不服的,孩子吃了家里的东西,虽然存在"未经许可"的情节,可之前谁也没说过吃家里的东西需要经过"许可",怎么能判为"盗窃"呢?我没有"上诉"的渠道,只能在挨揍的时候一声不吭,忍住不哭,以示抗议。

月饼"盗窃"案的案情是再简单不过了,延伸开的情形却令人禁不住伤感。后来我知道,那些月饼是为几天后的中秋节准备的,那天家里要来很多客人,父亲和母亲盘算过,即便一人一个月饼,数量也不够。到了那一天,他们提前把月饼用刀切开,一个切成四份,放在盘子里。客人散去后,家里人才分享剩下的。我们知道,所谓时代的局限,必将折射在人们的日子上,变成人们日子的局限,最终成为人的局限,谁也不能例外。那个时代的芸芸众生,他们必须把自己的日子精打细算过下去,一些时候还要尽可能假装过得体面,这中间有多少无能为力和无可奈何,也只有他们自己知道。而这一切,一个六岁的孩子是不可能懂得的……

第二次"行窃"是上初中以后的事情,我偷了一本书。

我们的学校在县城东边的凤凰山麓,从城里去,要穿过几条窄窄的街巷,过一道古老的石桥,登上好几十级石阶。校舍非常陈旧,很多窗户的玻璃都破了,冬天坐在教室里冻得瑟瑟发抖,读课文的声音也带着颤音。其中有一栋青砖房子,原本是一座庙宇,被改建成教师的办公室和资料室,参天古树荫翳着结满蛛网的檐角,看上去有些神秘。资料室是只供教师使用的,里面堆着一些书，有一天我试着溜了进去，那位兼做管理员的女教师看了我一眼，没有制止。从那以后，我经常往里面钻，成了资料室唯一的学生读者。照我的感受，一个人最渴望读书的时期与青春期同步，因为阅读，躁动的心仿佛打开了一个窗口，能看见五彩缤纷的世界。在那个几乎无书可读的时代，渴望越是被压抑，越是尖锐地伸展，带来难以诉说的烦闷和苦楚。

那个资料室里其实也没什么书，小说类记得只有《金光大道》《艳阳天》等等，聊胜于无吧。意外的是，在一个布满灰尘的角落里，我偶然间翻出了一本特别的书：莎士比亚的《罗密欧与朱丽叶》。那是一本薄薄的小册子，人民文学出版社 1956 年版单行本，和许多旧报纸旧杂志一起，堆在资料室最里面的地板上。我鬼使神差蹲下去翻那些杂志，浅黄色的封面露了出来，看清书名的那一刻，我简直不敢相信。后来仔细寻思，多半是资料室清理不符合规定的读物时，随手丢在那里便忘记了，也难说是不是有人刻意把书藏在那里的。

这样一本特别的书，如果像拿着其他书一样坐在资料室里读，能不能顺利地读完，是完全没有把握的。我隐约知道罗密欧与朱丽叶的故事，如今书就在手上，可以想象多么诱惑人。同时，这本书显然不能放到架子上去，放回那一堆旧杂志里面也不大合适，更重要的是如此失之交臂，我实在是心有不甘。纠结之中，脑子里突然冒出一个胆大妄为的念头：先"借"走，看完了再悄悄还回来。隔着书架，我看到那位老师正埋头写什么，不可能注意到我，匆匆把书塞进裤子的口袋里，低头看一看，再摸一摸，并不明显，于是挪动脚步往外走。出门以后，我的步子放得很慢，一步步下了石台阶，穿过操场，走过石桥，到这里就算离开学校了，才撒开腿头也不回往前跑，一颗心好像随时可能从胸腔里跳出来。

从那以后，去不去资料室成为一个令人忐忑的问题，如果再也不去，担心引起那位老师怀疑，去了又总觉得她已经发现了什么，随时可能冲过来逮住我，真应了"做贼心虚"的说法。手上的那本书东藏西藏，最后塞到床垫下面，一直不敢拿出来看，当然也不敢"还"回去。几年以后，读书不再有那么多限制，《莎士比亚全集》再版，我买了一套作为案头书放在桌子上，《罗密欧与朱丽叶》也是那时才细细读过。那里面的句子需要读出声来才有韵味，比如："我借着爱的轻翼飞过园墙，因为砖石的墙垣是无法把爱情阻隔的……"。

在资料室下定决心出手"借"书的那一刻，我觉得战胜了自己，后来懂得这不是战胜，恰恰相反，这是一种失败。这件事情让我意识到，人在面对诱惑的时候常常很难把握自己，不能抗拒诱惑正是人性的一个弱点。这是一个很大的弱点，需要一生去克服。

需要说明的是，我一向不赞同孔乙己"窃书不能算偷"的说法，当年"借"走《罗密欧与朱丽叶》，也绝不是受了他的影响。后来自己的藏书越来越多，屡屡神秘失踪，更加痛恨孔兄的"高论"。有的书好不容易淘来，明明放在书架上，说不见就不见了，心疼得不行。不用说，这一定是"读书人的事"。可以随便出入我书房的人并不多，必是至交好友，当然也都爱书。发现有的书不翼而飞，无论找谁追问是否"借"去了，个个频频摇头矢口否认，虽然看谁都十分可疑，也终于无可奈何。为了应对这样的事情，我找到了一个不错的办法，遇到好书绝不只买一本，最多时买过几十本，把书店的存货全部搜罗干净，分送友人，自己也留有备份。这样，朋友来书房小坐，即便有自作主张把书"借"走的，也不至于暗自咬牙切齿。

　　除了两次"行窃"，我没偷过包括月饼和书在内的任何东西。不过，我打定主意要作一个大"案"，把一个好姑娘的心偷到手，让她做我的妻子。我发誓从此"金盆洗手"。

———

1991 年

记忆的铁轨

一

闲下来翻阅余光中先生的文集，常常会再读一遍那篇《记忆像铁轨一样长》。先生年幼时喜欢看地图，向往去远方游历，而且觉得最浪漫的旅行方式是坐火车。我也有这个感觉。他坐火车最早的记忆是在十岁，抗战开始第二年，从安南沿滇越铁路北上昆明。我的记忆要早一些，但旅程没那么远。

我母亲是贵阳人，远嫁到黔北大山深处的凤冈，在县城的小学里教书。暑假、寒假期间，母亲大多会带着我和妹妹回娘家，先坐汽车，在遵义转乘火车到贵阳，旅途需要两天。很小的时候，火车在脑海里的影子是模糊的，后来慢慢长大了，对车窗外的风景有了印象。我记得汽笛不时响起，车轮在铁轨的接口撞击出铿锵的声音，那些不同模样的山峦和河流、都市和村庄远远地迎过来，又远远地退开，不断变换着，让人的心里升起一种说不出的愉悦。听说我小时候和其他男孩子一样淘气，但只要一上火车，坐在车窗边，就立刻安静下来，一直盯着窗外，直到终点。

从遵义到贵阳不过一百六十多公里，现在搭乘高铁五十分钟就到了，但是在当年，火车得跑六个多小时。不是车的速度有多慢，是这样短的路途，快车不出售车票，我们只能坐普客列车，就是慢车，每一个车站都要停靠。不用说，这样的车通常人潮涌动，刚上车的时候很难找到座位，但是，你只要耐心地守在一个地方，三站两站之后总有人下车，位置就空出来了。普通铁路每七公里一个区间，设一个车站，我记得从遵义到贵阳有二十三个车站。汽笛一声长鸣，车"咣当咣当"越来越快，过不了多久又慢下来，"吱吱"地刹车，那么，一个车站到了。有的车站比较大，不同的站台上停着好几趟等待交汇的列车，不远处是城市的楼房和街道，隐约听得到市声的喧嚣。有的车站则非常小，紧挨着田畴、树林和溪流。小站站台简陋，穿着铁路制服的人手里拿着红绿两面旗子，嘴上含一只口哨。火车进站的时候，红色旗子是高高举着的；待下车的人向四面八方散去，上车的人都进了车厢，绿色旗子举起来，口哨随之吹响，车又开动了。

火车在站台上停靠的那些时刻，能看到不同的人，男男女女老老少少，带着不同的表情，匆匆地上车和下车。满脸皱纹的老汉挑着箩筐冲过来，好不容易挤进车门，立即放松下来，过道上席地而坐，心满意足地点燃叶子烟；背着孩子的媳妇是要回娘家吗？拥挤并没有影响孩子甜甜的睡眠，背带上刺绣的桃花或梅花图案色彩鲜艳；也有孩子声嘶力竭地哭，母亲耐心哄着，眼里含着愧疚和焦虑；有一些男人或女人穿着时髦，提着同样时髦的旅行袋，从车厢另一头从容地走过来，寻找有没有合适的座位。我还注意到，单独出行的姑娘大多站在车门旁边，有的很漂亮，但几乎都面无表情，背对人群，把随身携带的包挂在面前，谨慎地护着……这么多不同形象不同神情的人，他们是谁？为什么搭乘这一趟车？要去什么地方？我觉得这些问题很有意思，总不停地去想。

车开得慢，也有慢的好处，可以把窗外的情景看得更清楚。贵州多山，苍山如海，峰峦起伏，火车几乎一开出车站就钻进大山里。刚刚才在山谷深处摸索着前行，转眼便跃上高高的山梁了；如果窗外的山影突然断开，那么是上了桥梁，下面深不可测的谷底令人嗳怯，粗气也不敢喘；突然，车窗的眼睛仿佛被一双大手蒙住，铿锵声隆重而迫近，隧道把整列火车吞了进去；眼前终于亮开，说不定正好看到河流和湖泊的粼粼波光……最引人玄想的，是崇山峻岭之间那些三三两两散落着的农舍，有时候炊烟正缓缓飘起来——是谁住在那里呢？他们都有着什么样的喜怒哀乐？初长成人的农家妹子会嫁到多远的远方？……山野和田园的风景画色泽质朴，不动声色，却分明昭示着日子的艰辛和人的坚韧。

家乡小城到现在也没有通火车，在我心里，这实在是一件憾事。我小时候喜欢看地图，特别是看地图上的铁路线，看铁路线沿途那些城市和乡村的名字。我不止一次梦到铁路修到了我们的小县城，一排排枕木支撑着长长的铁轨，伸向很远的地方。猛然醒来，眼前还是寂静的黎明，从木框的窗户看出去，正对着的那座山在熹微的晨光里露出轮廓，仿佛随意涂上去的一抹淡淡的墨痕。那种时刻，我觉得有些忧伤。或许，这里面暗藏着一个山乡少年对远方的神往，因为，在我当时的认知能力内，铁路是唯一能与远方有所牵连的纽带，飞驰的火车承载着无限幻想。

二

我读的第一部小说，与铁路有关。因为母亲做教师的方便，我五岁多就去了她任教的小学里读书，反正孩子总是要带的，不如找一个教室放进去，跟得上就读，万一跟不上，大不了来年重新读一个一年级。好在我不算很笨，就这样稀里糊涂上完了小学。

因为那个年代学校里的功课非常简单，课余时间，我总想着另外去找一些东西来读，一开始是书店里能买到的小人书，觉得比课本有意思。有一天下课后去一个同学家玩，看到他家有一本叫《铁道游击队》的书，封面是一位戴鸭舌帽的男子，手持驳壳枪，器宇轩昂地站在蒸汽机车的车头上，说不出的威武。也许是铁路和战争的双重因素吸引了我，便苦苦相求把书借了回来。那个年代的孩子都崇尚英雄，而因为有乘坐火车的经历，我对与铁路有关的一切充满兴趣，啃那一本三十多万字的大部头书，并不觉得费劲。

我没有想到的是，阅读的权利竟会受到了质疑。在偷偷摸摸读了一多半的时候，父亲发现了，把书拿过去翻了翻，问清楚来历，想了想，让我第二天还回去。"这书写的是打日本鬼子的事情，为什么不能看？"父亲说，打日本鬼子当然没问题，但是里面有很多不健康的东西，不适合小孩看。

父亲的口气不容分说，令人绝望，唯一的办法是尽快读完，总得知道个结局吧。那天晚上我拼命地读，此后几十年也没有那样如饥似渴地读过任何一本书。为了不让父亲发现，我不敢开灯，蒙在被子里打着手电筒看，一直到不知不觉睡着了，也还是没有读完。第二天我把书带到学校，却舍不得还给同学，又偷偷带回来了。父亲并没有追问，几天以后他终于问起来，书已经读完，而且已经还了。为此，我颇有几分得意。

《铁道游击队》无疑是一部好书，其中飞虎队铁道线上打鬼子的那些故事，满足了一个少年对英雄传奇无限敬仰的心理需求。不过，父亲说得没错，书里一些"不健康"的内容，也许对孩子还真不那么合适。那个朝鬼子丢手榴弹不知道拉弦的芳林嫂，她是多么的美丽啊！可以说，芳林嫂是我对女性幻想的开端，与她有关的那些章节，我看得很仔细，反复读好几遍。我甚至想过，她为什么是芳林嫂，而不是芳林姐姐或者芳林妹妹呢？

根据小说改编的电影《铁道游击队》恢复公演时，我第一时间去看了，秦怡饰演的芳林嫂不能说不漂亮，但我总觉得不是我心目中的样子。我内心那个芳林嫂有特别的色泽和质感，以及特别的性格和灵魂，任何一个人的具体形象都不能代替，都远远不够。塑造芳林嫂这样一个形象——这个曾经启蒙和浸润着我对女性所有想象的人物，把她放到冰冷的铁道线上去，放到战争的刀光剑影中去，便形成了一种反差的美，为作品注入了最为绚丽的一道色彩。我喜欢这部小说，原因也许正在这里。

战争已经远去，长久的和平令人庆幸。就质地而言，铁轨依然还是生硬而冰冷的，而铁轨之上承载着的南来北往的列车，那些灯光温暖的车窗，与铁轨不是也形成了一种反差的美？我想象，在生硬而冰冷的铁轨的那一端，最远的地方，或许藏着柔软而又炽热的期盼，不然，人们为什么要风雨兼程地前行呢？你的那个芳林嫂，或者芳林姐姐、芳林妹妹，是不是就在远方等你，也说不定。你搭乘火车沿着铁轨飞驰，穿过山岭和平原，跨过江河和湖泊，只要往前去，就有机会与她迎面相逢；你也只有往前去，到了铁轨的那一端，才可能有机会与她迎面相逢。

三

在十六岁之前，省城贵阳是我走得最远的地方，搭乘火车最长的旅程就是六个多小时，看不够车窗外的无限风光。因此，在高中毕业填报大学志愿时，我打定主意要去很远的地方。

后来，海淀路三十九号那所学校的录取通知书终于到了。八月下旬的一天，我在贵阳登上了开往北京的直快列车，那一刻内心更期待的，其实还不是即将开始的大学生活，而是前面四十八小时的旅程，以及车窗外陌生的风景。出发之前，我对着地图仔细看，这一路要往东离开云贵高原，再北上进入洞庭湖平原，然后跨越滔滔扬子江和黄河，穿越整个华北平原……这难道不正是我早早想象过的坐着火车远行的浪漫旅途?

然而,这份浪漫终于到来,却与我想象中的情形相去甚远。

第一个问题是车票。凭录取通知书,我可以购买学生票,自然是硬座车厢,但无法拿到座位的号签。那时正值暑运高峰,几乎所有列车都严重超员,能够挤上车去已是万幸。可以肯定的是,无论有没有座位,我都必须按时上车。记得是晚上八点多钟,我站在硬座车厢的过道上,听到汽笛长鸣,车轮碰响铁轨,火车开动了。

人这一生,会遇到多少人呢?据说数字是很夸张的,但能够记住的人却不会很多。第一次远行,在车厢里遇到的三个人,我一生都不可能忘记。两个漂亮的姑娘,真的很漂亮,一个帅气的小伙子,也真的很帅气,在我脑海里,他们的样子至今都非常清晰。在人满为患的车厢里,他们坐在三个人一排的座席上,我正好站在他们旁边,手扶着座位的靠背。

火车在夜色里奔驰,我一声不吭地站着。也不知道过了多久,两腿开始发酸的时候,坐在最外边的那个姑娘抬起头来跟我说话,问我在哪里下车。"北京?后天晚上才能到呢!你没有座位吗?"知道我是新考上的学生,他们相互交换了眼神,告诉我五个小时以后到玉屏站,通常有人下车。如果还找不到座位,第二天早上到怀化,下车的人比较多,一定能空出座位来。他们说,在我找到座位之前,可以先和他们挤一挤,接着就往里挪动,在座席上腾出空间,让我紧挨着坐下。这时我才知道,他们是先于我一年考到北京上学的学生。

对于青春年少的我来说，硬座车厢里坐两天两夜不是难事，而硬生生站着到北京，却有些不可想象。终于坐下了，那一刻，我说不清楚内心是什么感觉，是不是应该庆幸自己站对了地方，旁边正好是好心的学长。但好像又不是这样的，我甚至感到愧疚，三个人的座席上坐四个人毕竟拥挤，我给人家添麻烦了，为此而非常不安。

凌晨一点多，列车停靠玉屏站，我赶紧去找座位，车厢里走了几个来回，但没有一个座位是空着的，很失落。他们安慰我，说早上到怀化肯定能找到座位，让我继续和他们坐在一起。我站了一会，后来也只好挨着他们坐下了。

我第一次经历了列车上不眠的夜晚。那一夜，车窗外一片漆黑，没有风景，偶然闪过零零星星的灯光……

第二天早上，我在怀化之前的芷江站就找到了座位，一颗忐忑的心终于放松下来。这时，我才想起出发前反复看过的地图，想起对车窗外无限风光的幻想和期待。火车又开动了，我坐在属于自己的座位上朝窗外望去，铁路沿线的夹竹桃正开着深红色的花。随后，车速越来越快，一树一树的花丛被拉长，成为绿红相间的彩带，生动地起伏飘舞，车窗像一幅印象派大师的油画，且不断变换笔触和构图，色彩涂抹得恰到好处。这些画面从此成为我审美心理的一种底色，烙印之深，影响着一生。多年以来，只要看到盛开的夹竹桃，我的眼眶就会在不知不觉间潮湿，一种柔软而又尖锐的情感在心里久久地起伏萦绕，不知道是感伤还是感慨……

四十八小时后，列车到达崇文门东侧的车站，漂亮姐姐和帅气的大哥陪我到站前广场，找到学校的新生接待站，挥挥手走了。我站在广场上等待校车，感觉脚下的大地还随着火车的节奏晃动，车站那两座带飞檐的钟楼也在不停地晃动，耳边还是列车行进时韵律铿锵的声音。如梦如幻，关于远方和火车的第一个"浪漫之旅"，以一种与过去千万次设想都完全不同的方式完成。

这个经历让我感悟到，与梦想伴生而来的，往往是意料之外的尴尬和局促。每一个行走在旅途中的人，都很可能遇到这样的尴尬和局促。之后，在列车上，我会关注身边那些站着的人，询问他们在哪个地方下车，站起来换他们坐下，说自己坐得太久了，想活动一下。或者，我与坐在身边的人商量，让两个人的座席坐三个人，三个人的则坐四个人，我的提议很少遭到拒绝。列车特别拥挤的时候，甚至需要从窗户爬上车来。我看到有人在列车进站前刻意关闭车窗，希望为自己留下更多空间，而我会提前把车窗开到最大，让需要赶路的人有机会从这里上车，不误行程。

四

大学四年，我每一个假期都回家。从北京乘直快列车到贵阳，之后再转短途火车和客车，才能回到我们的小县城。我计算过，四年间我在火车上的时间加起来超过了一个月。

我记得贵阳到北京的学生票价格是二十二元，当然是硬座，再多花十一块钱可以乘坐卧铺，车厢里睡两个晚上就到了。同学相约着回家和返校，家境好一些的，家里会坚持为他们买一张卧铺票。我一次也没有买过，因为就我的家境而言，十一块钱并不是小数目。坐火车的次数多了，经验日渐丰富，硬座车厢一样可以有自己的"卧铺"。我带着厚厚的一叠旧报纸上车，晚上在座位底下铺开，困了就钻进去睡一会，座位也正好让给旁边站着的人。只是我的这个"卧铺"，冬天冷得不容易入睡，夏日里则总是对着一大堆两天两夜没法洗脚的大脚丫，气味可想而知。

与第一次没有座位号签也要上车的情形相比，后来好了很多。放假前在学校预定回来的车票，座位是有保证的。而从贵阳返回北京，想要拿到座位号签，则始终是个难题。幸运的是，舅舅家在贵阳，我转车借宿在他家里，车票的事也交给他去想办法。舅舅好像并不为难，似乎也真的有点办法，每次假期结束，车票都已经买好了，上面贴着座位的号签，让人心里倍感踏实。

很久以后我才知道，舅舅哪有什么办法，不过是盯着预售车票的时间，在可以买票的第一天去火车站排队。为了确保万无一失，舅舅头一天晚上赶到车站，排在购票长龙的第一个位置，连厕所都不敢去。他不信车站发售出来的第一张票会没有座位号签。暑期还好，而在贵阳阴冷的冬天通宵达旦排队，我简直不敢想。早知道是这样，我宁肯拿着没有座位号签的车票上车。大学毕业后回到贵阳工作，周末常去舅舅家，带些酒菜陪他喝几杯。微醺之间，舅舅轻描淡写地谈到当时的情形，说最笨的办法恰恰是最有用的办法。舅舅就是这样一个人，踏踏实实做事做人，从不纠结和抱怨。

给舅舅带来麻烦的当然是我。但是，如果我们的火车不那么拥挤呢？看着舅舅谦卑憨厚的笑容，我想，如果只允许我许一个愿，我要许这个愿：希望在南来北往的列车上，每一个人都有自己的座位，任何人都不用像舅舅那样，为一个座位号签在寒风中彻夜守候。

五

也许是内心有了太多特别的记忆，我对铁轨有一种深深的依恋和依赖。无论在什么地方，无论多么遥远和偏僻，只要看到火车在铁轨上飞驰，我就觉得自己与这个世界是紧紧联系在一起的，内心不至于惶惑。

十九岁那年到《甘肃日报》实习，与一位同学在酒泉驻站，四十多天跑了不少地方，在祁连山的雪峰下，在沙漠和戈壁滩深处，紧张地采访和写稿。一开始，眼前的一切无比新奇，但是到后来，黄沙漫天、长河落日渐渐不再是风景，而是一张网，紧紧罩在心上。西出阳关，南望祁连，我们不约而同地感到不安，觉得自己离世界越来越远，大漠孤烟下仿佛找不到回去的路。

就在这个时刻，我们看到了铁路。那一天从沙漠里出来，到了玉门市辖区一个也叫玉门的小镇，在招待所里刚刚住下，就隐隐约约听到汽笛声。火车？我和同学对视一下，一句话没说，打开门往外走，循着汽笛的方向追过去。那天风沙特别大，四下里天昏地暗，小镇街道两边的房子都看不大清楚，我们还是顶着沙尘往前跑，好像生怕汽笛突然消失了，无从追寻。终于，一个小小的车站出现在镇子尽头，隔着栏杆，我们看到喘着粗气的蒸汽机车，以及一节一节的车厢，那是一列货车，正停靠在车站等待会车。不一会，一列客车进了站……那一刻，我们如释重负，沿着铁轨可以回去，我们就有理由相信自己没有被抛弃。

后来，我们正是沿着那条铁轨回去的。

六

因为一种特殊的感情，我曾经花了很多时间去铁路上采访，与公务段、车务段的铁路工人一起上班，与巡道工一起巡线，在内燃机车和蒸汽机车的驾驶室里看司机开车。我工作的那个地方当时还设置铁路分局，全分局管内几十个车站我全部去过，包括那些只有一间简陋站房和三五个职工的末等小站。有了这个经历，我至今对铁路上的事情也不至于说出过于外行的话。

印象最深的，是滇黔线上一个叫荷马岭的车站，在分局辖区的最西线，小小的站房建在山沟里。数不清的列车每天从这里经过，但都在一瞬间呼啸而去，只有一趟普客列车停靠，时间是两分钟。我搭乘那趟火车来到车站，必须停留一夜，第二天才能坐同一趟车离开。那天晚上，我住在车站的一间站房里，和站上几个铁路职工天南海北地聊天，聊到很晚。

夜里十二点，一个工人说上班的时候到了，站起身来，背起工具包往门外走。他是巡道工，约莫五十岁，看上去身板单薄，还不时地咳嗽，让人对他的健康状况感到不安。我跟着走出站房，下一道缓坡就到了铁路线上，前面几十米是一个隧道。与我道别后，巡道工借着专用照明灯检查线路，手上的锤子敲打铁轨和道钉，"叮叮当当"的声音夹杂着咳嗽声渐渐远去，消失在隧道深处。第二天早上八点，我在隧道口等他，"叮叮当当"的声音由远及近，同样夹杂着咳嗽声。他远远地和我打招呼，面带憨厚的笑容，拿着与对面另外一位巡道工碰面交换的牌子，说线路一切正常，他该下班了。这位巡道工和他的同事，他们日夜守候铁道线保障列车运行的故事，我都写在一篇题目为《夜宿荷马岭》的稿子里了。

那一夜，车站的人还给我讲了老站长的故事。他是这个车站第一任站长，七十年代初滇黔线通车就来了，几十年守在车站，直到五十多岁时患肺病去世。人们记得，节日里总是老站长值班，他说自己是有老婆的人，年轻人要出去走走才能找到老婆。老站长葬在车站旁边的小山坡上，这是他最后的愿望，说要一直看着这条铁路，看着火车轰隆隆地开过，这样才睡得踏实。可惜车站没有老站长的照片。他们告诉我，老站长家里也未必有照片，因为他几十年几乎不曾离开车站，根本没机会去城里照相。他们说，他人很随和，除了在关乎安全的问题上特别较真，其他事情都好商量。

第二天，我爬上了车站旁边的小山坡，沿路采了一些野花，摆在老站长坟前，向他深深地鞠躬。长满青草的坟茔在一片杉树林前面，正对着铁路。阳光下，从隧道里穿出来的铁轨由东向西，像两道银色的线条，在茫茫群山里伸向远方……

七

我至今也认为坐火车旅行是最浪漫的，如余光中先生所言："滚滚疾转的风火千轮上……窗外的光景不断，窗内的思绪不绝……"如果有一位自己暗暗喜欢的姑娘同行，就更浪漫。

那个我以为是芳林姐姐或者芳林妹妹的姑娘，曾经和我在同一条铁路线上往返。我们期盼暑假和寒假到来，相约一起回家和返校，正是为着一段温馨的旅程。想一想，两天两夜相守在一起，低头抬头可以彼此看见，除了搭乘同一趟火车，其他什么场合做得到呢？四十八小时车程不是太长，而是太短。有一次，终点站即将到达，她对我说，如果火车就这样一直开下去，永远不停下来，该有多好。这是我在旅途中听过的最动人的一句话。

火车当然不可能一直开下去，不可能开到海枯石烂、地老天荒，我们终于各在铁轨的一端了。那些时候，手上拿着一张车票，如果是相聚之后的远行，再紧的拥抱也是不得不分开的。若是别后重逢，火车还没有开动，心就禁不住沸腾起来，想这多情的两条钢铁的长线，有人在那一端站台上守望，等着迎接穿越千山万水而来的列车。甚至，不待车停稳就越过黄线，急切地搜索每一扇车窗，哪怕把相见的时刻提前一秒钟也好，亲眼看到了，才相信真的回来了。

土耳其诗人塔朗吉写过这样的诗句："美丽的火车，孤独的火车／凄苦是你汽笛的声音／令人记起了许多事情……"火车带给我的浪漫旅程，很像被谁处心积虑安排过一样，按照自己的轨迹展开。原以为有美好的开始便结局可期，正如你们从铁轨这一端上了车，就一定能相伴着到达另一端，或者只要你在这一端等待，那一端的人就会如约到来。然而，事情并不是这样的，火车还是这样前行着，铁轨也依然有两端，但两端的站台上都不再有人等待。

多年后想起那一些旅程，恍恍惚惚之间，我觉得车轮还在铿锵地转动。也许，从根本上说，我们其实还在同一趟列车上，朝着同一个方向前行，手上攥着的是同样一张单程车票；我知道她在不同的车厢，她的窗外有不同的风景，今生的"浪漫之旅"并没有结束，只是她的故事不再和我有关，我的故事也与她无关……

一条铁路从贵阳城北的小关湖畔经过。夜深人静的时候，我常常开车去湖边坐一坐，看火车开过来又开过去，一长串明亮的车窗在漆黑的山岭间拉出一道光影。那条铁路就是我小时候多次坐火车往返的川黔线，往北一百六十公里是遵义站，我要在那里下车，然后换乘汽车回到故乡小城。我想，如果哪一天小城通了铁路，我一定要坐火车回去，而且一定要选择绿皮车，好好看一看车窗外慢镜头般展开的山岭和田园，溪流和森林，以及都市和村庄。

搭乘这一趟火车，也许可以回到童年。

2000 年

"贵月"城里的那条街

我们大中华的传统节日之中，我最喜欢中秋节。八月十五，如果是晴天，夜空中一轮灿灿的明月褪去云衫，把一年中最纯净和岑静的时刻渲染得淋漓尽致，说美不胜收是远远不够的。独在异乡的人有另一番心境，抬头看到月亮，停下奔忙的脚步朝着故乡的方向举目遥望，久久压抑着的心事说不定会泛滥起来。这时候，心尖上最柔软的地方怕是禁不住要颤动起来了，眼前的秋风也瑟瑟，秋思也戚戚。我没有经历过飘零他乡的苦楚，但每逢中秋，那一轮皓月也总是能带给人关于秋思的无限想象，对圆圆融融的日子心存感念。

在人们心目中，中秋似乎并不是最重要的节日。中国人对节日一向看重，平时什么都可以随便一些，节日必须讲究。新年不必说，除夕夜的爆竹从子夜喧嚣到黎明，元宵灯会绝对是凑热闹的好去处；接下来，清明节的香烛，端午节的粽子，中元节的纸钱，重阳节的霜菊，活人死人都是要照顾到的。节日太多，总要分一分轻重。春节之外最不可马虎的当数清明和七月半，点燃香烛，口里还得念念有词，仪式肃穆庄重，让人粗气也不敢喘。然后呢，大家最在意的就应该算中秋了，月亮圆人也团圆，多么理想的境界。我在想，如果不是因了尊崇祖先敬畏神灵的因素，中秋节的重要性很可能会排在第二位。"今夜月明人尽望，不知秋思落谁家"，既然月亮又圆了，那么，无论如何也还是往家里赶吧，最牵挂你的人一直在等着盼着呢……

偏爱中秋这个节日的人，通常恋月。我似乎算得上恋月成癖，无论是羞怯的月牙，还是圆润大方、无遮无掩的满月，在我看来都是至美的精灵，不能说谁比谁更迷人。不管你是不是把着酒觞问天问地，也都难逃沉醉。很可惜，我选择的栖身之地贵阳常常看不到月亮，这是非常令人遗憾的。

"贵阳"地名的由来，是地处贵山的南面——贵山之阳，并不是因为日照少。巧合的是，这地方的气候还真应了"天无三日晴"的说法，阳光非常金贵，无论什么季节，雨是说下就可以下的，即使没有雨，阴天也居多。其实我并不反感雨天，倒觉得敲檐击屋的雨点声淡然而宁静，人的生活也可以自在一些，步履不用那么急促。只是，每每中秋临近，天还一直没有放晴的迹象，再去看天气预报，一年一度的明月夜注定又一次与自己无缘，就彻底断了念想。"今夜清光似往年"，今宵酒醒，望望伫立，也只能想一想月亮的模样了。

这样的状况一直令我纠结。曾经突发奇想，觉得贵阳应该有一个更切合实际的名字，与月亮有关，或者说与看不见月亮有关。后来，有那么一天，我还真的有所发现。

那是一年中秋节的晚上，我在东门附近闲逛，走进一条小街，准确地说是一段百十米长的巷子，两边挤着歪歪斜斜的房子，说得诗意一些，是带着漫漫时光的痕迹，直白地说就是破破烂烂，陈旧不堪。我心思散漫地四处张望，不经意间看到了街边立着的路牌：指月街。原来，这条窄窄的街巷竟有这样一个凄清冷艳的名字！我愣愣地站着，迷迷糊糊地玄想开去：曾经，在眼前的这条小街上，是谁把一弯新月指给谁看，倾诉"至今不会天中事"的哀怨与婉转？又是谁把一轮皓月指给谁看，暗示"碧海青天夜夜心"的坚贞与执着？抬头望向黑沉沉的天空，细雨洒在脸上，看不见当年的月亮。"飞镜无根谁系，姮娥不嫁谁留？"我真的想知道，在长风浩浩中赏过了同一轮月亮，指月的那个人，最后是不是嫁给了看月的那个人？

中秋无月，夜雨潇潇，一个孤独的人，漫不经心地走在一条名为"指月街"的小街上，想象发生在这里的那些久远的故事……我觉得眼前的一切美到令人窒息。那一刻我想，因为有过指月的人和顺着指引去看月的人，这条街就有了一个与月亮有关的名字；于我们这座山城而言，中秋节常常看不到月亮，是不是可以叫"贵月"呢？这里的月亮的确珍贵，也算得上名副其实。

从那以后，我一直在心里把贵阳称作"贵月"，在无月的夜里呆呆地坐着，心思淡然地想一想可有可无的心事。我们知道，月圆的时候未必就是团圆的时候，不遭遇生离死别的苦痛就已经很幸运了。古往今来，多少团圆的梦总是难圆的，不然，为什么征夫的血和闺中的泪，千百年来被吟唱得百转千回、凄婉绝伦？

我十九岁到《甘肃日报》实习，曾在酒泉记者站驻站一个多月，天气好的时候，推开招待所朝南的窗户，就可以远远地看到祁连山。如果晚上正好有月亮，漫天清辉洒在雪峰上，人的心里忽然生出今夕何夕的追问，神情也跟着恍惚起来。祁连山下的茫茫戈壁是古战场，月光下久久凝望，仿佛能看到戍边将士的影子。汉关秦月，征衣难解，金戈铁马的岁月里举头望月，又会有什么样的感慨呢？他们醉卧沙场感叹"古来征战几人回"，哀怨中带着冲天豪气。举着夜光杯畅饮葡萄美酒的时候，人毕竟还活着，而活着就有回家团圆的希望。我愿意想象他们活着回到家乡的情形，娶一个可人的女子，让她为你生一大堆娃，一年四季专心谋划五谷桑麻的事情，再也不去回想杀戮中死里逃生的惊心动魄。后来去甘肃陇西县采访，晚上在招待所里翻看当地提供的相关资料，读到了唐人陈陶的《陇西行》，竟一夜难眠。男人早已经战死沙场，最催人肝肠的是，无定河边的一堆白骨"犹是春闺梦里人"，因为闺中的佳人什么都不知道，一直苦苦地等待，她不信团圆只能是闺中的梦境，她的眼泪干了又湿，湿了又干，从青春到暮年。想一想，该有多少轮中秋的冷月照着临窗的期盼，照着那颗无数次破碎了再无数次拼起来的心……

相对而言，浔阳江头的瑟瑟秋风虽然也带着清愁，但多少有些矫情。男人不过是到浮梁买茶去了，起码性命无忧，赚了钱终归是要回来的。再说，江州司马把你当成同样"天涯沦落"的知音，明月绕船之际，枫叶荻花里添酒回灯，还可以弹弹琵琶唱唱歌，日子也未见得多么寂寥，何苦"梦啼妆泪"呢？

在一座叫"贵月"的山城里平平安安地生活，我应该知足。我在想，戍边打仗是由不得自己的事情，处在和平年代，既然不用去沙场上厮杀，就更不必去刻意追求功名和利禄。如果哪一天，我有了一个可意的或即使不那么可意的娘子，陌上杨柳青青的时候，我绝不会让她有"悔教夫婿觅封侯"的无奈和懊悔，以及"绕船月明江水寒"的孤寂和哀怨。

只是眼下，我还不曾遇到把一弯新月或者一轮皓月指给我看的人。前两年认识一个姑娘，土生土长的"贵月"人，长得还算清秀，性格却风风火火，随时可能上房揭瓦的那一种。去年中秋，几个朋友约在一起喝酒，她也来了，三杯两盏之后突然对我说，"我嫁给你吧"，接着又说："要不然我嫁给谁呢？"一个女孩子当着众人的面对我这样说，那一刻我甚至疑心是不是上苍的恩典，让我漂泊了二十七年的心接受一条缆绳的束缚。但是，静下心来寻思，你要嫁给我至少得问问我是否愿意吧？至于"要不然"你嫁给谁，就更不是我应该操心的事情了。真正的心动是什么感觉呢？如果想着要去靠近她，心甘情愿地接受她，那么你可能心动了；如果不是这样，你就必须好好想一想。比如，月亮浮上天际，你看到了，但是压根不会想到要指给她看，或者你指给她看，她也抬头去看了，不就是月亮吗？有什么可看的呢？那么，之后你就不用再对她提起月亮的事情了。

也许是因为她的两句话我都没有回应，也许她那天喝醉了酒，说的本来就是醉话，总之话说完就过去了。没过多久，她写了只有一行字的报告辞去公职，决定去别的地方"上房揭瓦"。既然要远行，是不是应该为她饯个行呢？我还没来得及表示自己的好意，她已经走了。过了一段时间，她打通了我办公室的电话，说已经在南方的一个城市安顿下来，一切都很好。问她为什么一声不吭就走了，她很惊讶地说："还需要当面告别吗？嘿嘿，太麻烦了吧？给我饯行？不就是喝酒嘛，不急不急，下次回来喝。"她的笑声一如既往……

我们的"贵月"山城，今年中秋节还是看不到月亮。

夜色浓浓地笼罩下来以后，我一个人出门去闲逛，本来漫无目的，却不知不觉到了指月街。街巷依然冷清，偶尔有一两个人走过，也行色匆匆，绝没有要抬头循着指引去看一看月亮的意思。我倒是抬头看了好几回，天色阴沉，月亮是不会出来了。沿着短短的小街走过去，再走回来，两三个来回之后，觉得自己怪怪的，便不好意思继续在那里盘桓下去，那么，还是回到自己的小天地里去吧。取出钥匙正要开门，听见身后传来沙沙的声音，居然下雨了。

那天晚上，我在书房里独坐到深夜，突然想画一轮月亮，研好墨，铺开宣纸，试着画了好几次，无论如何也画不好。想一想，觉得有些好笑……

1992 年

谢谢你来信

　　都说书信是最温柔的艺术，大概是因为这种文字属于隐私范畴，指向明确地给一个人看，或者给有限的一部分人看，自然要说真正想说的话。亲人和友人聚聚散散，暌违之后的所见所闻和所思所想，随时随意写下来，烦邮差风雨无阻送去，一报平安，二籍惦念，展读尺牍是一种喜悦，不在话下。情书当然更为特别，相恋的人免不了短暂分别，"一日不见兮，思之如狂"，文字不仅温润，甚至可以沸腾，任何文体都不能与之相提并论。

　　在我的阅读经历中，从书信体著作里获得的益处占了很大比重。小学时翻开《鲁迅全集》装模作样地读，实在找不到趣味，倒不如看《铁道游击队》《敌后武工队》和《林海雪原》之类。后来读到《两地书》，就有点感觉了。鲁迅一九二六年赴厦门大学任教，九月四日抵达当天，就急切地给他的"广平兄"写信，接着又寄去明信片："前面是海，对面是鼓浪屿。"大师也是人，坠入爱的漩涡，内心和普通人一样牵连，即使没有要紧的事情，信也写得絮絮叨叨。"昨天刚发一信，现在也没有什么话要说，不过有一些小闲事，随便谈谈……"那些小闲事，其实是殷殷的牵挂，不写下来就很难入睡："此刻不知你是睡着还是醒着，我在这里只能遥愿你天然的安眠……"信投进邮筒的那一刻就开始盼着回音，同样也是很苦的："午后一时经过邮局门口，见有别人的东莞来信，唯我无有，那么，今天是没有信来了……""现在已夜十一点，终不得信……"《两地书》里的那些信别有韵味，明明怀着"相思相见知何日，此时此夜难为情"的无奈，却又用白描手法把儿女情长说得尽可能含蓄，关乎国家民族命运和社会民生的事情写得更深更透，很多篇章读着完全不像情书，倒像课堂上的讲义。师生恋往往以虚心讨教和释疑解惑为理由，事情到底又不限于此，他们自己心里是很清楚的。

也许是这个"启蒙"打开了一扇窗口，我发现，书信类读物离人的心更近。《傅雷家书》如一部博大精深的艺术修养论，同时又充满父爱，字字透出一个父亲的苦心孤诣。从《曾国藩家书》看一代名臣的内心世界，杀人如麻的大将军原来也有最柔软的情感。德国美学家席勒的《美育书简》，其实是写给丹麦王子克里斯谦公爵的信，如何以美学为依托思考人性，以及从人性的高度把握美的本质，一定是他们都感兴趣的话题。即便"世界上最孤独的人"凡·高，也给弟弟提奥写了好几百封信，汇集起来就是一部凡·高自传。余光中说："在高人雅士的手里，书信成了绝佳的作品，进则可以辉照一代文坛，退则可以怡悦二三知己。"

那些书信跻身人类精神财富序列，是绝对无愧的。

　　书信之所以成为最温柔的艺术，还在于人们亲笔去书写，字里行间真情所凝，也更见个性。仅仅从字迹上看，无论是粗犷潇洒的行书，还是隽永秀丽的小楷，仿佛就是那个人在你面前娓娓道来，带着特有的性格和语气，手写的字与包含温情的内容缺一不可，正所谓见字如面。右将军也许没有料到，他醉眼蒙眬间写的一封信，能从快雪时晴的东晋投递到今天。我想象，设若"羲之顿首"那十五个字是敲入电子邮件的，该用几号宋体，或者楷体？山阴张侯打开邮箱，不就是你那里下雪了又天晴了，拜托你的事情帮不上忙吗？谁知道真是"力不次"，还是你压根没认真去办？算了，既然事情没办好，邮件还需要保留吗？会不会随手点击"删除"键，就很难说了。

　　如果是情书，就更得手写，使用淡蓝色墨水的笔，在散着香气的信笺上一笔一画、一字一句地写下去，离别的万千思绪能变幻出特别的音韵和形态，与薄薄的纸片一起，构成对远方的牵挂。展读这样的信，方块字仄仄平平地走过来，以美不胜收的姿态，把相思的内涵阐释得如泣如诉。情人之间短暂离别的唯一好处是可以写信，因为爱情，所有文字在这里都有了温度。他们能在字里行间发现很多细节，能看到对方的眼神和心情，甚至或冷或暖的天气，都在纤纤的笔画上。这样的墨迹是值得收藏的，多年以后回头去看，每一个字都保持着青青涩涩的形象，令你想起当年灯下握笔的影子。内容倒未必惊天动地，无非是关于一阵雨或者一场瑞雪，关于早春的燕子，秋夜里最普通的月亮，一次小而又小的小病,你有没有照着叮嘱按时服药。情书和青春一样,终会老去,但是,在信笺里守望着的那个人,一如你初见时的样子……

曾经写过最长的信,正是写给女友的,具体内容不记得了,想来一定也有那种"此刻不知你是睡着还是醒着"的缠绵,以及"现在已夜十一点,终不得信"的期待和失落。拿到的回信,正如稼轩居士说的"但试将、一纸寄来书,从头读",明明就那些内容,总忍不住反反复复去看。可惜的是,当时并不懂得情书的"收藏"价值,后来有了心系的人,旧信札自然也不能收藏了。

要说对现在的女友有什么愧疚的地方,那就是我几乎没给她写过信,更不曾像过去给别的女孩子写信那样,给她写很长的情书。也不能怪我,因为我们一开始就在同一座城市,而且离得很近,没有机会也没有必要写信。去年去梵净山出差,山上山下跑了十多天,突然想她了,就到县城的邮局发了一封电报,内容是"梵山净土神圣地,念罢弥陀想伊人",有点"不负如来不负卿"的意思。她也从来不给我写信,我这个职业,注定一年四季东奔西跑,她就是想写,也不知道往哪里投递。反正我们得在一起度过长长的一生,什么话都可以慢慢说,也不急一时半会的。

有朋友说过,我好像更善于用笔表达自己的心思。童年和少年时期生活在黔北山区的小县城里,远方几乎没有认识的人,不可能给谁写信。我是上大学以后才开始写信的,记得刚刚安顿下来,就给父母写了一封很长的信。此后,大概每周往家里寄一封信,报告学习生活情况,父母的回信也不吝惜笔墨,而且分工明确,父亲谈学习上的事情,母亲只说生活琐事,有一个问题却意见高度一致，那就是不许过早谈恋爱。我上学时才十六岁，周围都是大姐姐，就算想谈恋爱，也没有合适的对象。不过，他们的担心并不多余，十八岁的时候，我与一个十九岁的女孩子彼此有点感觉，一段时间交往比较密切，假期给她写过信。现在看来，我们其实都还是孩子，连写下的"情书"也带着孩子气，结局可想而知。

但是，有一些人的孩子气能从青春萌动保持到风烛残年。记不清谁写过一个故事，在一个小镇上，一位青年深爱着邻家女孩，给她写了一封信，久久未见回复，于是鼓起勇气当面去问，姑娘说"我会给你写一封回信的"，可是这封信迟迟没有到来。后来姑娘出嫁，做了母亲，青年看在眼里，但还是痴痴地等着回信，一直没离开小镇，而且终身未娶。弥留之际，他希望最后看一眼当年的心上人，人们赶紧把她找来，而她已经完全忘记了回信的事情。他说："你答应给我写一封回信的……"说完这句话就闭上了眼睛。

一辈子等着一封回信，最终没有收到，无疑是非常不幸的。单从爱情的层面看，这个故事是过于凄切了。但是，从另外一个角度看，他又是幸运的，说不定那封信明天就会到来，所以每一个"明天"都值得期待。人这一生，最大的不幸是什么？不就是没有希望吗？我们每一个人不是都在盼着远方的一封来信，相信这封信能给我们带来好消息，我们因此而可以承受一切苦难，朝着希望的方向前行。不过，这封信什么时候才能到我们的信箱里呢？谁也不知道，我们能做的事情，也只是等待……

如今通信手段越来越先进，有什么事情需要联系，抓起电话就可以打，何必一字一句写信。我这样靠码字养家糊口的，也不用拿着笔在稿纸上"爬格子"了，电脑啪啪地敲出来，增删修改更加方便。这样下去，怕是哪一天连字也不会写了。想一想自己，至少五六年没给任何人写过信，自然也收不到任何人的信。我感觉自己有点像加西亚·马尔克斯笔下的那个退役上校，总盼着邮差在面前停下来，而邮差每天说的都是同一句话："对不起上校，没有你的信。"后来老上校竟因此而感到恐惧。我并不恐惧，但心里有些怅然，担心书信这种最温柔的艺术会不会已经寿终正寝。

不久前，大学时的一位本家女同学寄来一封信，说这些年在不列颠群岛沐浴英伦连绵的阴雨，浑身满是潮湿的气息，现在终于回到北京，正值秋季，天高云淡之间，有些记忆复活过来，想起很多人，也想起还可以借美丽的方块字问候久违的朋友。这封极平常的信，给我带来一份特别的喜悦，因为她用了最为传统的方式与我联系，而且，信是手写的，令我非常感动。

我想，我是不是也该给亲朋好友们写写信了。

1995 年（收入本书时有修改）

三十而立

　　这个世界上，大约没有任何一个概念比"家"更温馨。家是最可靠的归宿，亲情爱情骨肉之情，哪一份情不是重如泰山的？人总得在外奔波，累了，家就是"避风港"。有家的人，走得再远也不会迷失方向，回来的时候有一扇为你开着的门，有一盏为你亮着的灯，有温度恰到好处的水洗去客袍上的点点征尘。"回家"这个词很简单，但其中的内涵无比深邃，可以令人泪流满面。

　　人必须有一个家。小时候，我们以父母的家为自己的家，"父母在，不远游，游必有方"。而岁月是留不住的过隙白驹，接下来，我们要为血脉相传生生不息营造新的家，"男大当婚女大当嫁"指的就是这档子事情。

　　当然，这并不容易。旧时靠父母之命媒妁之言，两个人在一起过日子，相对比较简单，反正你无法选择。按照我家乡的习俗，新郎新娘大婚之前是禁止见面的，嫁什么人娶什么人，你只能通过媒婆天花乱坠的描述去想象，媒婆的话是否可靠，要到揭开盖头那一刻才能得到印证。我始终想不明白，两个完全陌生的人面对洞房花烛夜，他们会不会尴尬和无措？这显然是"替古人担忧"，千百年来，人们都这样过来了，多数人还能白头到老，家族兴旺，儿孙满堂。看来，先结婚后恋爱也未必不是一种办法。

"咸与维新"之后，自由恋爱兴起，社会固然是进步了。但是，所谓两情相悦，至少需要两个人因缘际会般相遇，还要准确而且及时对上眼，这概率并不高。非君不嫁非卿不娶的爱情故事近乎童话，而一起过日子绝不是童话，对方德才品行如何，能否托付终身，都是极其现实也极其重要的，得尽量看准一些。谁敢说自己一定比媒婆看得更准，媒婆毕竟具备专业眼光，什么样的人没见过？所以时至今日，这个行当也还是需要的，现在叫"婚恋中介"。自由恋爱还有一个最要命的问题，那就是你有爱一个人的自由，别人也有不爱你的自由。痴男怨女一旦瞄错了对象，弄成单相思，便无异于灾难，有的人犯起糊涂来什么事情都敢做。看看时下越来越多的"剩女"和光棍，就知道自由恋爱其实也没那么"自由"。

即便自由恋爱风险难测，也不得不大起胆子往里面闯。诗云"不我以归，忧心有忡"，特别是大姑娘，到了一定年龄嫁不出去，就难免心烦意乱，有几个是不动声色甘心当"剩女"的？"日日苦思春"，"春思春愁一万枝"，闺中的哀怨湿了多少胭脂红妆。这苦楚不仅女人有，男人也有，只是男人好面子，不大肯说出口。正黄旗那位楞伽山人吟出"瘦骨不禁秋，总成愁"，多翻一翻他留下的词，不难看出，他愁的大多是"新恨隔红窗，罗衫泪几行"和"辜负春心，独自闲行独自吟"之类，纵然生在名门望族，一生荣华富贵，一个人冷屏寒窗的日子，同样容易添愁。

不管是父母之命媒妁之言，还是两情相悦自由恋爱，目的都是成一个家，此等人生大事什么年龄完成比较合适，还真不好说。豆蔻年华指的是十三四岁的少女，潇湘妃子与怡红公子纠缠的时候，差不多正是这个年纪。可怜的姑娘心事太重，因为失恋泪尽而亡，那年才十七岁，其实她是动了自由恋爱的心思，看到宝玉和宝钗按父母之命媒妁之言大婚，便生无可恋了。这是早恋惹的祸，还是自由恋爱惹的祸呢？不过，婚姻大事太晚了也不好。大家耳熟能详的"徐娘半老"典出《南史·后妃传下》，说梁元帝妃"徐娘虽老犹尚多情"，事实上，当年贵为帝妃的徐昭佩也不过三十岁，照这个标准，想想如今有多少"徐娘"还待字闺中。那么，三十岁也许算一个界限。女人不想成为"徐娘"，最好在三十岁之前把自己嫁出去。

对于男人而言，三十岁同样是一个界限。比如我，三十岁以后的心境完全不同，虽然说不上"忧心有忡"，但总觉得有一桩事情在迫近，需要思量。都说"三十而立"，一般指立业，所谓事业有成，但男人到了三十岁连家都立不起来，也未见得能把"业"立得多么好。我理解，"三十而立"应该包括"成家"和"立业"，把两者割裂开来甚至对立起来是一个误会。不要以为这样说过于绝对，你放眼看看，至少八九不离十是这样的。

如今已是公元一千九百九十五年，五月，云贵高原上的天气乍暖还寒，夏天一步步走来，那么，三十岁竟在不知不觉间到了。我这个三十岁的男人是何等模样呢？有一份职业，只要做事情勤快一些，基本衣食无忧，这当然算不得立了什么"业"。父母还生活在故乡的小县城里，逢年过节有家可归，我自己倒是有一个窝，门牌号码清清楚楚，还有单独的户口本，"户主"一栏赫然写着自己的名字，这算不算是家？仔细想想，好像不能算。梳理三十年来蹒跚的步履，日子是"日居月诸"地过着，谈不上多么容易，也没有什么不容易，似足以自我安慰，又禁不住犹疑彷徨……

三十年前的五月，我在一个小城里呱呱坠地，我的父母那时都还不到三十岁。我属蛇，他们偏偏望子成龙，给我取了单名一个"念"字。总有人误会我名字的寓意，看上去很像是为了惦念什么特别的人，其实"念"是"廿"字的大写，就是"二十"的意思。父亲说，取这个名字是希望我"二十而立"，比人们通常说的早十年。只可惜我二十岁不过大学毕业，找到一份自己还有点兴趣的职业，其他方面便如此这般"而已而已"了。我估计照眼下的境况，父母早已经不指望我成龙上天"翻动扶摇羊角"，到底只是一条蛇，应该知命。

当然，谁都有过青春年少的轻狂岁月，心里曾经藏着人们称之为理想或抱负之类的东西。无奈天资和造化不逮，只好退而求其次，争取做一个不算太没用的普通人。男人有立业的冲动，而立业真的很难。"致知格物"境界太高，几个人立得起此等大"业"呢？圣人说"学而优则仕"，孤灯清影寒窗苦读，指望有一天"学成文武艺，货与帝王家"，现在的说法是做人民公仆，立这个"业"又谈何容易？胡屠夫那个文曲星下凡的女婿因为中了举人而疯掉，读书人多么不容易，由此可见一斑。还有更倒霉的，纵有家国情怀兼具学富五车，皇上看你不顺眼，也只好游走花街柳巷"奉旨填词"。愤愤然摆出一副怀才不遇的样子，你发现自己连抱怨的资格都没有，因为你是不是有用之才，怎么说随便你，但你自己说了不算。至于乱世豪杰"十几个人来七八条枪"，说不定也能打出一片天地，前程不可估量，只不过刀光剑影血雨腥风的凶险更难估量，我们还是应该为生在太平盛世而庆幸。

既然知道自己立不了大"业"，知难而退断然抽身，说得好听点是甘于寂寞，淡泊隐忍，实则还是胸无大志，懒惰懈怠。而寂寞和清贫注定是伴生的。论日子的拮据，我觉得自己跟中举前的范进很像，只是不曾抱着插有草标的母鸡去集市上卖罢了。有一点我还远不如范秀才，人家毕竟娶到了媳妇，一日三餐有人伺候，虽然那个女子在胡屠夫家里长到三十多岁。我至今孑然一身，买一副猪大肠回来下酒，也没有浑家帮着去煮，得自己下厨。

到了时下，在人们眼里，怎样才算正经立了"业"，或者说立了什么样的"业"才算成功，标准和从前已经不大一样。抬头看一看，孔方兄的地位从来不曾像今天这样令人眼热。西方人说资本发言时一切都安静下来，中国人"有钱能使鬼推磨"的说法更形象，磨推得不好还可以让鬼们重新推，只要给的钱足够多。说直白些，白花花的银子挣得盆满钵盈，才叫功成名就。这方面，我自知完全无能为力，追寻别人泛驾跞弛的扬尘，也未必吃得上一口灰，还是老老实实按月领工资更实际。我从不抱怨日子的局促，常以广厦三千夜眠六尺来宽慰自己。再说，大千世界，我这样的人到底是多数，自己不过芸芸众生里的一个，所以不用惭愧。这种生活也有很多好处，做完了该做的事情，退回书房读几页闲书，茶可以浓一点也可以淡一点，高兴的时候还能问问自己"能饮一杯无"，廉价的酒一样醉人，晓风残月也好，海棠依旧也好，在眼里都是好风景。

坦率地说，安于一份恬淡的生活，这个过程是需要经历蝶变的。我曾经在夜深人静时冥思苦想，发现许多事情终于还是百思不得其解，于是索性放下，拉开窗帘，看一弯新月浮上夜空，看满天繁星若隐若现，久而久之，浮躁的心渐渐静了下来。面对星空，人的美好的梦想常常显得渺小而可笑，几十年岁月何其倥偬，那个骑着青牛从函谷关出去的老头说"上善若水"，是不是暗示"自然"便是流水下滩一般自自然然，一切都随它去? 我们很容易就可以想到，有多少追求"物格而后知至"的人，他们在孜孜不倦地穷尽天下事理; 挣钱的事情，更有数不清的人在精打细算，无论是勤劳致富还是偷鸡摸狗，他们做得一样认真，一样夜以继日; 至于"治国平天下"的大事，也有人在日夜操劳着。我等鼠辈，埋头辛勤劳作，既不自欺更不欺人，最好还有一个健康的身体，便足可以谢天谢地了。

三十岁生日那天，一个人喝了几杯酒。半醉半醒之间，我突然想到，立"业"的事情且不说，是不是该成个家了呢?《易》

云"阴阳相生"，此乃天道，于我这样的男人，找个好女人做妻子，也努力做一个好丈夫，平平安安地过日子，也许才是最重要的。

———

1995 年

一个人的车站

一

由于职业的关系，我常常一个人四处奔波，在不同的车站上车和下车。大多数车站人潮涌动，人们为着生计或其他紧要的事情来来去去，步履匆匆的影子瞬间划过。置身人群中，你真切地体会到芸芸众生这个词汇的含义。而另外一些车站，上车的可能只有你一个人，下车的也只有你一个人，这种车站一般没有像样的站台，甚至没有固定站点，同样也可以成为人们某一段旅程的起点和终点。无论在什么样的车站，我们都不过是万千过客中的一个……

大千世界，漫漫长路，都是过客，谁是归人？而那些过客，他们要去哪里呢？每一次启程，人们显然有自己的理由，而且一定是足够充分的。目的地在车票上印得清清楚楚，上了车便朝着那个方向前行了，即便一路风光无限，你也无法停留得久一些，路途再遥远，终究有到达的时刻。但是，当你想起前方那个站台并不是终点，只是另一段旅程的起点，便不由去寻思下一个去向。你通常不能左右自己的行程，不管愿意不愿意，总有新的理由催你上路，如泰戈尔说的："谁像命运一样，催促我向前走呢？"这样想，往往禁不住心思犹疑，觉得自己并不清楚为什么要去向远方，脚步也踟蹰起来。而站台上的汽笛声提醒你尽快登车，你知道任何缘由的误点都会带来麻烦，所以只能按既定安排，迈开沉重的步子急行慢行。

这一生要走多少路，将在多少个形形色色的站台上停留，我们永远不能确定，正如不能确定真正的终点站在哪里。这多么令人惶惑。但是，我们又清楚地知道，生命中第一次出发和最后的抵达，这最重要的车站，注定是你一个人的。

不是这样吗？试想，如果人生是一次旅行，你的出发便是呱呱坠地的那一刻，那个起点站只有你一个人。有谁知道自己从哪里来，将去向哪里？一切都不可预知和预期。就这样开始前行，到最后抵达某个不知名的终点站，那一刻也只有你一个人。下车之后呢，我们不是还应该有一个去向吗？那就更无从知晓了。这样说似乎有点伤感，但事情的真相恰恰如此，谁也回避不开，逃不过去。

二

从这个意义上看，人终归是孤独的。

在出发之后，抵达终点站之前，这中间又未必是孤独的。总有一些人碰巧与你在同一次车上，仿佛早有约定，要去往同一个方向。相视一笑，简单的问候传递着一种友好，多数人擦肩而过，有的则在你身边停留下来，成为你的知己和至爱，为你漫长的旅途带来安慰。那么，谁会在你身边久久地停留，与你一路前行呢？想到这一点，便免不了心生好奇，并满怀期待。

我们今生旅程的最早同行者，是父亲和母亲。他们在你生命的第一个站台迎接你，接下来还要呵护着你走很长一段路。对于这两个最特殊的旅伴，人们一开始是极度依赖的，后来往往不经意地忽略。柴米油盐之中，时光似乎流逝得很慢，他们从英姿飒爽到白发暮年，你几乎看不到这个过程，在你眼里，他们差不多每天都是同一个样子，后来却完全不是原来的样子了。你知道，总有那么一天，他们将不再与你同行，把前面陌生的旅途留给你自己。面对这一切，人始终是无奈无助的，如果可能，你应该尽量用更多的时间陪他们看满天晚霞，就像他们在第一个站台上迎接你，陪伴你一直走到今天，悉心和耐心都理所当然，从不大加渲染。

闯入人世一路走过来，我们发现同行的人越来越多，他们好像从不同的车站上了车，来到你所在的这个车厢。到了上学的年龄，记忆开始变得完整，我们记得大大小小的教室，小学时坐满了男孩子和女孩子，初中和高中时坐满了少男和少女，大学时坐满了刚刚成年的男人和女人。那些满脸稚气的小女孩，那些豆蔻年华的少女，以及那些身体和情感已经熟透的姑娘，她们为什么如此美丽，如此令人心旌摇曳！你忍不住偷偷地注视她们披散的短发、长长的辫子和随意扎在脑后的"马尾巴"，看她们不同季节里五光十色的衣衫，看她们发育得恰到好处的身躯，看她们袒露无遗的笑容或暗藏忧郁的神情……那些时日，你渐渐感悟到，因为有了她们，这个风雨如晦的世界，我们艰难困苦的旅途，才变得明媚和温馨。

"燕燕于飞，颉之颃之"，她们中间会不会有一个最为特别的姑娘，怎么看都是与众不同的。说不定，有一天她会翩然而至，在你眼前上上下下地飞舞；说不定，她能带来二月里的第一缕清风，剪裁出你内心深处的无边细叶；说不定，她小小心扉里藏着泛滥的心事，如你关注她一样，也暗暗地关注你渐渐粗犷的嗓音、轮廓分明的面庞、越来越浓的胡须，以及阳刚和阳光的性格……

世上所有的人，广义上看，他们都是你今生的旅伴。但是，你真正意义上的旅伴，又只能是与你对应着的某一个人。

无论人潮在都市和乡村如何涌动，无论多少人从你身边走过，你仔细看下来，世上其实只有两种人，男人和女人。你还会发现这两种人并不完整，割裂开来看只是半个人，那么可以说，世上只有两种类型的半个人，一半是男人，一半是女人。男人和女人水乳般交融在一起，才能成为一个完整的人。你碰巧是这一半，就免不了要带着与生俱来的渴望苦苦寻找另外一半，只有找到了对应着的那一半，你才可能真正从孤独中解脱出来，今生的旅程才拥有依附和支撑。我们无力探寻造物主为什么要这样安排，但这个安排令人宽慰。

三

时日漫漫，我们的生活境况不断变幻，仿佛在同一趟列车上换了不同的车厢，与另一些注定一路同行的旅伴如期相遇。十六岁那年，我搭乘北上的列车，越过无数山岭与河流，在北方一个陌生的车站下了车，开始大学生活。那一年，我们系只有一个班级，很像一节拥挤的车厢。

要说大学四年有什么收获，不过是尝试着独立生活，并以幼稚的心智谋划自己的未来。我考上了一所不错的大学，学的专业也还算喜欢，满心以为未来美好而可期，却很快发现一切都不是自己想象中的和真想要的。好一段时间，我如一个可疑的魅影，深夜在校园里漫无目的地游荡。我觉得自己上错了车，希望有机会在某一个车站跳下去，换乘一趟真正属于自己的列车。如果我们来到这个世界是一次无法选择的启程，此后的一生中，登上不同的车次去往不同的地方，则是有机会选择的。只是不管在什么时候选择，怎么选择，一旦出现偏差，就必须付出代价……

四年之后，我在同一个车站登上了南去的列车，之后很久不曾回过学校，即使从门前路过也不会进去。直到毕业十周年，热心的同学张罗聚会，因为邀请热切而诚挚，也因为想看一看十年时光能把人冲刷得如何不同，于是去了。

坦率地说，那不是一次愉快的聚会，我觉得好像又回到了当年那个沉闷的车厢。唯一有趣的记忆，是和两个兄弟在校园里喝啤酒，一直喝到黎明时分，醉醺醺地砸碎了好几个啤酒瓶。所以，又一个十年过去之后的活动，尽管那几天我正好在北京，也决计不再参加了。人的一生中，十六岁到二十岁无疑算是最美好的季节，即使前路荆棘遍布，这一段也应该草长莺飞，可以做梦，可以有校园背景下纯净明媚的梦境。遗憾的是，事情往往不如人们的期许。我在《毕业季》里写过，那段时间我看到了很多超出我想象力的事情，并为自己这个年纪就有如此"见识"而深感羞愧。

长长的一生，长长的旅程，借着我们无力探究和理解的因缘，不断有人走向你，陪伴你，与你相助着前行。他们有最谦和的面孔，最善良的心地，最崇高的境界，最无私的情怀，以及面对你时最灿烂的笑容，看着你时最明净的眼神，与你交谈时最悦耳的声音……这一切到来的时候，多半在悄无声息之间，无须大张旗鼓地昭示和浓墨重彩地渲染。仿佛春雨在三月里洒下来，明月挂上秋夜瓦蓝的天空，看上去简简单单，却令人动心动情，感恩命运美好的赐予。我们身边，今生同行的老人和孩子，富人和穷人，男人和女人，漂亮女人和不那么漂亮的女人，绝大多数都是这样的人。能够遇到他们，要说没有前世的修为，你不敢想象。

在慷慨赐予人们至善至美的同时，我们的人世又包容着触目惊心的丑陋和邪恶。不用太留心也可以发现，普天之下，最丑的丑剧从来不曾落幕：一些道貌岸然的君子，光鲜的皮囊里往往包裹着腐臭的灵魂，声称自己纯洁无瑕的可能最肮脏龌龊，标榜自己光明磊落的可能最阴险毒辣。有的人能够在光天化日和大庭广众之下，把最假的假话说得振振有词，把最丑恶的事情理直气壮地做下去，而且毫无愧色，这需要无耻到什么程度！这些人也是与你同行的旅伴吗？很不幸，他们还真是，而且你无法回避。事实上，我们的旅途并不都是坦途，藏着难以预料的凶险——天灾当然无比凶险，人祸则更为凶险。好在这样的人不是多数，倘若不幸与他们相遇，你不必惊诧和绝望，要相信因果正轮回着展开，前面是一番什么景象，谁能断言。

四

列车爬上云贵高原，我在一座山城的车站下车之后，开始了一段新的旅程。职业给了我四处奔走的机会，那些春秋与冬夏，我背起简单的行囊去火车站或者汽车站赶车，喜欢并习惯一个人旅行。旅途照例是艰辛的，抵达却令人兴奋，因为很多地方都是第一次去。我不知道要去的那个车站是什么样子，车站外面是什么样的房屋和街巷，什么样的人在那里出生和长大，恋爱、结婚并生儿育女，过着安详的日子，直到老去和离去。那些陌生的远方对我充满无限诱惑，牵引我不断地出发，不倦地追寻……

相对而言，搭乘火车要轻松一些，一路上可以读几页闲书。可惜我所在的省份多数地方不通铁路。长途客车的情况要复杂得多，那些车辆总是一副遍体鳞伤的模样，油漆陈旧斑驳，铁皮带着锈迹，开动起来摇摇晃晃，仿佛在诉说跋涉的愁苦。我常常怀疑它能不能顺利地把人们送到要去的地方，但是，发动机轰隆隆的声音响起之后，它还是摇摇晃晃地上路了，先是小心翼翼穿过都市的街巷，接着朝莽莽苍苍的山野开过去。山区公路起伏崎岖，我们的车喘着粗气爬坡，好像随时都可能累得趴下，不再动弹，到了下坡路段又精神抖擞，飞一般冲出去，在砂石路上拖出浓烟一般的灰尘。

即便这样的车，也不是随时可以顺利地坐上去，因为车次很少，车票正好卖完了，就需要耐心等待，一两天、三五天都有可能。在起点站上车还算好，最没准的是中途搭过境客车，那些年县与县之间不开行班车，从一个县城到另一个县城去，必须早早到车站等候，谁知道那一辆车什么时候到呢？等到客车终于开过来了，短暂停靠下客的几分钟，你要努力挤上去。过境车几乎没有空余的座位，那么就站着吧，遇到路政部门查处车辆超载，站着也不行了。有好几次，我连续等几天也上不了车，只好反向乘车回到市里，再从起点站买票，原路返回前往下一个县。客车路过我前几天苦苦候车的那个车站，看到同样有人在那里等着，想到他们很可能也要像我一样，还得先到市里再折返回来，心里便充满同情。

当年行驶在山区的客车不仅载客，还有货运功能。从县城往市里去，不少人捎带土产和山货，返程带的则多是生活用品。还有人借客车做贩运生意，于是，新鲜蔬菜瓜果、成箱的鸡蛋和干辣椒，甚至活鸡活鸭、服装鞋帽、锅碗瓢盆，箩筐和麻袋等等，堆在车顶的货架上。货架占满了，东西就塞进车里来，过道上箩筐扁担横七竖八，几只挣脱束缚的鸡满车厢乱飞，捉鸡的人跟着满车厢乱扑，鸡飞人喊，热火朝天。职业需要我深入到火热的生活中去，需要与群众打成一片，那些年，在身边堆满箩筐和背篓的旅途中，我的生活确实是非常火热的，与群众也实实在在打成了一片。

一般来说，搭乘县乡客运汽车，冬天最难受。那些车辆大多千疮百孔，车门裂着很宽的缝隙，车窗也不能关闭严实。车子开起来，窗外银装素裹、白雪皑皑，风光固然不错，但一阵紧过一阵的寒风钻进车厢浸入骨髓，几个小时下来，到站的时候人差不多冻僵了。其他季节要好得多，即使夏日酷暑，车窗开着，山间的风不断灌进来，感觉不到多么闷热。不过，夏日里遇到雨天，则是另外一种情形。当暴雨突如其来，人们手忙脚乱地关掉车窗，冬天里漏风漏雨的那些窗户此刻阻隔效果又出奇的好，车厢变成一只大蒸笼，汗味、脚臭味以及其他不知名的味道闷在一起，令人不堪忍受。我总想让司机停车，下决心逃出去，但一个人留在荒山野岭间，终归也不是办法，唯一的指望是雨早一点停下来，车窗重新打开。

关山难度，风雨兼程，既然选择不停地出发，就应该接受途中的一切际遇。如今，尴尬和艰辛成为记忆，回想起来还觉得有些美好。这之中，一直平安，是最大的幸运。

五

事实上，"也无风雨也无晴"的时候毕竟居多。多年来奔走于云贵高原的山山岭岭之间，长途客车上看窗外连绵的田园和森林，看河流在山谷里缓缓流淌，白鹭从水田里展翅飞上青天，一路好风景，心情总体是舒畅的。

同一个车厢里各种各样的人，是旅途中的另一道"风景"。既然坐在一起，总得打个招呼，我喜欢和身边的人说说话，不管是老年人还是年轻人，男人还是女人。山里人憨厚朴实，待人热忱，一句"到哪里去"算作问候，就搭上话了，接着滔滔不绝地谈下去，从当下的气候到地里的收成，从当地的风景名胜到风土人情，什么话题都可以聊。我还因此结识过一些朋友，比如爽朗的庄稼老汉，或者热情的乡下后生，如果碰巧在同一个地方下车，邀请又格外真诚，于是就去到他们的家里。主人立即在院子里随手捉一只鸡炖上，挂在灶前未断过烟火的腊肉和香肠很快蒸熟了，青菜是刚从地头摘回来的，米酒或者苞谷酒散发出醇醇的酒香，你敢喝多少，他们就能陪你多少。我曾醉在农家，主人把女儿赶到亲戚家去，让出闺房来给我住，说那是全家最干净的房间。我夜里吐得天昏地暗，第二天大清早手忙脚乱地清理，主人一家并不在意，还非常高兴。

农家女子大多腼腆，不熟悉是不大说话的。如果在客车上正好相邻坐着，你说什么，她只是点点头或摇摇头，带着纯情、友善和羞涩的笑容。这个时候，也许是为了不让你尴尬，旁边总有人接过话茬，代替她和你说话，她在一旁认真地听，脸上始终带着微笑。我经常在客车上看到非常美丽的女子——大姑娘或者小媳妇，她们不是漂亮，是美丽，美到令人惊叹：天生丽质和健康的本色无须粉黛，素颜就是最好的模样；一双明亮的眼睛不带任何杂质，目光清澈透亮；她们的笑容绝不矫揉，温柔本分是全部内涵。一些大姑娘或小媳妇在公路边下车，回过头来看一眼，赧然一笑，然后转身往山里去了。我知道永远不会有机会与她们再见，只能在心里深深地祝福她们。

我想，她们下车的地方，既然有车辆停靠，虽然只有她一个人下车，也算是车站吧？这样的车站，因为她们短暂的驻足而变得格外美好，近旁的几株小树和一片野草，远处弯弯的小路和森森丛林，以及涓涓小溪、连绵起伏的群山和悠悠飘过的白云，无一不浸染着她们的气息，充满无限生机……

六

曾经在多少个车站上过车和下过车，我已经数不清楚了，今后还会遇到多少同行者，他们都是谁，我同样不能预知。从踏上今生旅途的那一刻起，我一直在前行，与身边有幸相遇的人为伴，手上握着同样的车票。这是一张单程车票，上面没有任何字迹，我们各自的终点站在何处，谁都一无所知，谁自己说了都不算。

而我的这个车厢，我的身边，不断有人在一些不知名的站台下了车，再也不能与我一路同行。

　　我第一次经历这样的告别，是为一位在采访途中遭遇车祸的女孩子送行，她是我的同行，刚过完二十二岁生日。看着静卧在鲜花丛中的那个姑娘，我不相信那就是她；一个阴云密布的下午，我和朋友们抬着棺木，缓缓走上一座开满野花的小山岗，在那里安葬了一位姑娘，我也不相信那就是她。但是，她的确是失去了踪迹，我们再也找不到她。我为她写过一篇祭文，自己又不承认是一篇祭文，题目是《为一位失踪的朋友画上句号》，有一段是这样说的：

　　　　这个世界上每天都有许多新闻发生，自然包括公元一千九百九十四年二月二十六日。但是，《贵州日报》那篇套着黑框的消息，里面说的那件事情，我至今也不相信是真的，所以我劝我自己，也劝我所有的朋友，我们都不要伤感……

　　《贵州日报》上那篇套着黑框的消息，说的就是她遭遇车祸的事情。后来，我以"祭文"为蓝本，拍摄了一部同题电视片，在贵州卫视播出，引得不少人扼腕叹息。

　　仅仅过了一年，那天和我一起抬着棺木走在前面的一个兄弟，在郊外的一片树林里安下了永远的家，他是我同校同系的师弟，那年还不满二十七岁。没过多久，我的一个儿时好友因为疾病，在他女友的怀里闭上了充满眷恋的眼睛，他们预定的婚期从此遥遥无期。我甚至不止一次主持过年轻部属的追悼会。一个不满三十岁的小伙子因公出差，雨夜里行驶的奥迪轿车翻下六十多米的悬崖。还有一个新婚不久的女同事，疯狂扩散的癌细胞损伤了她的多个脏器，她预感自己很可能不再有沐浴阳光的机会，让丈夫陪她去郊外，在一片草地上躺着晒了半天太阳；弥留之际，她断断续续地说，今生最大的遗憾，是没有来得及做一个母亲……

提前终止今生旅程的，还有我唯一的妹妹，为了生下孩子而遭遇医疗事故，和未及谋面的儿子一起穿过生命的门墙，无影无踪。那一天的那一刻，原本万里无云的晴空突然洒下密集的雨点，那是一场我们那座城市里极为罕见的太阳雨，老天爷也哭了，哭得那么伤心。在那些肝肠寸断的日子里，记不清有多少个夜晚，我一个人半夜开车去公墓，在妹妹身边独坐到东方欲晓。

东方欲晓，莫道君行早！"人生易老天难老"和"踏遍青山人未老"出自同一个老人的手笔。人生其实并不那么容易老，有多少人来不及老去，没有机会老去，也永远不会老去。一九九三年，妹妹在她的散文《岁岁重阳》里这样写道："说过'人生易老天难老'的那位老人，今年已经一百岁了……"心思细腻的妹妹感念岁月如歌，逝者如斯，诉说对生命的无比敬畏和无限热爱。谁能想到，在她生命的第二十九个年头，一切戛然而止，我们无力回天。妹妹的小名叫"玫玫"，她很喜欢雨果的一句话："把我的一切都带走吧，但是，请给我留下一朵玫瑰。"妹妹带走了我太多的眼泪，她没有给我留下一朵玫瑰，只留下永远年轻美丽的影子。

　　公元一千九百九十七年六月十一日，我亲爱的妹妹在一个车站下了车，我不知道她去了什么地方。二十九岁是她永远的年龄吗？地老天荒的时候，她会不会老？

写于 2005 年
改于 2020 年

一条大河

一

　　人们常说的浪漫，应该不限于花前月下卿卿我我的那些事情，虽然爱情当然是非常浪漫的。有一些苦涩甚至凄绝的浪漫，同样动人心魄。比如当年，朝鲜上甘岭的坑道里，两军的轮番绞杀终于出现短暂间隙，一位姑娘唱起一首歌，面对断水多日干渴难耐的士兵，她唱的恰恰是"一条大河波浪宽"。四面炮火连天，姑娘花容月貌，一条大河从歌声里奔流而出，在人们心里泛起宽阔波浪……这是电影《上甘岭》的一个场景。在滴水难求的战场上想象并歌唱一条大河，如此极致的浪漫，怎能不惊天动地、鬼神同泣！

　　还记得第一次看《上甘岭》时的震撼。那个年代能看到的电影不多，对于一个小男孩来说，银幕上轰隆隆的枪炮声自然比样板戏的唱腔更有吸引力。当时我还不能完全体会"一条大河波浪宽"的寓意，只是觉得歌曲很好听，唱歌的姑娘长得很好看。隐约感到遗憾的是，我的家乡没有大河，我从未听过艄公的号子，也不曾见过船上的白帆……

故乡也有河，是一条小河。从县城里去，离开街道穿过巷子，先要走一段田畴间的小路，翻过不算高的山垭，再下一道缓坡，小河就出现在眼前了。远远看过去，河道从山岭深处伸展过来，两岸长满茂密的树林和竹林；河水是深绿色的，流得不紧不慢，在缓坡前打一个转，蜿蜒着回到山谷里去了。有风过时，水面泛起阵阵涟漪，但起不了大的波浪。那条小河没有统一的名称，靠近县城的一段河面上横着一座土桥（其实是一座石桥），所以叫"土桥河"，上游因岸边白色的岩石而叫"白岩塘"，下游被称为"羊溪口"，不知名出何处。其他河段也一定还有别的什么名字。

在我儿时的记忆里，小河并不小，甚至俨然一条大河，特别是石桥附近的那一段，水面宽阔，波光粼粼。记忆深处仅有的一点点浪漫色彩，与那条河紧紧联系在一起。因为这一点点浪漫，时至今日，一年的四个季节，我依然更喜欢夏天。

夏日炎炎，骄阳似火，一湾碧水便有了特别的魅力。小学时，差不多每天下午放学后，同学们都约着去游泳，既可以消解酷暑，也是一起游戏的机会。大家在石桥下面清凉的河水里扑腾，比一比谁潜得更远，或者分成两边打水仗，不闹到筋疲力尽绝不回家。印象中，我们那时下河游泳是一丝不挂的，所以女同学不到这里来，她们径直走过石桥，到对岸上游一点的河湾下水。于是，天然游泳场分成两个部分，相隔大约三五十米。

女同学们也是放学后成群结队来的，她们聚集的那一片水域同样热闹非凡，河边几丛茂密的竹林成为天然屏障，叽叽喳喳、嘻嘻哈哈的说笑声藏在竹林背后，却能清晰地传过来。姑娘们好一阵才能换好泳装，之后三三两两出现在岸边，有的一下子扑进河里，有的从浅处小心翼翼试探着下水。她们的泳装非常漂亮，远远看去，水面上像开满了五颜六色的花朵。河水从花朵那一边悄无声息地流过来，再从我们身边流过去，同在一条小河之中，其间似乎有一道看不见的界线，那些高傲的花朵不会顺水飘过来，我们也不会游过去，甚至故意不往那个方向看，好像那里空无一物。

女孩子们早早就出落得美丽可人，穿上泳装更显得亭亭玉立，神情也随之端庄起来。那些花朵是谁都暗暗关注着的。当她们在水面绽放开来，这一边的喧嚣必定要提高好几个声部：两岸一个来回的自由泳比赛，如果赢了就夸张地欢呼，是不是为了引起那一边的注意呢？抑或选一处很高的岸壁，潇洒地伫立着，然后助跑和冲刺，先是大鹏展翅腾空而起，再蛟龙入水一般扎进河里，是不是也希望那一边的什么人看到？只要花朵还在水面，这一边就绝不会冷场。黄昏来临，那些花朵一一上岸躲进竹林，过一阵又露出身影，披着湿漉漉的头发沿河岸过来，从石桥上走过去，爬上缓坡，这一边的人紧跟着从河里钻出来，很快穿好衣服，尾随一般朝山垭那里去了……

当秋蝉开始吱吱地鸣叫，河边柚子树和柿子树的果子沉甸甸挂满枝头，河水就一天天凉下来了。那么，我们得熬过一个秋天、冬天和春天，等待另一个夏天到来，秋霜、冬雪和料峭春寒都是无趣的，日子变得特别漫长。有谁知道，自己内心等待的，是不是那些花朵，是不是盼着她们在小河里重新绽放？每一个夏天，那些花朵在小河里如期开放，装饰出人世间最动人的风景，也慰藉着我们赞美青春、仰慕美丽的心灵。

多年以来，每到花褪残红、夏始春余的时候，我心里总会升腾起一种莫名的向往，好像自己在等待一个季节，而这个季节就要到了，暗暗期待着的一些美好的事情，当然也应该跟着到来。我的少年时代正是这样等待着一个又一个夏天。常常想起那些美丽的花朵，我曾远远地悄悄地眺望她们，祝福她们拥有美好的未来，虽然我并不知道美好的未来意味着什么。如今，她们栖身何处，在做些什么，想些什么，是否还精心地梳妆打扮，头发湿漉漉披散的时候是否还那么迷人？是否依旧相信自己是这个世界一抹清丽的色彩？最重要的是，她们快乐吗？我不知道，无从知晓。

如今，城市不知不觉间向四面八方延展开去，楼房越建越多，也越建越高，终于逼近开花的小河。有一次回到故乡，我专门去看了看，石桥还在，加宽了，通行更为方便，却不再有当年小桥流水的韵味；两岸修了河堤，很规整，但失去了天然野趣，看上去古板生硬；姑娘们躲进去换衣服的竹林已经无影无踪。最不忍目睹的是河水已接近断流，剩下一小股浑浊的细流，颜色和气味都十分可疑。我们那条夏日里清凉爽朗的小河，少男少女们梦幻般的记忆，与眼前这条河有关系吗？这还是同一条河吗？

故乡的小河，也只能流淌在儿时的梦境里了……

二

广义上说，贵州是我的故乡。贵州有一条河流是勉强算得上大河的，那就是乌江。乌江也是一条浪漫的河。

我在一部叫《突破乌江》的黑白电影里看到：一支衣衫褴褛的军队绝境中杀开血路，一路向南兵临贵阳，转而向西逼近昆明，再沿横断山脉北上，去了黄土高原。历史是环环相扣的一串珠链，任何一个环节都不可或缺，那么可以说，乌江两岸的枪炮声改写了我们这个国家的历史，当然也改变了芸芸众生的日子。重要的是，那支信念坚定的军队最终打赢了，所以是千秋万代彪炳于史册的浪漫主义。对于把血肉之躯留在乌江两岸的英烈们，我永远充满敬仰……

硝烟散去，乌江两岸早已归于宁静。在我最初的印象里，乌江是火车窗外一条深绿色的带子，深陷山岭和绝壁之间。小时候随母亲从县城去贵阳探望外公外婆，需要跨越乌江，火车从铁路桥上"咣当咣当"地开过去，透过车窗向下看，我总觉得江水是凝固的，根本没有流动，这个印象久久地纠缠着我。大学毕业回到贵州工作，凭借职业的方便，我差不多第一时间开始探秘乌江，从位于贵州威宁县的石缸洞源头出发，一直走到汇入扬子江的涪陵。当时涪陵还归四川省管辖，那里的榨菜远近闻名。

一般来说，大江大河的上游和中游落差大，水流湍急跌宕，到了下游相对平缓。乌江却完全不一样，有自己的脾气。上游很像淑女，汇聚起云贵高原茫茫群山里无数的涓涓细流，细腻温婉地流淌，从中游开始便野性十足、桀骜不驯了，越往下游去，两岸的悬崖绝壁越是险峻，水流越急，险滩暗礁无处不在。当地自古流传着"横走天下路，难过乌江渡"的说法，着实不虚。

从思南县开始，我选择乘船顺江而下，与乌江零距离接触，因为没有客运船只，只能搭乘货船。船长是个四十多岁的汉子，听我说明来意，很爽快地答应了，说安全倒不用担心，只是货船条件差，沿途还要在好几个地方装卸货物，走走停停需要两三天时间，可能会比较辛苦，得有思想准备。

思南县城居于乌江中游和下游之交的咽喉要地，明朝是思南府所在地。这里的码头曾经非常繁华，盐巴之类的东西逆江运进来，山货顺水运出去，都在这个地方周转。在思南码头登船，下行没多远，我看到了传说中的纤道，那是江岸绝壁上凿出的一道槽子，当年纤夫走在槽子里，喊着"嗨哟嗨哟"的号子，拉着逆水而行的船一步一步往上游走。如今纤道已经废弃，杂草和灌木从石头缝里钻出来，顽强地生长。我想到俄罗斯画家列宾的那幅名画，相比伏尔加河上的纤夫，乌江纤夫的境况还要凶险得多。在船上，水手们讲述的故事印证了我的猜想，他们告诉我，有的河段滩陡水急，常有纤夫被拉入江里，卷进暗流漩涡，根本不可能爬上来。民间流传的一首歌谣，说的正是这种状况：

乌江滩连滩，

十船九打烂；

丈夫拉纤妻心酸，

十有八九不回还……

　　站在船舷边看两岸高耸入云的绝壁，看悬崖上的纤道，我仿佛能听到这首民谣凄婉的旋律在耳边回荡，诉说着无尽的愁苦和悲凉。为了自己和一家老小的生计，纵然知道是玩命的营生，也不得不把纤绳套在身上，不顾一切拉着往前走，这是男人的责任。我久久凝视江心的漩涡，想象那些被卷进急流的男人挣扎的身影，他们最后一刻会想些什么呢？是对这人世深深的眷恋，还是对命运的不甘和诅咒？

　　男人这一走，自己走了就走了吧，可是，他们将留给妻儿何等的艰辛和绝望。贫贱夫妻的日子固然无比艰难，但谁能说他们没有儿女情长的切切牵挂，以及心心相印的浪漫情怀？他们的心花也曾经和江边的野花一样绚丽绽放，之后信誓旦旦订下这一生，茫茫群山、滔滔江水和日月星辰都看到了。粗茶淡饭岁月静好，对于女人，她的男人会回来，她在家里等着他，还有什么是更重要的呢？而这一切从此竟戛然而止了，相濡以沫的白天和黑夜、清晨和黄昏，变成深闺梦里的涕泪，接下来的漫漫时日，她将以什么为寄托？那些走了的男人，他们留下的女人脸上不再有笑容，心里不再有念想，守着眼前呜咽的江水无望地老去。这条大河曾经支撑起他们清贫的生活，又断送了一生平安的期望。而一生平安是他们唯一的奢求啊!

多年以后,我拍过一部关于思南的电视纪录片,乌江纤道的镜头占了很大篇幅。深夜坐在机房里做后期剪辑,看着一帧一帧凝重的画面,禁不住泪流满面。我觉得那些纤道是有生命的,一直活着,一直在诉说……

三

我走近乌江的时候,纤道和纤夫都已成为历史符号,而滩还是一样的险,江水形成的漩涡不停地打转,急流下暗礁密布。上行船要过滩,靠自身的柴油机动力是不够的,于是,江边建起了绞关站,用很粗的钢绳系在船头,开动大马力机器,把船拉上滩来,这个叫作绞滩的作业代替了拉纤。

随着公路运输日益便捷,江上过往的船越来越少,绞关站却一直有人守着。这些人是另一种纤夫,仍然与滔滔江水打交道,靠微薄的收入维持生活。他们做的事情风险要小一些,但也不是没有忧虑,哪一天不再有船经过,绞关站失去存在的价值,也完全可能。

那天船到龚滩,我们是顺水下行,不需要绞滩,但信号杆上挂着标志,表明有船上行,必须靠岸避让。那一段航道比较窄,暗礁密布,容不下两艘船交会。我看到钢绳的一头系在逆水的船上,一头连着绞关站轰鸣的机器,把船慢慢拉上来。第一次见到这场面,我非常好奇,征得船长同意后,下船朝绞关站奔去。

绞关站里有两个人，一老一小。老的一个脸上刻满皱纹，年龄不好判断，也许五十多岁，或者六十多岁，板着脸，目光在船和钢绳之间谨慎地移动；另外一个是约莫二十出头的小伙子，正操作机器，看上去动作娴熟。我很远就放慢脚步，生怕自己的出现会影响他们，一句话也不敢说。小伙子看到我，微微一笑；老头也回头看了我一眼，毫无表情，马上扭过头去盯着船。大约四十分钟之后，船终于气喘吁吁地爬上滩来，停在一处宽阔的回水面，钢绳与船脱离。我走过去跟他们打招呼，递上香烟，老的没接，也不说话，径直往信号杆去，把上面的标志换下来，挂上另外一组，表示接下来有船要下行。小伙子把烟接过去点上，对我解释说："我老汉不抽烟。"当地人称呼父亲为"老汉"，原来他们是父子俩。

在绞关站简陋的房子前站着闲聊，小伙子很健谈，好像知道我对什么感兴趣，几乎不用我问就自己说开了，说他老汉的事情，也说他自己的事情。

我从小伙子口中得知，这个绞关站只有他们两个工作人员，按说也轮班，但可能是因为不放心，老汉基本不离开。他们家在五六公里外的镇子上，一家五口人，两个姐姐已经出嫁，眼下只有母亲一个人在家。五十年代疏通乌江航道建绞关站，那时候他老汉就来了。之后，站里的人来来往往不断换，有办法的干一段时间就走了，只有老汉一干三十年，从二十多岁的小伙子熬到年近花甲，得了个"站长"的名头。三年前，站里最后一个工作人员辞职离开，而且招不到人，老汉只好打自己儿子的主意，软硬兼施把他弄来顶岗。他当然不愿意来，老汉说："绞关站是啥子地方？是鬼都打得死人的地方！你忍心让我一个人在那里？"话说到这个份上，儿子不来也不行了。

小伙子说，绞关站的工作其实是比较轻松的，除了为上行船绞滩时忙一阵子，便与世隔绝一般宁静。一间房子和一台机器孤零零矗立在江边，白日里白云悠悠地飘过来，江水呜咽着流过去，晚上与星星和月亮做伴，不时还听到可疑的声音从四面丛林间传过来，确实是一个"鬼都打得死人的地方"。小伙子说来这里才三年时间，感觉自己快疯了，老汉守了三十年，居然还没疯。他告诉我，老汉话少，可能是因为平时没机会跟人说话，久而久之就不大会说话了。但是，每当儿子抱怨看不到前途，透露出想走的意思，老汉的话能说得振振有词。

"都走了，有船过，要绞滩，哪个来做？"

"哪个愿意做哪个做，为啥一定是我做！"

"哪个都像你这样想，还是没有人来做噻，天天都有船过，未必就不管了？"

是啊，都这样想，都不来，船怎么过得了滩呢？老汉一天天老了，做事情力不从心，别人不愿意来，他只能揪住儿子不放。儿子有自己的想法：长年累月耗在江边，连媳妇都找不到，莫非打一辈子光棍？说到这里，老汉脸上露出难得一见的笑容：老子不是在江边守了几十年，娶不到媳妇哪有你？老汉得意地说："当年你妈来绞关站会我，晚上摸黑走山路，连手电筒都没有，不是也来了。你妈可是镇上数得着的漂亮姑娘，喜欢她的人能排大半条街，最后怎么样呢？是你的人，早晚都是你的，急啥？"

小伙子告诉我，他至今还留在绞关站，并不是因为有船要过，只是不愿意让老汉失望。他绝不相信会有"数得着的漂亮姑娘"来江边找他，且不说是否漂亮，如今哪里找得到这样的姑娘呢？但这并不是最重要的，他不希望像自己的老汉一样，守着川流不息的江水度过这一生。

"那么，你打算怎么办呢？"

"怎么办？能怎么办？反正走不脱，先干着呗。"小伙子憨厚地笑，说指望着乌江的梯级开发搞快点，水坝一级一级筑起来，高峡出平湖，所有险滩最后都会消失，哪怕几千吨的船也不需要绞滩，绞关站肯定没用了。到那个时候，他堂堂正正走，老汉也无话可说。只是，不知道面前这个滩什么时候才被淹没，会不会耽误自己娶媳妇。每每说起这个话题，老汉丢下一句"到时候再看吧"，板着脸转身走开，看上去很平静，又好像带着难以揣摩的心思，不知道是期待，还是失落。

离开绞关站前，我去和老汉道别，走进唯一的那间站房，看到他躺在一张旧木床上睡着了，呼噜声很响……

四

第三天晚上，我搭乘的货船到达涪陵，停靠在一个简陋的码头泊位上，我和船员们当晚仍然住在船上。船长说明天卸船，然后装上回程的货物，顺利的话，后天一早可以启程。这样，我将有一整天时间在涪陵城里逛一逛。此前，因为上大学往返于贵州和北京之间，我多次乘火车在武汉跨越长江，都是隔着车窗远远地看，如今终于可以近距离接触长江了，有一点激动。深夜里，汽笛声不时从远处传来，我知道那里就是举世闻名的扬子江，江上有夜航船。

涪陵是长江中游重镇，西面紧靠重庆，往东通向富庶的长江中下游平原，南面连着川东和贵州大片区域，区位特殊，历来是商贾云集之地，航运历史可上溯千年之久。我很想看看旧时的码头是什么样子，第二天下船进城，一路打听着找过去，穿过几条古朴的街巷，顺石梯下到江边，不久就找到了。老码头已废弃多年，地上还是当年的青石板，被磨得凸凹不平，釉面一样细腻光滑。江岸及通往闹市的街道两边是歪歪扭扭的木房子，形象苍老，色泽深暗。这地方宁静得令人诧异，仿佛沉沉地睡去了，只有长江还醒着，还在不舍昼夜地流淌，诉说昔日桅杆如云、人声鼎沸的繁华往事。

那一天，我在码头附近到处闲逛，钻进狭窄的巷子，再从另一头钻出来，挨家挨户去看那些商铺，中午在路边小店吃了一碗又麻又辣的抄手，又到旁边的小茶馆喝了一会茶，最后索性在江边来来回回地走。我试图去想象这里发生过的事情，关于长江上那些舟楫，关于江边男人们和女人们……眼前看到的一切，如巷子里半开的门楣，地上铺着的石板，一株从院墙里伸出来的老槐树，分明都带着他们久远的气息。夕阳西下的时候，我觉得有点累了，在一块大青石上坐定，看殷红的晚霞映在江面，随流水的节奏泛起层层波光。我相信码头一定是浪漫之地，那么多人迎面而来，为着生计或别的什么因缘相遇于此，聚在世界的这个角落里，一开始固然是陌生的，后来就相互牵连着了，恩怨情仇的故事随即展开。那些来来去去的男人和女人，谁成了谁的"冤家"，谁成了谁的惦念？谁和谁一生守候，谁又和谁徒有牵挂？如今，诚如夫子"逝者如斯"的感叹，岁月带走了一切，所有的浪漫故事都无影无踪……

晚上回到船上，船长告诉我，卸船和装船很顺利，明天一早可以按时起锚，沿乌江返回去。

与船长聊了几句，我回到船舱里，躺下翻了几页书，终于耐不住闷热，到甲板上抽烟。船尾的水龙头边，几个船员正在冲凉，光着身子嘻嘻哈哈地说笑。旁边就是卫生间，里面有简单的淋浴，可能因为天气太热，也可能是卫生间从来不曾认真清理，臭气熏天，一路过来，他们洗澡都不到卫生间里去，而是站在水龙头那里冲，反正船上全是男人，用不着避开谁。

夜越来越深，大家各自睡去了，船舱里的呼噜声此起彼伏，有点气壮山河的气势。我睡不着，拿着毛巾来到船尾，打开水龙头，照着他们的样子漫不经心地冲凉。这时，远处一条船经过，灯光射来，我正在想是否应该避一下，突然发现相邻停靠的那条货船上，同一个位置，水龙头也哗哗地流淌着，一个年轻女子披散着长长的头发，也在冲凉。她朝灯光的方向看了看，又朝我这边看了看，好像迟疑了一下，但只是转过身子背对着我，继续冲凉。

两条船是紧紧靠着的，我们相隔不过十来米距离，什么都看得清清楚楚，我赶紧穿上衣服离开，努力控制自己的眼睛不要朝那边看。灯光很快划过，四周暗了下来，对面船上的龙头还在哗哗流淌，我沿着船舷往前走，转进船舱那一刻忍不住回过头看了一眼，她的影子还留在那个地方……

我睡眠很浅，因为这个小插曲，那天更是很难入睡。那条船上为什么会有一个年轻女子呢？我们的船上连做饭的都是男人，一路上大家光着膀子干活，无拘无束，自由自在。她夜深人静的时候去冲凉，一定是为了和别人错开，但是，为什么她也像男人们那样旁若无人呢？她明明看到了我，却完全不在意，最后竟是我匆匆逃离。也许，常在大江大河上穿行的人是与众不同的，除了滔滔江水，其他的都不需要过多地计较，无论男人还是女人，他们有他们对待事情的方式，说不定倒是我的心地狭隘了。

那天晚上，我做了一个梦，醒来后拼命地记住梦里的情景。我梦到纤夫们拉着纤索在绝壁上一步步走，赤身裸体的男人中间有一个穿紫色衣服的女子，虽然看不清楚模样，但我知道那是她。她芊芊的身子哪里拉得动纤索？纵是与江河有深远的渊源，她也应该只是纤夫的女人，伫立江边等着自己的男人回家。如果是这样，我愿意和她一起祈祷，祈求老天爷保佑她的男人每一次都能平安归来，和她一起终老，把日子过到白发苍苍的那一天！

第二天清早走出船舱，眼前是一片开阔的江面，薄雾正在散去，那条船不知几时开走了。他们起航时一定有长长的汽笛声，还有马达的轰鸣声，我居然完全没有听到。

五

一条大河波浪宽。发生在大江大河的惊心动魄的故事，随着宽阔的波浪流入历史记忆，余音久久回荡。更久远的不去说了，几十年前桂北湘江的一场战事，电影《血战湘江》记录了当时的情形。现在的电影不再是黑白片，血雨腥风的场面更为逼真。湘江战役结束后，当地"三年不饮湘江水，十年莫食湘江鱼"的民谣，从一个侧面印证了战事的惨烈。因为对那段历史的特殊感情和浓厚兴趣，我多次沿江追寻先辈的足迹，凝望湘江北去，流水呜咽……

不是说人不可能两次踏进同一条河流吗？行走于大江大河之间，看着千百年来汩汩不绝的流水，我想，前人看到的江河并不是我眼前的这一条，后人看到的也一定是另外一条河流。

永定河并不是一条很大的河，因为润泽京畿而十分重要，数百年来河道不断变迁，得了"善徙、善淤、善决"的名声。在陕西清涧汇入黄河的无定河，因为"可怜无定河边骨，犹是春闺梦里人"的诗句而闻名千古，这里面的故事要说浪漫，也是最凄婉的那一种浪漫。黑龙江不是黑色的，我一直想看看"大河上下，顿失滔滔"的景象，可惜冬天没去过那里。漓江虽然算不上大，但借了天下无双的自然风光，名气之大，与哪一条河流相比都不逊色。我曾从漓江源头猫儿山一路走到广西平乐县的三江口，看尽无限风光，也关注着生态环境保护状况，好在近些年改善不少，令人欣慰。

因为"刘三姐"，漓江无疑是一条最浪漫的河流。小时候看电影《刘三姐》，惊叹天下居然有这么美的地方、这么美的歌和这么美的人。影片结尾部分，如钩的新月照着江面，两岸竹林随风摇曳，刘三姐和阿牛哥划着小船，一首山歌悠然地唱了起来：

> 一只小船轻悠悠，
>
> 月儿弯弯在当头；
>
> 人看明月当头挂，
>
> 我看明月顺水流……

我们泱泱中华有数不清的大江大河，千古风流浪漫无边。唐人"饮马珠江水不流"，越女"轻舟何处采芙蓉"，说的是"烟波接海长"的珠江；白居易忆起杭州"郡亭枕上看潮头"的往事，那个潮头，正是杜子美笔下"波涛万顷堆琉璃"的钱塘江潮；寒山寺的钟声传得很远，江枫渔火也被惹起千年愁绪了；"汉江明月照归人"又让人想起鹦鹉洲上的萋萋芳草，归人何时才能洗去征尘？还有塔里木河边的胡杨，月光下依偎着澜沧江的凤尾竹，乌苏里江岸的船歌，倒映在雅鲁藏布江里的雪山……看不完的江河流水，说不尽的悠悠岁月，一条大河是怎样从远古走来，又将去向何方？

长江和黄河当然也是浪漫的河流。也许是因为敬畏太深，我至今不敢去探寻他们的源头，也不敢去注视它们汇入大海的那一个瞬间。我觉得把这一切留在想象之中，才是最好的。

————

2020 年

为你撑起一把伞

　　大学毕业三十周年之际，班长让大家每人写一篇"作文"，题目内容均无限制，和十周年、二十周年的时候一样，最后也印成一本纪念册。写点什么呢？三十年来，我一直干着老本行，靠码方块字拿工资为生，实在没多少话可说。至于生活状况，恋爱结婚，生儿育女，自然是"苟日新，日日新"。记不清前两次写了些什么，翻开纪念册看了看，觉得自己很啰唆。

　　我的毕业十周年"作文"题目是《谢谢你来信》，说了同学们分开后书信往来的情况，感慨手写的信是"最温柔的艺术"。那时我还单身，而多数同学已经为人父母，班长来信描述"第二代聚会"盛况，说大家带着孩子相聚在当年谈恋爱常去的紫竹院，孩子成为新的共同话题，气氛热烈、其乐融融云云，借机劝我差不多就行了。我想了想，觉得有必要在文稿里交代一下，因为题目已经设定，便围绕书信的话题写了这样一段：

要说对现在的女友有什么愧疚的地方，那就是我几乎没给她写过信，更不像过去给别的女孩子写信那样，给她写很长的情书，我们一开始就在同一座城市，没有机会也没有必要写信。去年到梵净山出差，山上山下跑了十多天，突然有点想她了，就到县城的邮局发了一封电报，内容是"梵山净土神圣地，念罢弥陀想伊人"，有点"不负如来不负卿"的意思。她也从来不给我写信，我这个职业，注定一年四季东奔西跑，她就是想写，也不知道往哪里投递。反正我们得在一起度过长长的一生，什么话都可以慢慢说，也不急一时半会的。

这篇"作文"写于一九九五年，当时还没有手机，打长途电话也很不方便。还记得去邮局发电报的情形，柜台后的工作人员是一个小姑娘，她接过我拟好的稿子瞄了一眼，睫毛闪了几下，瞪大眼睛认真看一遍，再抬头看看我，眼神里充满疑惑。我估计她从来没见过这样的电报稿。这封电报的内容加上地址和姓名，花了两块多，而一封平信的邮资仅仅八分。我想，那姑娘一定觉得我神叨叨的吧。

女友接到电报是什么感觉，后来我没有问，她也没说，我们之间不写信就用不着回信，电报更无法回。

其实，我和她相识是非常偶然的。那时她还在上学，学校与我的单位相邻。她的一个老师是我朋友，那天有事来找我，在路上正好遇到她，她们两个人边聊边走，几步路就走过来。她只是和我打了一个招呼，之后马上赶回去上课。我们就这样认识了，谁也未曾想会走到一起，但不知不觉间竟然走到了一起。因为相距太近，有事可以当面说，少了"但试将、一纸寄来书，从头读"的经历，也算一种遗憾。我相信人与人之间的姻缘是注定的，当时只要一个很小的环节错过，我和她将擦肩而过，但这个环节又一定不会错过，仿佛险象环生，却终究要迎面相逢，接下来能走多远，得看造化。

毕业十周年的"作文"还在说情书的事情，转眼到了二十周年，她成了我的妻子。第二本纪念册印出来以后，从照片上可以看出，有的同学已经开始重新享受"未婚"待遇，有的依然成双成对，但身边并不是第一本纪念册上的那个人了，这很有意思。现在要印第三本纪念册，班长说每人至少提交八张照片，据说有同学再次"未婚"了，他们会提交一些什么样的照片呢？历史痕迹是不是需要抹去？有一些痕迹又如何抹得去？会不会比较为难？好在我不为难，妻子还是同一个人，这辈子没想过要重新回到"未婚"状态，生活平淡一些，但至少能省去麻烦。

我毕业二十周年的"作文"比较长，题目是《请给我留下一朵玫瑰》，也写了婚恋方面的近况，说自己"情孽如九牛而修持如一毛"，多年来"无数扬花过无影"，却总不敢肯定，"似花还似非花"。直到1999年，就是诺查丹玛斯预言"恐怖的大王从天而降"那年，"恐怖的大王"没有从天而降，一个比我小九岁的女孩子出现了，把我带进婚姻登记处，使我不得不在庄严的国徽面前向她举手投降。我调侃妻子是"恐怖的大王"，她看了看我的文稿，淡然一笑，说："真有那么恐怖吗？"有一段是这样写的：

> 妻曾在医科大学读书，学校与我单位的院子仅一墙之隔。就这么一点距离，可以想见，当我成为她视线里捕猎的对象，就注定了无路可逃。她差不多是突然闯了过来，并且不动声色地把我身边所有的女性赶得远远的。而那些"美目盼兮，巧笑倩兮"的姑娘统统不战而退，反过来真诚地祝福她。这究竟是为什么，我至今也百思不得其解……

这段话显然有些夸张，事实上，并不是她虎视眈眈地捕猎我，当然也不是我死乞白赖地缠着她。可以说，我们走到一起，甚至都不记得是从哪一个瞬间开始的，好像一条小船轻悠悠地划过来，一弯新月正好浮上夜空，月光洒向小船，船上的人也看到了月亮，就这样简单。我觉得很像印度电影《流浪者》里的一个场景：皎洁的月光下，拉兹和丽达在一条小船上相会，丽达说："你要是过来，船就翻了！"拉兹说："那怎么办呢？"丽达说："那，那就让它翻吧……"

不得不承认，她的出现或者说"突然闯了过来"，确乎是彻底改变了我的生活。那些年，我认识的女孩子不少，其中几个还是很好的朋友，什么话题都可以聊，可以一起喝酒，有时候甚至一起喝醉。我说那些姑娘"统统不战而退"，也的确是这样的，她们真的很快就无影无踪了。我知道，那些女孩子原本就只是朋友，谁愿意留下来干扰别人的"二人世界"，说不定还招惹误会。她们中间是否有人藏着隐秘的心思，是否真的是"不战而退"，我不知道，反正从来没人向我表白过，连暗示也没有，或者说暗示过，但我没看出来。

有同学问我，折腾这么多年，终于收心了，一定找了个很漂亮的媳妇吧？我知道自己并没有折腾，至于她漂亮不漂亮，这个很难说，我只能说她在我眼里是漂亮的，起码当时很漂亮，现在也还算漂亮。也许别人未必认为她漂亮，但这不重要。想起当年班上的一位同学，自以为长得很帅，追女孩子却不大顺利，好不容易有了突破，拿着姑娘的照片到处展示："她送给我的照片，看看，怎么样？"有人说了一句"很漂亮"，他满面春风地说："漂亮？那是当然咯！"问题在于，那姑娘与"漂亮"这个词不大沾边，也许心灵美吧，但旁人又如何看得到她的心灵呢？我并不认为这位同学的眼光有问题，正如他自以为很帅，谁也没有理由去质疑，看女孩子也一样，他觉得漂亮，就应该算漂亮，赞美自己心爱的女人是无可厚非的。漂亮与否并没有量化的标准，环肥燕瘦，西施东施，得看在谁的眼里，他看着东施漂亮，也一定有他的道理。

有同学一直关心我的终身大事，比如班长，非常好的一个老哥，问我"结婚了吗？""还是那个小姑娘吗？"是的，结婚了，不是那个小姑娘还能是谁？如今当然不再是小姑娘了。既然有人关心，我觉得应该说点什么，毕业二十周年的"作文"是一个机会。那么，怎么描述我的妻子才合适呢？她是一个什么样的人？特别是长什么样子，漂亮不漂亮？下笔之初，我心里还真有点"那是当然咯"的感觉，但这样写显然是不恰当的，还是有一说一比较好。

……我妻子长得不算难看，起码不是很难看。据说当年，她晚自习常去的那间教室空前拥挤，很多男生宁肯不吃晚饭也要提前去占座，而她要是退场了，座位很快就空出一多半。谁愿意和一个长得很难看的女生一起上自习呢。不过，对男人而言，妻子是否漂亮并不重要，毕竟要相濡以沫过一辈子，哪怕再漂亮，久而久之也免不了审美疲劳。男人希望自己的妻子温柔贤惠，像一只温顺的小猫，而我妻子的属相却是虎，我恰恰属蛇。不止一个人幸灾乐祸地提醒我："你要有思想准备，这可是龙虎斗。"当时我不以为然，真斗起来，谁敢断言龙一定不是虎的对手？后来才知道，与女人斗，任何男人都不可能成为胜利者，何况我不是龙，是蛇。家里这只"女老虎"（我可不敢称她"母老虎"）瞪圆眼睛的时候，我即使是一条响尾蛇，也要老老实实把尾巴垂下来。"女老虎"是警察，干过禁毒的行当，长期与女性吸毒人员打交道，工作之余还把她们的故事写出来在报纸上连载，后来出版了一本书，这本来没什么不好。要命的是她好像习惯了自己的身份，回到家怎么看我都像不法分子，日子的水深火热就不难想象了。我这样说是有证据的，比如，按她的指令，厨房是我的阵地，久而久之，我的烹饪手艺与五星级酒店大厨可以一拼高下，而她时至今日也熬不好一锅粥……

上面这段文字说的基本上是实情，既然不是"龙虎斗"，而是"蛇虎斗"，我斗不过她也不丢人。后来我发现，其实根本就不用斗，家里的事不过如此，哪有什么原则和对错，如果事情照你的想法去做要好一些，但是她一定要反着来，结果又能怎么样呢？认真地想一想：第一，天不会塌下来，地也不会陷下去，江河不会倒流，太阳照样升起，地球照样转，那么，人类是安全的；第二，不至于祸国殃民，只有皇上家的事情才关乎社稷，你家那点屁事闹不出多大的动静来，绝不会影响黎民百姓安居乐业；第三，通常也不可能涉及倾家荡产乃至生死存亡之类的问题，即使倾家荡产了，也可以从头开始，只要性命无忧，不是青山就还在，总有柴可砍吗？一旦你把这些都想明白了，还斗什么？何况日子得过下去，她也断不会处心积虑地弄出不可收拾的局面来，要是她真有这样的心思，你也未必拦得住。所以，日常生活中，她说方我就说不圆，她说长我就说不短，她说公鸡能下蛋，我就说我亲眼得见，公鸡千真万确是能下蛋的。只要有利于家庭和睦，公鸡能不能下蛋这种细枝末节的问题，完全不用计较。

举手投降容易，但是，厨房里的那些事情还是比较具体的，好在习惯成自然，熟能生巧，久而久之也不觉得多么难了。她也做过饭，有一次我重感冒，她自告奋勇为我熬粥，且不追问米是否淘洗过，反正粥熬糊了，那时候家里还没有可以熬粥的电饭煲，她不知道需要守着灶台不断地搅动。还有一次，我没日没夜赶写一组很急的稿子，她去做饭，也是主动的，厨房里忙了大半天，饭菜终于端上桌来，一个菜是炒豌豆米，咸得没法吃，另外一盘青菜却没有盐味。她很委屈地告诉我，炒豌豆米的过程中尝了很多回，总感觉盐味不够，就不断往里面加，她哪里懂得豌豆米不易入味，要小火慢慢焖。于是，另一个菜干脆不放盐了，算是一种心理对冲。

从那以后，她不再进厨房，说自己没有做菜的天赋。那么谁有天赋呢？一定是我有天赋，我来做吧。只要我出差，她立即回娘家，或者在外面随便找个小店对付一顿，能吃饱就行。她对我唯一绝对服从的，就是一日三餐，从未发表过不同意见，对我做的任何饭菜都赞不绝口，表扬和鼓励也不吝惜溢美之词。

两个人走到一起，不管当初是多么的爱如潮水，日子终归得回到柴米油盐的轨迹上。做一手好饭菜，家里人吃得开心，是很能让人产生满足感的。生活琐事从实际着眼多了，自然少了浪漫色彩。比如，夏夜的晴空星河灿烂，你很难想到陪她去郊外走一走，万一能看到流星，也说不定。但是，如果她出门在外，暴雨突如其来，你的心就会不安，忍不住朝窗外张望，寻思她有没有带雨伞，要不要打一个电话问她是否需要你去接一下，如果需要，你会立刻出门。这一切好像并不浪漫，却分明真切地牵挂着。

关于我和妻子的姻缘，如果一定要找到开始的那个节点，我想应该是她十九岁生日。那天并没有下雨，晚上繁星满天，新月露出浅浅的一牙，而我送给她的礼物是一把伞，好像不合时宜。我不知道她是不是喜欢这个礼物，但我认为，对于心爱的女人，对于一个家，男人就应该是一把伞，一把抵御风霜雪雨的大伞，为她和这个家撑起一片晴空。有了这样一把伞，从此以后，无论是绵绵的春雨飘过，还是潇潇的秋雨袭来，无论是夏日滂沱如注的暴雨，还是隆冬风刀霜剑的冷雨，你们都可以在伞下聆听雨声织成的打击乐，踏踏实实地相依着前行，从青春到迟暮……

我要把这些写在毕业三十周年的"作文"里吗？在同学们面前摆出自己家那些小而又小的事情，也许太琐碎，我也不打算再用调侃的语气对结发之妻说三道四，那么，这一部分还是不写了吧。最后，我写了一篇题为《无话也说》的短文，只有六七百字，比一些小学生的作文还短。关于刚刚过去的三十年，我是这样说的：

此后三十载静静寂寂忙忙碌碌的光阴，无非芜野瓷井、淡饭粗茶。好在月廪虽薄尚可以糊口，时日竭蹶也毕竟平安。这中间又能有什么呢？花开了又谢了，草枯了又青了，太阳落下又升起，月亮圆了又缺……守望着东山顶上那一轮白白月亮的智者说过："世间事除了生死，哪一件事不是闲事……"

　　我深知，对于我和妻子，我们的孩子，以及我们一家，平安和健康最为重要，其余的都是闲事。日子之所以过得还算如意，不过是因为我们内心的奢望原本不多。

———

2015 年

窗与风景

一

世界上没有窗户的房子，一定是很少的。

当房门已经关闭，窗户成为你的空间向外延伸的唯一渠道。阳光和月光日复一日在窗际游移，外面的世界便有了四序周行的更替，岁月如斯，岁岁如斯……

其实，窗户本身并没有什么动人之处，动人的是映在窗上的那些景色，譬如夕阳正红，或者晨曦欲露。那时候，窗外的几丛竹林，半湾溪流，一段寻常的街巷，几间年深月久的房子，仿佛都昭示着某种亘古的无尽的诉说，让临窗的人禁不住为之心颤。

那些形形色色的窗户，形形色色的风景，是为了提示人们不要忘记外面的世界吗？

二

但是，有些窗户是没有风景的，只有铁栏杆。

那些安装着铁栏杆的窗户，总让我想起维尼。这位十九世纪的法兰西诗人说"人生就是一座监牢"，而囚禁我们的，其实就是我们自己。维尼说，他不知道自己诉讼案的缘由，同一个监牢里的人都不知道，只是看到不断有人被带进来，又有人被带出去，从此无影无踪。诗人为此而号啕大哭，他的邻居终于把他看成疯子。

后来，维尼是真的疯了。在疯子身边，人们依然有滋有味地活下去，同一座监牢里铁栏杆不断变换，只是，这些铁栏杆安装得越来越精心，越来越牢不可破。

人的精神世界，也是需要窗户的。如果可能，你要尽量开凿更多的窗户，尽量把窗口开得更大，尽量拆除铁栏杆，让阳光和风随时注入你的心灵。维尼说得不对，人生并不是一座监牢，而是一次美好的旅程。

三

在一些地方，人们不得不安装铁质的窗栏，虽然他们都知道这个设施与美观毫无关系。甚至铁栏杆不够，还得用石块或沙袋把窗口紧紧垒住。

千万不要以为这样的事情离我们很远，也不要以为我们有幸生活在一个和平的国度，拥有敞亮的窗户和窗外明媚的风景，这个世界就到处白鸽蹁跹。远方的战火从来不曾停息，隔着电视机荧屏，我们不是也常常能闻到刺鼻的硝烟？

就在去年，俄罗斯议会大厦漂亮的白色窗户，被烈火烧成了黑乎乎的一片，那自然是他们的房子和窗户，而且还是他们官家的房子和窗户，他们官家的人不开心了，想烧就烧吧。但是，不久前落在波斯湾海岸的重磅炸弹，炸毁了许许多多的窗户，大多是寻常百姓家的。那些窗台上曾经摆着插满玫瑰的瓶子，《一千零一夜》描绘过那里婉转歌唱的夜莺。

于是我们懂得了，没有和平，任何一个窗户的外面，都可能出现敌人的弓箭、刺刀、火炮和隆隆开来的战车。祈祷和平，是因为无法拥有和平。而拥有和平的人，无论对自己没有硝烟的生活多么珍惜，都是应该的。

保卫和平是不同民族共同的责任，也是每一个人的责任。

四

在贵州高原的大山深处，勤劳的布依族人民畔水而居。他们用石头垒起房屋，构建村屯，墙壁是石块，屋顶盖石板，其想象力和创造力令后辈建筑学家惊叹不已。那些古朴的石头寨子依山傍水，美不胜收，无疑是这个伟大民族留给人类的宝贵财富。

我特别注意过那些石头房子的窗户，尺寸很小，青石条框架，外空小内空大，俨然射击孔。民俗学者告诉我，那原本就是射击孔！在兵荒马乱的岁月里，善良的布依人必须筑牢堡垒保卫自己，保卫他们的女人和孩子，因为在那个时候，他们的窗外没有风景，只有敌人。千百年后，即使在国泰民安的今天，布依族建筑的格局一直被保留和沿用，成为一个厚重的历史文化符号。

泱泱中华，不是也有一座很长的城，城堡的窗口当然是射击孔，城墙上布满射击垛。更远的事情不去说了，大约半个世纪前，东洋铁骑跨过了这道人类历史上最宏大的军事工程。血雨腥风绝不是风景，是灾难，而挡住血雨腥风，靠一道墙是远远不够的。

今天，万里长城确乎是一道壮丽的风景，也仅仅是风景，不是战场，孩子们可以在那里登高远眺，无须担心远处有箭镞射来。

五

童年时代，在山区小城里，我的窗户带着雕花木窗棂，风从窗口吹进来，一如那个年龄，清爽纯净，窗外的群山四季常绿。我记得，晨光总在黎明时分透过窗棂照到床上，睁眼就可以看见远处山岭间缭绕的雾岚；黄昏慢慢降临，晚霞炽热地燃烧，把整个天空染得通红；到了晚上，新月和满月一样明亮圣洁，萤火虫在窗前的庭院里不时飞过……小窗如一幅风景画，我常常对着这一幅画陷入玄想，想自己从哪里来，要到哪里去，为未知的未来心潮涌动。

后来，我搭乘火车去遥远的北方，从高原到平原，从黔北小县城到华北的京城，车窗上映出的一切令我不知所措。那些我从地理书上了解过的地方，在地图上看到过的地方，一一从车窗前掠过。我想，也许世界上没有任何一种窗户比列车的车窗更加变化无穷，更加动人心魄。

自那以后，从少年到中年，踏上每一段旅程，无论是列车奔驰在大地上，飞机呼啸在九霄上，还是轮船航行在大海上，我都尽量选择靠窗的位置，离风景更近一些。

正是那个时候，我们的国家打开了尘封已久的"窗户"，使人们得以看到更多不同的风景……

六

波德莱尔说："从开着的窗口看到的，绝不会比从关着的窗口看到的多。"这位同样生活在十九世纪法兰西的诗人，对世界有着同样的感伤。他发现，当窗口紧闭，他的想象就有了无限空间。

在一些雨夜，诗人撑一把破雨伞，去看巴黎街头形状不一的窗户，想象每个窗户里不同的人，并为他们编一则故事。

有一天，他在一个关着的窗户前久久驻足，喃喃地说：这里住着一个憔悴的少妇，她可是全巴黎最美的美人，嫁给了全巴黎最帅的军官，她一直在等待出征的丈夫归来，并不知道丈夫已经战死沙场。诗人为自己编的这个故事痛哭流涕。

四十六岁那年，波德莱尔躺进了蒙帕尔纳斯的一个公墓，一百多年以后，萨特和波伏娃成了他的邻居。他的《恶之花》里有这样的诗句："我是一片连月亮也厌恶的墓地。"我不曾拜谒诗人的长眠之地，但我相信他的墓室一定是没有窗户的，这样，关于他，人们看到的也许更多……

七

我当然无须站在别人的窗前，为他们编写动人和感人的故事。但是，我常常为自己的窗户设计风景。

我从来都认为，这个社会给予我的，和给予其他辛勤劳作的人一样丰厚。比如眼下住了多年单身宿舍之后，我终于有了宽敞的居室。贵阳的天气多雨而潮湿，人们尽可能避开一楼，而高楼不可能从第二层开始修建，总得有人去住一楼。于是，我心满意足地住下了。

我数过，包括厨房和卫生间在内，我的房子一共有七面窗户，六面东向，一面西向。朝西的窗户对着单位办公楼，让人抬头便想起自己的职责；另外六面窗户虽然朝着东方，却并不能最早见到阳光，事实上根本就见不到阳光，因为窗外是一道高高的墙。所以，我时刻拉着窗帘，挡住石墙冷冰冰的模样。

不，我不是说我的窗户没有风景，我很快发现，这样的窗户上才可能有变化无穷的风景——

夏日炎炎，如果拉开窗帘，你怎么肯定窗外不是一片皑皑白雪？说不定还有白桦树，正沐浴着清晨的第一缕阳光；到了冬季，高原刺骨的阴冷弥漫在屋子里，你可以想象窗外是莽莽的热带雨林，从西双版纳到亚马孙河岸，你希望是哪里就是哪里；听到淅淅沥沥的雨声，窗外又该是江南茸茸的绿了，谁家的姑娘撑着油纸伞走过柳堤？谁会撩开她的红盖头，让她做一个幸福的新娘？你还可以让北部湾的海浪拍打沙滩，拉开窗帘就能看到棕榈树婆娑的身姿，披着长发的南国少女爱嚼红红的槟榔，她们从来不抹口红；或者，川江在窗下流过不舍昼夜，你一不留神就能听到纤夫的号子；你甚至住在千年前的渭城，朝雨之后，有人在小街对面唱《阳关三叠》，关外黄沙万里，西去的人一步一回头，朝心爱的女子频频挥手……

从关着的窗户看出去，我看到的风景，比那些开着的窗户更多。

八

不过，我还是希望人们的窗外有实实在在的风景，有实实在在的阳光和月光乃至风霜雨雪，不需要依靠想象。

我想对朋友们说，风雨交加的时刻，你要记住关好窗户，等雨过天晴了再去打开。如果你感到孤独，不妨凭窗眺望远方，你会发现窗外总有风和日丽的时候。你甚至可以在窗台上放一盆玫瑰，或者别的什么花，告诉朋友们，那是欢迎大家有空来坐一坐的"接头暗号"，不用电话预约，你备上最烈的酒等着他们。

如果哪一天，窗外出现敌人的刺刀和战车，我一定把窗口当成射击孔，用生命保卫我们的父母和孩子，保卫我们的爱人，我们的家园！

1993 年

跋

读书和认知

李不言

一

人生如逆旅，我亦是行人。

多年前，我陪同一位作家出行，聊天中谈到了一个有趣的话题。他说，每年，他都会回到老家，和家乡的童年伙伴聚餐、喝茶，谈得多了以后，慢慢发现了一些问题。

"什么问题？"

"很多童年的往事我记得住，他们记不住。很多事情在我看来价值连城，但他们无动于衷。"

那是为什么呢？

作家沉默好久，缓缓地说，他觉得原因只有一个，他读了很多书，而他的很多童年伙伴并没有机会读书。读书人，好像读着

364

读着就有了过去、现在和未来，有了不一样的眼力。

乔巴写下的文字，大多是他接触到的人和事。他笔下的事，可能每天都在发生；他遇上的人，看起来也和我们周围的人差不多。为什么他就能写下来，还写得这么有趣，为什么他讲出来的故事能让我们掩卷沉思？

二

《文心雕龙·体性》中写道："夫情动而言形，理发而文见，盖沿隐以至显，因内而符外者也。"刘勰认为，作家由于外物的触发而产生了感情，自然就要说出来成为语言。把想说的情理表达出来，就是一篇文章。从隐藏在作家内心的情理到写出文字、形成文章，一定是表里相符的。刘勰接着分析说："然才有庸俊，气有刚柔，学有浅深，习有雅郑，并情性所铄，陶染所凝，是以笔区云谲，文苑波诡者矣。"这实际上指出，文章的风格，是作者先天的"才""气"和后天的"学""习"不同造成的。在他看来，作家的才华有的平凡，有的杰出；作家的气质也大有区别，有的刚强，有的柔弱；作家的学识有的渊深，有的浅薄；作家的习染有的雅正，有的浮靡。这些都是作家的情性所熔铸、习染所熏陶的结果。正因为如此，古往今来，文坛之上各种各样的作品像天上的云雾那样变幻无常，像波涛那样仪态万方。

这就是，猛张飞写不了"杨柳岸晓风残月"，柳如是唱不来"竹杖芒鞋轻胜马，谁怕"。

仔细翻阅乔巴的散文，正如一个侦探，穿行于字里行间，我们能慢慢爬上文章和字词编织的云梯，登高，看清：文学是怎样锻造一个人的灵魂。

<h1 style="text-align:center">三</h1>

我其实很佩服写散文的作家。

散文一般为非虚构写作，写散文的人是"骑着不系缰绳的骏马，驰骋于可爱的生活的绿野的骑手"。没有真情实感写不出好的散文。更有甚者，还有人说，不敢讲真话的作家，也写不出好的散文。

一个优秀的散文作家，把自己完完全全剖白在读者面前，需要勇气。而作为读者、欣赏者，在感受了作家塑造的作品的艺术形象后，就要对作品的具体、感性、生动、形象的描绘，真实、典型的人物、事件，曲折、跌宕的情节，在头脑中进行反复审查、比较联想、体验玩味，才能真正领悟其中隐含的思想意蕴、感情色彩和美妙意境。严羽说："读骚之久，方识真味；须歌之抑扬，涕洟满襟，然后为识《离骚》。否则如夏釜撞瓮耳。"一般的人，哪经得住这样的琢磨呢？谁又愿意把自己和盘托出让人去琢磨呢？

所以，我们看到了太多虚情假意的散文。

乔巴的文章爱写人，写懵懂少年观察女孩"有些寂寥，又透出一种孤傲，宛如一只带着淡淡哀愁的白鹭"；写一起冲刺高考的紧张生活也不忘赞美女同学"竟如此美丽"；写大学巧遇的北京大姐"像紫色信笺上的蝴蝶一样，扑打着美丽的翅膀飞过来……"故事好看，趣味盎然，情感真挚。在这里，作者敞开心胸，得以明证。

既然作者俯仰流年，敞开心胸，我们就能在他的文章中找到"文学或许仍有所作为"的证据。

四

勒内·韦勒克有一句关于文学创作的话说得很中肯。他说，一部文学作品的材料，在一个层次上是语言，在另一个层次上是人类的行为、经验，在又一个层次上则是人类的思想和态度。一个以观察社会为职业的人，他留心的必然是一般人习以为常、不怎么关注的事，而且还要从中寻找规律和逻辑，当他写一些文章时，常常也带着这样的特点。而如果他是一个有人文情怀的人，可能还想挖掘人物的故事，在讲故事中表达自己的思考。对于乔巴所属的八十年代初期进入大学的那一代学子来说，当时的"世界"更多是从文学阅读中获致。

乔巴在《书斋杂事》中回忆：

我家的老房子有一层阁楼，可以从堂屋后面搭楼梯爬上去。大概是四五年级的暑假，有一天，父亲上班，母亲也出门了，奶奶提着篮子去买菜，剩我一个人在家。

我突然对阁楼产生了兴趣，抬头望了一阵，后来竟鬼使神差地把简易楼梯搬过来搭好，爬了上去。阁楼上光线很暗，堆着乱七八糟的杂物，记得有废弃的柜子和凳子、犁田用的铧口、缺了一块板的水桶等等。随手一阵乱翻，打开一只木箱，里面装着很多书，再打开旁边一只木箱，也是书，积满了厚厚的灰尘。我呆呆地看着那些书，很像探险获得重大发现，心怦怦乱跳，犹豫了一下，动手翻看起来。

正是阁楼上落满灰尘的箱子里的藏书，让乔巴推开了文学辉煌殿堂的大门。他利用父母不在家的时间，爬上阁楼，如痴如醉地阅读。文学作品具有具体感性的活生生的艺术形象，有喜怒哀乐的感情，最宜于触动读者的联想，激起情感的波澜。我想，乔巴在文学欣赏中所获得的力量，对他有着重要的影响。这些中外文学名著不光满足了他的审美需要，也影响他认识生活，影响他的思想感情，影响他做什么样的人、走什么样的路。这也就不难理解，为什么乔巴会放弃很好的理科成绩，专攻文科。

到北京上大学以后，乔巴迅速判断出自己所学的专业"不需要学得太认真"，看起来还有较大的落差。好在学校有很不错的图书馆。他在《海淀路三十九号》中写道："图书馆里数以百万计的藏书，凭一纸借书卡随便借阅，我真正体会到天马行空、百无禁忌的阅读乐趣。在图书馆借书一次不能超过五册，我经常把限额用满，周末抱一摞书躲进校园西边的小树林，天气好的时候还骑自行车去圆明园，坐在废墟间读书，不紧不慢又如饥似渴。"

在哈佛大学出版的斯皮瓦克教授著《全球化时代的美学教育》一书中，这位哥伦比亚大学文学教授重点谈到了价值重建的基石，正是伦理推动下的美学教育，尤其是文学阅读。斯皮瓦克在本书中指出，在这个变动不居的全球化时代，要好好利用技术资源，并在多元化的社会做出理性正义的选择，就必须拥有受过良好人文训练的头脑。

乔巴还在大学宿舍里为自己寻找到一个独立空间：

> 我的第一个"书斋"，是在大学宿舍里倒腾出来的一个角落，两张上下铺架子床之间不足一平方米的空隙，用帘子挡住，里面放一张桌子和一个方凳，吃半个月素白菜省下十多块钱买盏台灯，便大功告成。大学宿舍晚上十点半准时熄灯，躲在这个角落里可以睡得晚一些，所以我知道北京市场上的蜡烛可以燃大约四个小时。我想，我的书斋一定是全世界最小的，在那张帘子的后面，孤独的烛光承载着一个学子青涩的梦想。

我认为，正是在这样的环境中，乔巴想象和联想的翅膀飞得更高，感情的波涛奔腾得更汹涌，审美的愉悦得到了更大的满足。结果呢，他受到的教益就越多，对生活的认识就越深刻。可见，精神成人比专业成才来得重要。一个人对艺术的反应能力和人类生存总的适应力之间存在着密切的关系。

大学期间对专业的判断，让乔巴痴迷于阅读，看起来，反而证明了"文学或许仍有所作为"。文学阅读和艺术鉴赏的训练，正可提高个体的人文素质，培养我们想象美好生活的能力。

其实，英国牛津大学、剑桥大学建校的传统就是古典教育；美国常见的四年制文理学院，也强调大学生要经过四年文理基础教育，有人文艺术修养之后才能进入医学院、法学院、商学院等专业研究院。即使在强调专业知识和实用科学的今天，北美各级大学学位仍然有对文理通识课的要求。在这方面，哥伦比亚大学和哈佛大学的课程设计包含大量的文学、哲学等经典文本，以及艺术史教育和其他文化文明的入门课。

五

真正的好作品是在阅读者生活中获得生命的。"初识不知曲中意，再听已是曲中人"，读乔巴的文字，阅读者的生活经历与书的内容互动才能产生真正的心灵感应。

在《想象烛光》里，我们读到对光明的礼赞："孩子，烛光给你带来快乐了吗？那火苗代表着光明，而光明永远是你追求的方向；你必须懂得，只有让光明的火焰照亮心灵，你的生命才不至于晦暗；只有崇拜光明，你的一生才是明媚而纯净的，才是幸福的……"

在《蓝月亮》里，我们读到对美好生命的景仰："月光用一道透亮的银线将她的身体忠实地勾画出来，披散的长发上，圆润的肩膀上，高耸的前胸上，以及丰腴匀称的腰肢和双腿上，都映着圣洁的清辉，所有神秘而神圣的，与朦胧的月色完美地交融在一起。那山，那水，那晚风中沙沙作响的竹林，在月光下显得如此协调，生命与大自然共同的魅力被顽强地昭示着。而相比起来，月竹姐身上散发出的青春的光芒，是最为美丽的。自然界的一切，似乎也正是为了映衬这种无与伦比的美丽，才被主宰万物的神灵创造出来……"

在《为你撑起一把伞》里，我们读到恋人之间的默契："日常生活中，她说方我就说不圆，她说长我就说不短，她说公鸡能下蛋，我就说我亲眼得见，公鸡千真万确是能下蛋的。只要有利于家庭和睦，公鸡能不能下蛋这种细枝末节的问题，完全不用计较。我深知，对于我和妻子，我们的孩子，以及我们一家，平安和健康最为重要，其余的都是闲事……"

在《一个人的车站》里，我们读到撕心裂肺的痛楚："提前终止今生旅程的，还有我唯一的妹妹，为了生下孩子而遭遇医疗事故，和未及谋面的儿子一起穿过生命的门墙，无影无踪。那一天的那一刻，原本万里无云的晴空突然洒下密集的雨点，那是一场我们那座城市里极为罕见的太阳雨，老天爷也哭了，哭得那么伤心。在肝肠寸断的日子里，记不清有多少个夜晚，我一个人半夜开车去公墓，在妹妹身边独坐到东方欲晓……"

……

六

　　乔巴的文字，把中国人十分看重的载道之文，应用到对生活的描述、观照和思辨中；而我像一个侦探，从字里行间梳理出他心路历程的诸多秘密。

　　早在二十多年前，贵州民族出版社编撰的《二十世纪贵州散文史》，里面就有关于乔巴的《蓝月亮》《等待雨季》等作品的评介。如你所知，乔巴这个名字显然是笔名。他告诉我，这部散文集署名之所以隐去真名实姓，是因为相信任何作品都应该依靠文本自身的力量，而不是别的什么因素，否则就很可能是浅薄的。

　　在一个文学式微的年代，我无比感激文学、电影、艺术，正是这些看似无用的东西，让我们周围的一些人拥有了一个敏于感受、充实丰满的人生。